● 本书为二〇一九年度福建省社会科学规划项目
　"贺贻孙研究"(项目号FJ2019C019)成果

贺贻孙研究

李园 著

厦门大学出版社
XIAMEN UNIVERSITY PRESS
国家一级出版社
全国百佳图书出版单位

图书在版编目（CIP）数据

贺贻孙研究 / 李园著. -- 厦门：厦门大学出版社，2025.1. -- ISBN 978-7-5615-9424-7

Ⅰ. I206.2-53

中国国家版本馆 CIP 数据核字第 20245U8T41 号

责任编辑　王鹭鹏
美术编辑　李嘉彬
技术编辑　朱　楷

出版发行　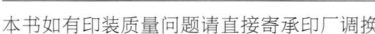
社　　址　厦门市软件园二期望海路 39 号
邮政编码　361008
总　　机　0592-2181111　0592-2181406（传真）
营销中心　0592-2184458　0592-2181365
网　　址　http://www.xmupress.com
邮　　箱　xmup@xmupress.com
印　　刷　厦门市竞成印刷有限公司

开本　720 mm×1 020 mm　1/16
印张　12.25
插页　1
字数　226 千字
版次　2025 年 1 月第 1 版
印次　2025 年 1 月第 1 次印刷
定价　80.00 元

本书如有印装质量问题请直接寄承印厂调换

厦门大学出版社
微信二维码

厦门大学出版社
微博二维码

目 录

绪 论 1

第一章 贺贻孙生平思想与交游 8

第一节 贺贻孙生活时代的社会背景 8
一、明清易代的社会环境 9
二、明末清初心学的影响 11

第二节 贺贻孙与佛教 16
一、贺贻孙宗教行为的内涵 16
二、贺贻孙宗教行为的表现 17

第三节 贺贻孙交游 21
一、前中期 21
二、后 期 40

第二章 《骚筏》研究 59

第一节 《骚筏》版本与体例 60
一、《骚筏》的版本 60
二、《骚筏》的体例 64

第二节 《骚筏》论骚见解 64
一、论"变与不变" 65
二、可感而不可言说 68
三、三致意焉 70

　　　　四、宋玉悲秋 …………………………………………………… 72

　　　　五、传言外之意 ………………………………………………… 74

　　第三节　《骚筏》的价值、影响与缺点 ……………………………… 77

　　　　一、《骚筏》的价值与影响 …………………………………… 77

　　　　二、《骚筏》的缺点 …………………………………………… 79

第三章　《诗筏》及诗歌创作 …………………………………………… 83

　　第一节　《诗筏》的文学主张 ………………………………………… 84

　　　　一、诗文有神，方可远行 ……………………………………… 84

　　　　二、作诗当自写性灵 …………………………………………… 86

　　第二节　诗歌的题材内容 ……………………………………………… 87

　　　　一、纪实诗 ……………………………………………………… 88

　　　　二、交游诗 ……………………………………………………… 94

　　　　三、山水田园诗 ………………………………………………… 99

　　　　四、咏物诗 ……………………………………………………… 105

　　　　五、哀悼诗 ……………………………………………………… 111

　　第三节　诗歌的艺术特色 ……………………………………………… 115

　　　　一、怪奇雄劲、慷慨悲愤，具有浓厚现实主义色彩的诗风 … 115

　　　　二、语言明快直白、自然质朴、诙谐幽默 …………………… 119

　　　　三、独特的意象塑造 …………………………………………… 124

第四章　《水田居文集》——散文创作 ………………………………… 127

　　第一节　多类型散文创作 ……………………………………………… 127

　　　　一、序　跋 ……………………………………………………… 127

　　　　二、尺　牍 ……………………………………………………… 132

　　　　三、传、记 ……………………………………………………… 135

　　　　四、论　说 ……………………………………………………… 138

　　　　五、祭文、墓志、行述 ………………………………………… 140

　　第二节　散文的艺术特点 ……………………………………………… 143

　　　　一、风格"悲壮慷慨" …………………………………………… 144

　　　　二、长于议论 …………………………………………………… 146

　　　　三、篇幅短小精悍 ……………………………………………… 149

第五章　贺贻孙文学思想 ··· 151
第一节　贺贻孙文学思想的传承与交融 ···························· 151
一、对公安派与竟陵派的传承 ···································· 153
二、文人结社运动 ·· 158
第二节　贺贻孙文学思想 ·· 163
一、文学思想的基础 ·· 164
二、文学思想内涵 ·· 168

余　论 ·· 176

参考文献 ·· 183

后　记 ·· 192

绪 论

贺贻孙（1605—1688年）[①]，初名诒孙，后改今名。字子翼，自号水田居士。江西永新人。其先即唐代诗人贺知章[②]。贺贻孙九岁能文，人称神童。"明季社事盛行，贻孙与万茂先、陈士业、徐巨源、曾尧臣辈结社豫章"[③]，唯场屋之试，终不得意，后专攻诗文创作。明亡后，举家退隐，高蹈不出。"顺治七年，学使慕其名，特列贡榜，不就。御史笪重光按部至郡，欲具疏以博学鸿儒荐。书至，贻孙愀然曰'吾逃世而不能逃名，名之累人实甚。吾将变姓名而逃焉'，乃剪发衣缁，结庐深山，无复能踪迹之者"[④]。贺贻孙现留存作品有《水田居存诗》《水田居文集》《激书》《诗筏》《骚筏》《诗经触义》以及《易经触义》，还有未付印的手抄本《水田居掌录》两册二十卷和《水田居典故》一册两卷[⑤]。

清末谢章铤评价贺贻孙文称："议论笔力不亚魏叔子，且时世相及，而名不甚显，集亦不甚行，殆为易堂诸子所掩耳，要为桑海中一作手，非王于一、陈士业辈

[①] 罗天祥：《贺贻孙考》，江西人民出版社1998年版，第21页。其生卒年依据罗天祥《贺贻孙考》而来。贺贻孙好友叶擎霄于康熙三十五年（1696）秋为贺贻孙《激书》作序，称："余不佞，与先生为忘年交，自少至老，岁寒不渝。其生平著作，余读之最先。及余承乏虔庠，邀先生过草堂，把酒言别，曾订到虔后与相知贤达倡梓《激书》。冷署寒毡，有志未逮，而先生捐客馆矣。呜呼！挂延陵之剑，对丘陇以何言？过西州之门，辄回车而陨泪。遗书在几，前盟未践，余是以抚兹编而咨嗟唏嘘，抱憾无已也。"叶擎霄于康熙二十二年（1683）任虔州（今江西赣州）训导，此序作于康熙三十五年（1696）秋，叶擎霄此时情绪低沉，悲痛。笔者猜测应为贺贻孙去世后不久而作的序，因此贺贻孙的卒年很可能在1688—1696年，待考。

[②]（清）贺贻孙：《水田居文集》，《四库全书存目丛书·集部·第208册》，齐鲁书社1997年版，第110页。贺贻孙在《琥溪贺氏家乘序》中称："吾邑贺氏有二宗，皆出晋司空衍公后，一曰良坊贺氏。据谱云'盾公十四世孙，为唐学士知章公，又六传为唐著作郎冯公，来令永新，留家良坊……此吾祖所自出也'"。

[③]（清）赵尔巽等：《清史稿·卷四百八十四·列传二百七十一》，中华书局1976年版，第13334页。

[④] 王钟翰点校：《清史列传·卷七十·文苑一》，中华书局1987年版，第5692页。

[⑤] 罗天祥：《贺贻孙考》，江西人民出版社1998年版，第103页。

所能比肩也。"①《四库全书总目》收录《诗触》，评云："每篇先列小序，次释名物，次发挥诗意，主孟子'以意逆志'之说，每曲求言外之旨，故颇胜诸儒之拘腐。"②《清诗话续编》序中，郭绍虞论十二种清诗话云"颇有真知灼见，足资参考"③，其中就有贺贻孙的《诗筏》。周作人也多次引用贺贻孙的诗，认为贺贻孙诗"悲惨事的滑稽写法"很有力量④。北京大学哲学系美学教研室编的《中国美学史资料选编》，其中编入贺贻孙诗歌美学言论达十四条，比王夫之、顾炎武、黄宗羲还多。台湾学者许又方在《贺贻孙〈骚筏〉述评》中称："《骚筏》可谓是一部相当全面的《楚辞》批评专著，不论是形式上的修辞、结构，或是内容上的义理、情感，甚至涉及作者以至于读者的各层面，《骚筏》都有极精辟的评论。"⑤钱锺书《谈艺录》引贺贻孙作品共十一次，引其《诗筏》八次，《激书》、《水田居存诗》和《水田居文集》各一次。贺贻孙是明末清初有多方面成就的文学家与评论家，且作为明遗民为清代的遗民文学留下重要的文学财富。近些年来，涉及贺贻孙的研究逐渐丰富，对其《诗筏》、诗歌与诗论、《骚筏》的研究都不在少数，且成果颇丰，其中尤以罗天祥的《贺贻孙考》尤为重要。但贺贻孙的思想复杂，著述丰富，故迄今对其研究所取得的成就，大多限于个案，全面而系统性的研究尚为不足，对其展开全面研究显得非常有必要。

首先，于文学思想史研究有意义。一方面，贺贻孙是明末清初的著名诗论家和文学家，其思想本身就有较丰富的内涵且观点独特，贺贻孙本身很值得研究。另一方面，贺贻孙生活的时代，是明代复古文学与反复古文学思潮的转换时期，贺贻孙与其同时代友朋的文学思想反映了这个转折变化的过程。本书对贺贻孙的研究涉及其交游与文学思想等，这都有助于加深学界对当时文学思潮流变的了解。或许还可通过窥贺贻孙文学观之一斑而知明清之际思想学术之全豹，这对于了解明清之际文人的心态、学术风气及思想史等都有一定的学术意义。

其次，通过讨论明清时期有影响的个案，丰富区域文学、文化的研究。明

---

① （清）谢章铤：《课余偶录·卷一》，福建省图书馆藏清光绪二十四年刻本，第20~21页。
② （清）永瑢等撰：《四库全书总目·卷十六·诗类存目一》，中华书局1965年版，第143页。
③ 郭绍虞：《清诗话续编》，上海古籍出版社1983年版，第1页。
④ 周作人著，钟叔河编订：《知堂书话》（下），中国人民大学出版社2004年版，第810页。
⑤ 许又方：《贺贻孙〈骚筏〉述评》，《东华汉学》2004年第2期。

末清初的江右[①]文学研究历来是较弱的。贺贻孙是明末清初的江右文学家，留下许多诗文作品，其《水田居文集》五卷凡二百零五篇，其《水田居存诗》三卷凡七百四十七首。他的散文与诗歌都有较高的文学价值，其雄放悲壮的诗歌风貌在一定程度上体现明清易代之际江右文学的风格与特征，体现那个时代的文人特有的时代色彩。作为明清之际的江右文人，他为江右文学的发展留下不可磨灭的印记。其交游与文学作品丰富了此一时期江右文学，同时为研究明清之际江右地区的文化及文学提供了参考价值。

再次，拓宽明遗民群体研究的视野。卓尔堪的《明遗民诗》辑录近五百诗人，留下的诗歌近三千首，贺贻孙无一首作品入选。包括孙静庵《明遗民录》、谢正光《明遗民传记资料索引》《明遗民录汇辑》、赵园《明清之际士大夫研究》、朱则杰《清诗史》、严迪昌《清诗史》等众多针对明遗民的研究著作均未提到贺贻孙。作为明遗民的贺贻孙创作了许多具时代特色的作品，他擅长借助作品来发抒心灵感受与复杂情绪，真实地展现尴尬无奈的生存困顿与纷繁复杂的矛盾心理，这些丰富了明遗民的文学世界。但长期以来，贺贻孙作为遗民的一面被忽略了，这些都值得进一步深入了解。

最后，进一步深化研究和拓展延伸本领域学术空间。目前学界对贺贻孙的研究都是个案性的，尚无人涉足全面而系统性的研究。故对其展开全面研究非常有必要。

基于以上方面，笔者以"贺贻孙研究"为题，在了解贺贻孙生平交游、《骚筏》《诗筏》及诗文创作、文学思想等方面的基础上，给予贺贻孙一个历史定位，还原本来的价值，以期在前人研究的基础上推进相关研究。

目前学界对贺贻孙的研究，多围绕诗论著作《诗筏》展开，其他方面也有涉及。

一、对贺贻孙生平家世的研究

龙霖于1984年在《社会科学研究资料》上发表《贺贻孙简谱》（上、下）一文，对贺贻孙的生平进行了详细的梳理，龙霖于文末考证了贺贻孙的著作情况。对贺贻孙研究起到重大推动的，要数罗天祥《贺贻孙考》一书，该书于1998年由江西人民出版社出版。《贺贻孙考》可谓一部详细而全面研究贺贻孙生平家世的著作。书共分六部分，一是生平事迹，二是家世籍贯，三是思想道德与才华，四是诗文著

[①] "江右"是泛地理概念，其方圆范围并非固定不变。本书的"江右"，在地理位置上以江西地区为主。

述，五是年谱，最后是附录。附录从府志、县志以及谱牒资料中辑录了贺贻孙散佚的诗文，难能可贵。《贺贻孙考》一书对于研究贺贻孙文学作品的思想背景有一定的参考价值，不足的是该书未详细分析贺贻孙的作品，贺贻孙的交游与留存作品的版本情况寥寥数笔一带而过。南炳文《贺贻孙事迹考》关于贺贻孙生卒年提出二说：贺氏生于万历三十三年（1605）乙巳，卒于康熙二十七年（1688）戊辰；或生于万历三十四年（1606）丙午，卒于康熙二十八年（1689）己巳①。刘浏2012年发表《贺贻孙生卒年小考》一文，通过贺贻孙散文集《水田居文集》中若干文献考订其生卒年为1603—1685年。

二、对《骚筏》的研究

1961年，姜亮夫出版《楚辞书目五种》评《骚筏》称："曲畅旁通，颇有会心。于芳草美人之际，党人险佞之状，尤能钩稽比戴，得全文全书旨意。可谓善用心者。"② 1984年，洪湛候出版《楚辞要籍解题》称："《骚筏》一书的特色之一就是从文学角度解析《楚辞》……从谈艺角度疏通文义，倒往往给人以很好的启发。"③书中还提及贺氏注意到《楚辞》对后世文学的深远影响这一点。之后有1992年易重廉出版《中国楚辞学史》，1996年李中华、朱炳祥出版《楚辞学史》，2002年周建忠、汤漳平出版《楚辞学文库·楚辞学通典》，2003年潘啸龙、毛庆出版《楚辞著作提要》，2008年白铭出版《二十世纪楚辞研究文献目录》，都简单提及《骚筏》。这些著作或为《楚辞》研究资料的工具书，或是对《楚辞》研究回顾之作，且多只做概要式提及，涉及的著作之多，部头之大，受制于书目著作本身特点的限制，又或许是未对《骚筏》一书给予足够的重视，故与《骚筏》有关的论述都是片语零星，一概而过。

学术论文方面，2004年台湾学者许又方发表的《贺贻孙〈骚筏〉述评》是研究《骚筏》的重要论文。该论文分析了《骚筏》的批评体例，认为是晚明竟陵派的余响所致，并且说："《骚筏》不仅分析作品的文学性，解释作品的深层意义，并且将作品置诸文学史层面而加以评价，可以说是标准的文学批评专论。"④许又方分析了《骚筏》所呈现出的批评观念，区分"作品与作品""作品与作者"及"作品与读者"

---

① 南炳文：《贺贻孙事迹考》，中国社会科学院历史研究所清史研究室编：《清史论丛·2007年号·商鸿逵先生百年诞辰纪念专集》，中国广播电视出版社2006年版，第32～34页。
② 姜亮夫：《楚辞书目五种》，上海古籍出版社1961年版，第325页。
③ 洪湛候：《楚辞要籍解题》，湖北人民出版社1984年版，第53～60页。
④ 许又方：《贺贻孙〈骚筏〉述评》，《东华汉学》2004年第2期。

等方面的关系。该文从文学批评角度论述《骚筏》，评论角度独特，旁征博引，论述翔实有力，从正面开启研究贺贻孙《骚筏》的大门。另外一篇研究《骚筏》的重要文章是 2010 年徐志啸发表的《论贺贻孙〈骚筏〉》。该文分析了贺贻孙的朝代归属问题，认为《骚筏》撰写于明亡之后，进而又全面分析了《骚筏》一书中的纲领性论述"变与不变"、《骚筏》评讲《九歌》的独到性，分析了《骚筏》中关于"宋玉悲秋"的精彩内容，充分肯定该书："著作分量不厚，著者名声不大，却颇有独到价值和个性特色的诗话类论著。"[①] 徐志啸还分析了《骚筏》的不足与缺憾，尤其是其评《天问》篇时的失准。此外还有一些零星的文章，诸如卢善庆、徐强、翁向红的《〈诗筏〉、〈骚筏〉中美学思想初探》、黄建荣的《汉至明代的〈楚辞〉注本概说》、毛庆的《论清代楚辞研究中的"直觉感悟法"》以及陈如毅的《试论明遗民对屈原的接受》，这些文章或分析《骚筏》体现出的美学思想，或将其置于清代《楚辞》学背景下来考察，多是蜻蜓点水式的。有两篇硕士学位论文值得一提：2015 年湖南大学硕士王霄芸的学位论文《贺贻孙〈骚筏〉研究》，该文是首篇专门论及《骚筏》的学位论文，该文介绍了《骚筏》的成书，又从思想、审美、学术三个大方面来分析《骚筏》对《楚辞》的批评，最后着重分析《骚筏》的批评特色；同年江西师范大学饶伟的硕士学位论文《贺贻孙诗歌批评研究》中有一节论述"贺贻孙对《楚辞》的批评"，从"视《楚辞》为文学经典""探析《楚辞》作品中的情志"以及"分析《楚辞》对后世诗文的影响"三方面来分析《骚筏》。

三、以《诗筏》与《诗触》为主对其诗学观与美学观的研究

目前学界对贺贻孙诗学观与美学观的研究成果较多。自郭绍虞 1983 年出版的《清诗话续编》收录贺贻孙《诗筏》并称赞其"颇有真知灼见，足资参考"后，对《诗筏》的研究就络绎不绝。王英志也是较早关注贺贻孙诗学观的学者，他于 1985 年在《江西师范大学学报》上发表《贺贻孙诗学观管窥》一文，后又于 1992 年在《西北师大学报》上发表《清初诗学概念、命题阐释——读王夫之、贺贻孙诗论札记》一文，前后两篇文章都主要从贺贻孙诗歌的美学角度来谈，高度肯定贺贻孙的诗歌观。台湾学者龚显宗于 1993 年出版《〈诗筏〉研究》，其中谈到《诗筏》的主要内容、思想来源、对后世的影响以及对《诗筏》的主要评价，此书论析《诗筏》时比较具体。此外还有 1991 年张节末的《感慨不极则优柔不深——贺贻孙美学思想初探》、1996 年吴宗海的《读贺贻孙〈诗筏〉》、1999 年李舜臣的《气势·厚·化

---

① 徐志啸：《论贺贻孙〈骚筏〉》，《晋阳学刊》2010 年第 3 期。

境——贺贻孙诗歌美学述评》、2005年王顺贵的《从〈诗筏〉看贺贻孙的"化境"论》、2011年邱美琼的《贺贻孙诗学批评中的诗"厚"论》等,这些研究主要围绕贺贻孙诗学思想的命题,诸如"本色论""神化论""蕴藉""厚""化境""悲"等展开讨论,探讨贺贻孙诗论受晚明公安派与竟陵派的影响。这些论述中,对"化境"与"厚"的分析最为翔实。在以《诗筏》为研究对象的硕士论文中,以深圳大学贺焕兰的《贺贻孙诗论研究》最为翔实,对贺贻孙《诗筏》中的诗歌观的研究最为深入。

学界对《诗触》的关注相对较晚。直到费振刚于1993年与1996年分别发表了《明代反传统的诗经研究》和《贺贻孙〈诗触〉研究》两文,《诗触》研究长期被忽略的局面才真正打破。这两篇文章全面系统地研究《诗触》,重点考察了《诗触》的文学性,认为《诗触》用"触类旁通"的方法,从文学的角度研读《诗经》,正是其可贵之处。2007年,陈安国发表《论清初诗经学》,2009年,李兆禄发表博士论文《清前中期〈诗经〉文学诠释史论》,对贺贻孙解诗的文学视角给予了较为全面的分析。曹莲香的硕士论文《贺贻孙〈诗触〉研究》不像以往的研究者那样聚焦《诗触》的文学性质,而把关注点放在《诗触》其他方面,如训诂与学术。

四、对贺贻孙诗文的研究

目前学界对贺贻孙诗文的研究正在逐步完善中。近现代最早关注贺贻孙诗歌的,应该是晚清的徐世昌,其《晚晴簃诗汇》中选贺贻孙《水田居存诗》中《雨》《秋怀》《寓栗坪茅屋》三首并加以点评[①]。后又有周作人作文章《水田居存诗》,对贺贻孙的组诗《村谣》大加赞赏;再后来钱锺书在《谈艺录》中也提及贺贻孙,评价他说"才力窘薄"[②]。1984年,龙霖发表《贺贻孙简谱》,通过《水田居文集》考辨贺贻孙生平事迹。1998年,罗天祥出版《贺贻孙考》,辑录了不少贺贻孙散落民间的诗文。贺贻孙的政论文《激书》,历来评价很高。1998年,刘永光在《吉安师专学报》上发表《从〈激书〉看贺贻孙的匡时救世思想》一文,将《激书》分为四个部分"论政""戒贪""修身"以及"治学",详细分析其内容,认为贺贻孙可与清初三大家相较;刘德清《贺贻孙〈激书〉》与杜华平、朱倩《论贺贻孙学术著作的文章家习气》分别涉及《激书》的思想内容、体例、解读方法等,都以《激书》为基础来研究贺贻孙的文学思想。2010年上海古籍出版社出版《清代诗文集汇编》,其中

---

① (清)徐世昌编,闻石校点:《晚晴簃诗汇》,中华书局1990年版,第536页。
② 钱锺书:《谈艺录》(补订本),中华书局1984年版,第533页。

收录同治九年（1870，庚午）新镌本《水田居存诗》的影印本，这为研究贺贻孙诗歌提供了极大的便利。2013年，广西大学伍燕闽发表硕士学位论文《贺贻孙诗歌研究》，从贺贻孙的生平、诗歌的思想内容与艺术特色等方面展开系统的研究，这是对贺贻孙诗歌的系统研究。2019年，江西师范大学硕士贺鹏飞发表硕士学位论文《贺贻孙〈水田居诗文集〉校注及其遗民心态研究》，对贺贻孙诗文进行校注并关注其明亡前后不同的心态变化。

学界对贺贻孙的研究，多关注其生平家世以及诗论家的身份，较为关注其单部著作，研究成果也较为丰富。其中的一些观点对于更进一步研究贺贻孙文学思想有启发价值与借鉴意义，但也不难发现：首先，研究不平衡的情况比较明显，如贺贻孙诗学观方面的研究颇丰，研究起步也较早，成果较为丰盛，但对其诗文的研究却相对薄弱；其次，学者多从事个案研究而忽略对其进行全面系统的研究；再次，多是对其文学家身份展开个性研究而忽略了对其明遗民身份的共性研究。总体而言，目前研究还比较凌乱、不够系统和深入，对贺贻孙的研究仍有待进一步提高，如其文学思想、生平交游方面的情况还有待进一步梳理；其诗文创作方面的研究也未达到全面深入的程度，需要做的工作还很多。

本书分析主要围绕贺贻孙的文学作品展开，比较注重实证与理论相结合，在阅读贺贻孙所有文献的基础上，爬梳其生平、交游、文学创作并归纳总结其文学思想；将贺贻孙置于明末清初的历史大背景下，重视观察文化环境以及因果关系对作家个体的影响。首先分析贺贻孙生活时代的社会环境、文化思潮以及贺贻孙生平与交游；其次分析《骚筏》，对混淆不清的《骚筏》的版本进行辨析与考证，得出仅有"清道光二十六年敕书楼本"的结论；再次结合诗歌理论与诗歌创作，如从《诗筏》中摘出相关观点并结合诗歌创作，分析贺贻孙将诗论运用到自己的诗歌创作中的表现；复次分析贺贻孙的散文创作，包括其散文分类研究与艺术特色两部分；最后分析贺贻孙的文学思想，指出其文学思想的传承、基础与内涵。研究充分利用已有的相关研究成果，也深受这些成果的启发，在此向罗天祥等作者们表示敬意。本人学疏才浅、能力有限、难免出现疏漏、错误，敬祈专家、学者批评指正！

第一章 贺贻孙生平思想与交游

本章第一节对贺贻孙生活的明清之际的社会环境以及文化思潮进行背景分析,以了解明清易代之际的社会状态及文学动向,便于分析贺贻孙作品与文学思想。第二节分析贺贻孙与佛教的关系,贺贻孙的宗教行为在当时具有一定的普遍性,乃明清易代之际逃禅文人所共有,佛教的这种影响又渗透进其文学创作中,使其文学创作融酒、诗、禅一体,这也在明清易代之际具有一定的普遍性。第三节分析贺贻孙的交游,这是本章的重点,因从未有研究涉及,该节花费了大量笔墨。纵观贺贻孙交游可知:在前中期,贺贻孙与同社中人积极交往,且互谈文学,彼此互相渗透,积极影响;后期经历国破家亡,贺贻孙闭门懒交,与志同道合的明遗民来往居多,交游由主动到被动。贺贻孙一生交游都以文为依。可惜的是,查阅大量文献发现,除少部分与贺贻孙交游之人有作品留存外,绝大多数人都只有名存而无作品留存。这不得不说是文学史上的遗憾。

第一节 贺贻孙生活时代的社会背景

明清之际动荡不已,是斑驳陆离的过渡时代。它是"乱世之音",却不是"哀世之音"。它是旧时代的终结,却又是一个新时代的开始。贺贻孙即生活在这样一个时代——社会、政治、民族各方面矛盾皆异常尖锐。贺贻孙曾在《激书》自序中说:"予生长禾川泷滩之间,习于水石之险,如没人操舟,无时不在风波震荡之中。"[①] 明

[①] (清)贺贻孙:《激书》,《豫章丛书·子部二集》,江西教育出版社2002年版,第263页。笔者所见原书是中国国家图书馆藏咸丰三年(1853)重镌敕书楼藏版。《水田居激书》两卷,第一卷五十六页,第二卷一百一十三页。先为"钦定四库全书总目杂家类存目,《激书》,无卷数,江西巡抚采进本"等字样,后是《四库总目》对《激书》的评论,后又是"丁酉仲春望前一日丽楼记"的评论。书中先是自序,每半页九行,每行二十四字,共两页。后是《激书序》,每半页六行,每行十五字,共四页,末为"康熙辛巳夏五长至前一日醴陵后学廖志灏熏沐拜撰";后是序,每半页七行,每行十四字,共三页,末为"康熙丙子中秋之夕,同学内弟叶擎霄邹山题";后是《激书序》,每半页五行,每行十二字,共两页,末为"己酉七夕青原释弘智愚者和南题";后是《激书序》,每半页七行,每行十八字,共四页,末为"吉州西昌邹万选撰"。版中上为书名,鱼尾下是卷数,下为页数。四周双边,单鱼尾。正文每半页九行,每行二十四字。

崇祯十六年（1643）九月，张献忠农民起义军十万人入永新，为躲避农民军，贺贻孙不得不与季弟贺绍孙离开县城，逃亡于西郊禾山之巅。崇祯十七年（1644）九月，叛将曹天衡等大肆屠戮永新。十月，清世祖福临在北京登帝位，是年称顺治元年。时江西仍在明朝辖区内，但已乱兵纷起，人心惶惶。不久，江西各地相继被清兵攻陷。时贺贻孙已四十余岁，以明季遗老不服新朝统治，即偕母、妻、弟一家入山隐遁。顺治二年（1645）夏，郡邑兵起，焚掠无虚日，贺贻孙位于永新县城南的旧宅"心远堂"被焚。不久，清兵入永新，邑人都奔窜山谷，饥寒困惫。顺治三年（1646）四月，清兵破吉安、广信，围赣州，再入永新，搜山之兵，杀人盈野。顺治六年（1649）六月，清军发兵千余人，黎明包围永新沙陂村，抢劫掠夺，驱女入营。贺贻孙姊贺艾被清兵掠走，行至洋埠投江而死。贺贻孙历经十年之艰险，饱尝国破家亡之痛苦，身心经历着非人的折磨，同时贺贻孙的思想与文学创作悄悄地发生着改变。晚明心学的发展，已不知不觉中影响着贺贻孙的思想与文学创作。晚明士人做学问落入空虚不疏之风，而贺贻孙做学问不注重考据，多借著述抒发自我感情，这在晚明具有一定的普遍性，也是受心学末流的影响。

一、明清易代的社会环境

明朝灭亡主要由于内部矛盾和外部压力的双重因素导致。明朝末期，官僚集团的腐败和贪污，导致社会的不稳定，引发民众的不满，外部的入侵也使明朝的国力逐渐衰退。最终，在崇祯十七年（1644），明朝灭亡。而中原文化一直自视为中心，是"天下之大一统"的中心，其他区域则被视为"夷狄"。随着清兵的入侵和统治，满族人成为统治者，汉族人成为被统治者，这种华夷之分有着深层次的社会内涵。

（一）明朝的灭亡

自明中叶以来，在沉重的赋税和土地兼并的风潮之下，明朝社会矛盾日益加重，吏制十分黑暗，统治阶级基本分化为皇亲贵族和官僚豪绅两大集团，宦官成为皇权的代言人，登上权力的高峰。内阁大学士是官绅的政治代表。因宦官集团代表皇帝的利益，所以在这场旷日持久的权力争斗中，官绅阶层始终处于下风。万历三十二年（1604），顾宪成、高攀龙与钱一本在东林书院讲学，阐述政治理念，主张廉洁奉公，振兴吏治，开放言路。这种政治性的讲学活动造成广泛政治影响，这些以江南士大夫为主的政治集团尚代表当时的先进生产力。江南士绅集团中也不乏左光斗、叶向高这样的权臣，他们的团体被称为"东林党"。其主要对立面是齐、楚、浙党及宦官集团与其依附势力。天启四年（1624），东林党人杨涟弹劾宦官魏忠贤专政，促使宦官集团对东林党进行血腥的迫害，明末读书人中的清流受到毁灭性的打击。然而，明朝后期的党争对国本的伤害也十分巨大。党争导致政治愈发黑暗，统治阶级为了自身利益最大化，在大面积兼并土地的同时对农民极尽敲骨吸髓之能事。农民因无地可耕而沦为佃户，还要承受各种赋税负担。万历末年，明朝与后金的战争产生的军事费用越来越大而无力填补，朝廷额外加派"辽饷"，人民已然处于水深火热之中。到了崇祯朝，加征更为残酷，又有"剿饷"200万两、"练饷"730万两，与前"辽饷"合称"三饷"，"先后增赋千六百七十万。民不聊生，益起为盗矣"[①]，"旧征未完，新饷已催；额内难缓，额外复急"[②]。至此，农民负担苛重，已到无法生存下去的地步。加之天灾不断，农民别无生路，唯有铤而走险，揭竿而起。一边是祸起萧墙的农民起义，一边是虎视眈眈的满清铁骑，加之官僚集团的腐败、军备力量的下降，在长达十几年的内忧外患中，明王朝终于走向灭亡，取而代之的是清朝的统治。

（二）华夷之变的内涵

儒家"华夷有别"观念，一直将汉族视为中华民族的代表，其他民族则被称为"夷狄"。这其中的标准一方面是民族上的，另一方面是地域上的。但归根结底，华夷之变还是文化之间的冲撞，是中原文化与周边民族文化的交流和冲突。虽然在清初，清朝统治中原已成既定事实，然而有一批人却坚决不予承认其统治，认为清朝是异族入主中原，根深蒂固的华夷观念牢牢镌刻在人们心里。蒙元入侵的阴霾刚刚过去不过几百年，异族入侵的噩梦就又随之而来，这是士人的切肤之痛。"华夷之变"论虽然主要来自"士"阶层，却与老百姓的生活息息相关，绝不简单是改朝换代。

首先，清朝获得统治权后对汉族人民实行残酷屠杀以及民族压迫政策。其中有名的，如顺治二年（1645）发生的"扬州十日""嘉定三屠"，不论老少妇孺，还是文人志士，皆难逃迫害。清朝的屠城令人不寒而栗。顺治五年（1648），郑亲王济尔哈朗在湘潭，自正月二十一日屠至二十六日封刀，"二十九日方止"，屠城后的惨状，堪称人间地狱。

---

① （清）张廷玉：《明史》，中华书局1974年版，第6515页。
② （清）郑廉撰，王兴亚点校：《豫变纪略》，浙江古籍出版社1984年版，第103页。

其次，华夷之变还涉及对老百姓生存资料的剥削。清朝自入关至多尔衮去世，共进行了三次大规模圈地。圈地实际是赤裸裸的掠夺。满洲贵族大量侵占土地，许多农民失去田地，百姓流离失所，饥寒交迫，饿殍遍野。圈占土地造成严重的劳力饥荒，于是清廷又强迫汉族农民"投充"（即依附于满族贵族），补充其壮丁队伍，以便田间耕作顺利进行。这种对劳动力的掠夺，致使北方社会动荡强烈。百姓无家可归，士人们也难逃厄运。由于失去原有的物质生活资料，加之清廷大兴"文字狱"，对汉族士人实行思想专制，残酷镇压反满思想，致使士人的生活比老百姓还艰难。

再次，华夷之变激化民族矛盾。满族入关前的发型与中原男子自古以来所蓄长发截然不同。清统治者为了加强统治，强令全国男子改剃满族发型，改着满族服饰。这一政策，遭到全国人民的反对。剃发易服严重伤害汉族人的文化传统与生活方式，清廷与汉人的冲突不断升级，大量汉人在这场冲突中被屠杀。清廷推行剃发易服的行为，在士人中间更是引起强烈的不满。士人普遍认为剃发乃是天大的不孝，《孝经》有言"身体发肤，受之父母，不敢毁伤，孝之始也"，剃发乃是极大的"不忠不孝"，士人们可以忍受明朝君臣的昏庸腐败、江山易主的现实、新的朝廷的统治，却不能违背士大夫的信条，这是极大的侮辱，也是万万不能妥协与接受的。更重要的是，看似简单的衣冠发式，其实是汉民族心理的外化，也是汉族特征的象征，清廷简单粗暴的行为极大地侮辱了汉人的感情，致使民族矛盾异常尖锐。

二、明末清初心学的影响

心学是中国哲学史上的一个重要流派，其思想主张强调人性本善、格物致知、诚信为本、修身齐家、治国平天下等，对中国社会的思想、文化、政治等方面产生深远的影响。晚明的心学有多种派别和学说，最具代表性的是王阳明的心学。

王阳明的心学强调人心即理，认为人的本质是良知，只有通过内心的反思和自我修养，才能达到真正的智慧和道德境界。他提出"致良知"，即通过对内心的反思和感悟，达到对自己和世界的真正认识和理解。这种思想在中国古代的思想史上具有重要的地位。

清初，对心学的反思和批判逐渐兴起。清代学者如黄宗羲、顾炎武，认为心学过于抽象和理想化，缺乏实践性和现实性。他们提出"实学""经世致用"等理念，强调学术应该与实际生活相结合，关注社会现实和实际问题。这种思潮在清代后期逐渐兴起，成为中国近代思想的重要基础。

总的来说，晚明心学的影响十分深远，它对中国古代思想史的发展产生巨大的影响，对中国传统文化和价值观念的形成和发展发挥重要的作用。同时，对心学的反思和批判也为中国近代思想的发展提供了重要的思想基础。

（一）中晚明心学的发展

明朝建国之初，在思想领域里大力推行程朱理学以加强思想统治。但当时的理学家们除了重复宋儒的"性""命""理""气"等外，并无多少创见。如当时崇仁学派的代表人物、著名理学家吴与弼与河东学派的代表人物薛瑄，号称南北两大儒。吴与弼称"一禀宋人成说"[1]，薛瑄自称"七十六年无一事，此心推觉性天通"[2]，二人皆唯宋人学说，这自然是不利于理学的发展的。因此，在明前期，程朱理学便逐渐僵化，丧失生机。宣德以后，明朝政治、经济等方面均出现危机，各种社会问题随之暴露无遗。此时程朱理学的弊端日益显现，士人的思想受到禁锢又造成学术界的呆滞局面。随着程朱理学的没落，心学逐渐兴起。

"学术之分，则自陈献章、王守仁始"[3]，心学在明代中后期大行其道，王守仁使心学成为明代中后期哲学的主流。王守仁提出"心即理""致良知"和"知行合一"等观点。这些都与朱熹的相对立，因此，王守仁的心学可以看作对程朱理学的突破。

首先，王守仁倡导"心即理"，反对程朱理学将心与理分而为二，他说：

> 夫万事万物之理不外于吾心，而必曰穷天下之理，是殆以吾心之良知为未足，而必外求于天下之广以裨补增益之，是犹析心与理而为二也……心虽主乎一身，而实管乎天下之理，理虽散于万事，而实不外乎一人之心，是其一分一合之间，而未免已启学者心理为二之弊。[4]

王守仁认为，世间万事万物皆存在于心中，心外无物，心外无理，故无须向外求得。"心即理"，也就是天理即心的本体。故而推之：心中存在于个人的道德意识

---

[1] （清）黄宗羲撰：《明儒学案·崇仁学案》，吴光执行主编，洪波等点校，《黄宗羲全集》，浙江古籍出版社2012年版，第1页。

[2] （清）黄宗羲撰：《明儒学案·薛敬轩瑄》，吴光执行主编，洪波等点校，《黄宗羲全集》，浙江古籍出版社2012年版，第10页。

[3] （清）张廷玉：《明史·卷二八二》，中华书局1974年版，第7222页。

[4] （明）王守仁撰：《答顾东桥书》，吴光等编校，《王阳明全集·卷二·语录二·传习录中》，上海古籍出版社2015年版，第41页。

与是非标准，无须别人来评说，凭借心中的道德意识就具备判断是非的能力。所以他又提出"不以孔子之是非为是非"，即不以圣贤的标准作为衡量一切的标准。王守仁强调人的主观能动性和自我意识，试图打破长期以来以儒家传统思想为权威的惯性，以解放思想和个性。

其次，倡导"致良知"以反对朱熹的"格物致知"。王守仁认为良知即是人心中的天理：

> 天理在人心，亘古亘今，无有始终；天理即是良知，千思万虑，只是要致良知。①

良知是人人具有的，圣愚皆同，个个自足，只是有的人比较自觉，有的人比较昏昧。但凡人和愚人也可进行自我认知，不必依靠外力的帮助，有良知也就能自觉，一切邪思妄念也就能消融，人人都可以达到圣人的境界。王守仁把"良知"看作普通人的人性，认为人性是平等的，这就打破了道学的陈旧格套，充满自由解放的精神，不靠圣人而靠自己的良知，在这一点上，他要比朱学更带近代的色彩。

再次，他倡导"知行合一"，反对朱熹的"知先行后"说：

> 知者行之始，行者知之成，圣学只一个工夫，知性不可分为二事……知是行的主意，行是知的工夫，知是行之始，行是知之成。若会得时，只说一个知，已自有行在，只说一个行，已自有知在。②

王守仁的"知行合一"说有明确的针对性，当时学者们将"知"和"行"分为两端进而重知轻行、只是空谈。王守仁强调要在精神世界上下功夫，强调道德意识的自觉性，同时重视道德的实践性，要求人在具体事件中磨炼。

无论是"心即理""致良知"还是"知行合一"，王守仁的学说处处显现着反对八股化道学、自由解放的精神。"我们分析阳明的学说，处处是打破道学的陈旧格

---

① （明）王守仁撰：《答顾东桥书》，吴光等编校，《王阳明全集·卷三·语录三·传习录下》，上海古籍出版社2015年版，第96页。
② （明）王守仁撰：《答顾东桥书》，吴光等编校，《王阳明全集·卷一·语录一·传习录上》，上海古籍出版社2015年版，第4页。

套,处处表现出一种自由的精神,对于当时思想界实尽了很大的解放作用"①。

王守仁去世后,其学说分化为三派——浙中王门、江右王门以及泰州学派。其中泰州学派的影响最大。这一派在流传过程中离王学的宗旨渐行渐远,已经是封建的纲常礼教所不能羁络而带有异端的色彩了。将这异端思想发扬光大的是李贽,李贽的异端思想表现在激烈的反传统言行上。在《焚书》和《续焚书》里,他用自己的历史观,而不是用传统的历史观。他尽情揭露和批判传统的伦理道德的虚伪性,在《藏书》和《续藏书》里,李贽批判历史上包括明代在内的著名人物,认为,人人皆自私,自私是人的天性,也是人一切活动的动机,更是社会发展的动力:

> 夫私者,人之心也,人必有私,而后其心乃见,若无私,则无心矣。如服田者,私有秋之获,而后治田必力;居家私积仓之获,而后治家必力;为学者私进取之获,而后举业之治也必力。此自然之理,必至之符,非可以架空而臆说也。②

李贽的这些观点与程朱理学"存天理,灭人欲"的说教相反,也与儒家传统的道德观念不同,带有积极的个性解放的要求,反映了当时正在勃兴的市民阶层的愿望。

李贽还进一步发展了罗汝芳的"赤子之心"说,提出"童心"说:

> 童心者,真心也,若以童心为不可,是以真心为不可也。夫童心者,绝假纯真,最初一念之本心也。若失却童心,便失却真心;失却真心,便失却真人。人而非真,全不复有初矣。③

李贽的"童心"说,有力地批判了道学和道学家的虚伪。他不认为《论语》《孟子》等儒家经典出自圣人,他认为那是后人附会的,故不能成为"万世之至论"。他还指出,后世道学家的虚伪性由这些儒家书籍导致。

学者周明初在《晚明士人心态及文学个案》中说:"从程朱理学衰落到王守仁心学崛起,再从王守仁心学发展而为泰州学派的异端学说,人们的思想从程朱理学的桎梏中解脱了出来,传统的价值标准、伦理道德规范失却普遍的共同的约束力,

---

① 嵇文甫:《晚明思想史论》,东方出版社2013年版,第4页。
② (明)李贽:《藏书·卷三二·德业儒臣后论》,中华书局1974年版,第1827页。
③ (明)李贽:《焚书·续焚书·卷三·童心说》,中华书局2011年版,第98页。

人们的思想从一元走向多元。自我意识觉醒，自我价值得到认可，正是从这个意义上来说，心学对明代中后期的思想解放和个性解放起到了积极的推动作用。"[1]从王学的发扬光大，到末流弊端的显现，充分说明一种学说在发展过程中肯定有其积极的一面，但也会有其消极的一面。

（二）清初对心学的反思

清朝获得统治权后，许多有志之士在反抗屡屡失败后，开始反思明朝灭亡的原因。在文化角度上，首先对明代王学进行了反思，对晚明泛滥的心学进行猛烈的抨击。士人们普遍认为，明代的心学应该对明亡负重大的责任。王夫之、黄宗羲、顾炎武、方以智等都对心学进行了严厉的批判。顾炎武就说："以一人而易天下，其流风至于百余年之久，古有之矣，王夷甫之清谈、王介甫之新说。其在于今，则王伯安之良知是矣。"[2]顾炎武将明朝灭亡归咎于王学的泛滥，这种主张在当时有一定的普遍性，士人们常常将清谈误国与王学末流的空疏结合起来。他们认为，王学提倡"致良知"，本是要在生活中磨炼进行，但到了王学末流，这种"致良知"流入现成良知的套路，人人都成了圣人，这就流入"空""虚"，这种"空""虚"又最容易被一般人所接受，故王学愈传其弊愈大。许多士人认为，晚明心学对众多知识分子造成严重的影响，致使他们"以不检饬为自然，以无忌惮为圆妙，以恣情纵欲同流合污为神化，以灭理败常毁经弃法为超脱"，使学风空疏不实。这种学风又对人心影响甚大，最终使风俗衰薄，积讹成蠹，以致国家在生死存亡之际没有栋梁之材，缺乏敢为之士，最终造成国家的灭亡。王学末流陷入空疏，最终还是对人心的伤害最大，故心学有无法推卸的责任。清初士人多认为明亡应归结为王学的弊端愈发显现，故有"明之天下，不亡于寇盗，不亡于朋党，而亡于学术"之说。这其实是从学术上反思明朝灭亡的根本原因。清初对心学的修正与批判，其实是欲使学术重返实学、务实之道。这对清朝学术后来走上朴学、考据学之路并崇尚朴实无华的治学风格，起至关重要的作用。

---

[1] 周明初：《晚明士人心态及文学个案》，东方出版社1997年版，第41页。
[2] （清）顾炎武撰，黄汝成集释，栾保群校点：《日知录·卷十八》，上海古籍出版社2014年版，第417页。

第二节　贺贻孙与佛教

晚明时期的私人著述中可见到心学家与佛学家交往的大量记述，有互相驳难的，也有互相启示的。如一直被视为文界重要成员的徐渭、屠隆、汤显祖、陶望龄、袁宗道，都是心学与佛学互掺式的人物。就他们与佛学的关系看，晚明文学家中的许多人均为著名"居士"①。明亡清起的社会变迁，又致使更多的人选择向宗教靠拢，尤其是那些誓不与清廷合作的文人志士，他们或出家为僧，或半僧半儒，再或与僧侣频繁相交，以各种方式参佛的同时，佛教也不知不觉渗透进了他们的生活与诗文创作。这种儒释融合现象在明清有一定的普遍性，明遗民归庄、屈大均、方以智等均为其代表。贺贻孙亦是这个大军中的一员。

一、贺贻孙宗教行为的内涵

明亡以后，与同时期其他明遗民一样，贺贻孙忽为僧人忽为俗士，以半僧半儒的方式介入佛教，为了保全性命、保全节气他不得不以出家人身份藏身于世。与贺贻孙同代的陈章候，其《宝纶堂集》中有五古一首，题曰"丙戌夏悔逃命山谷多猿鸟处，便剃发披缁，岂能为僧，借僧活命而已。闻我予安道兄能为僧于秀峰猿鸟路穷处，寻之不可得，丁亥见于商道安珠园，书以识怀"②。陈章候记录下的这件事与贺贻孙的相似，不同的是早十二年而已。贺贻孙、陈章候等人出家都是迫于同样的情况，如陈章候的序中所言"岂能为僧，借僧活命而已"。

即使出家为僧，儒家的仁民爱物、忠君爱国思想也无时无刻不在影响着贺贻孙，使他即使身处佛门之中仍不忘关注民生民瘼。如在明亡后，贺贻孙创作了大量纪实题材的诗歌，其中有诗人抒发对于故国的悲痛之情、人才将士被埋没的同情之感的作品，如《甲申山中写怀寄征君徐巨源十二首》其二"四望皆烟火，何人许勒铭。尼髯林下泣，鸟道雾中经。地僻天难诉，山深梦易屏。神京君莫问，消息不堪听。"在战火连连，烽烟四起，国家存亡之际，却缺乏能够立起大梁，为国建功立事、抵御异族入侵的大将。贺氏有的作品也对百姓流离失所，民不聊生表达同情之

---

① 黄卓越：《佛教与晚明文学思潮》，东方出版社1997年版，第10页。
② （明）陈洪绶：《宝纶堂集》，《清代诗文集汇编·第11册》，上海古籍出版社2010年版，第707页。

感,如《甲申写怨》其六"荒凉极目路难投,意气谁倾万户侯。故友谈心偏落落,新欢对面转悠悠。鸦衔人肉飞常缓,雁落弦声影未休。纵遇剡中崔子好,不堪李白更淹留。"对百姓颠沛流离,水深火热的遭遇抱以同情,"鸦衔人肉飞常缓,雁落弦声影未休"的描写让人触目惊心。又如《野哭》"哭声连夜近,焚纸又招魂。何事人烟薄,都为鬼火昏。归鸦失故苑,嘶马绕空村。我亦愁人侣,伤心早闭门",描绘出国破家亡,妻离子散,百姓无家可归的场景。

贺贻孙等人的身份变化——忽为僧人忽为俗士——为明清之际的逃禅文人所特有,有着深深的时代烙印,"这种出家方式,显然不是正规的宗教行为。只有在明末清初这样一个特殊的历史环境中,在遗民社会才有其存在的可能,也可能被理解"。① 虽是特殊时代的产物,但印证了明清之际儒释交融的情况,这种交融有一定的普遍性。

二、贺贻孙宗教行为的表现

贺贻孙宗教行为的外在表现,可概括为三方面:出家为僧、与僧人交往、创作了许多与佛教相关的诗文。

(一)曾出家为僧

贺贻孙出家为僧乃为特殊时期的产物。虽然这段经历短暂,但也成为他后来文学创作的灵感源泉,为他的作品注入了更深层次的思考和内涵。

据《清史列传》记载:

> 顺治七年,学使慕其名,特列贡榜,不就。御史笪重光按部至郡,欲具疏以博学鸿儒荐。书至,贻孙愀然曰:"吾逃世而不能逃名,名之累人实甚。吾将变姓名而逃焉。"乃剪发衣缁,结庐深山,无复能踪迹之者。②

《清史稿》亦有相似记载③。据贺贻孙《先妣龙宜人行述》记:

---

① 张兵《虽作头陀不解禅——明遗民诗人归庄与佛教》,《西北师大学报》(社会科学版)2003年第40卷。
② 王钟翰点校:《清史列传·卷七十》,中华书局1987年版,第5692页。
③ (清)赵尔巽等:《清史稿·卷四百八十四》,中华书局1976年版,第13335页。《清史稿》"顺治初,学使者慕其名,特列贡榜,避不就。巡按御史笪重光欲举应鸿博,书至,贻孙愀然云:曰:'逃世而不逃名,名之累人实甚。吾将从此逝矣!'乃剪发衣缁,结庐深山,无复能踪迹之者。"

丁酉夏，直指使笪君重光欲具疏以博学鸿词特荐，疏且上，戚友皆劝余出谒直指。母笑曰："儿若出山，他无所负，但负儿初入山时一恸耳。"遂手剪余发，授以僧帽衲衣，且命曰："汝今儒行僧服，以浮屠自匿，勿居兰若也。"贻孙受教唯唯，今已七载矣。①

这两条文献实际记载的是同一件事。即顺治八年（1651）贺贻孙被填贡榜，不就，后顺治十四年（1657）以博学鸿儒荐，又不就。时贺贻孙以僧人自居，与高僧羽士往来，且七年之久。从其《戊戌僧装诗》其一所说"只为高堂堪恋恋，莲花火宅总逍遥"②可知后因要侍奉年迈的老母，又以俗人居。这正是贺贻孙亦僧亦俗的表现。

贺贻孙落发为僧，但并不好佛，亦不遵从清规戒律。正如刘雪梅在《明清之际遗民逃禅研究》文中说："清初庞大的逃禅遗民群体中，真正沉潜宗门、悉心研究佛理之人并不多，大多遗民在国破乱离之际为避祸而披缁削发，还有一部分人因反清斗争失败不得不遁入空门，他们有的不礼佛，不坐禅，不住寺庙，不读佛经，有的像出家前一样饮酒食肉，四处游走；有的数年之后，因形势变化又蓄发还俗，重又浸润于四书五经之中。"③贺贻孙即是如此。他爱好饮酒，《游梅田洞记》中说："癸未八月晦日，偶与释大治过友人龙仲房家，饮醉，乘兴游焉……遂铺茵罗坐，邀余三人为上客。刺肥烹鲜，痛饮至醉，扬鞭散去。"其《影帆阁记》中说："遂饮酒赋诗，而记其言于座右。"诗酒人生，是古代文人常见的生活方式。酒入诗魂，诗融酒魂，诗赠酒趣，酒助诗兴。贺贻孙常常与友人边饮酒边赋诗作文。酒就是催化剂，它帮助贺贻孙将生活的困顿，理想无法实现的郁闷和国破家亡的悲痛发抒到诗文中。对诗人而言，唯酒得以宽心。同时，贺贻孙也蓄发、吃肉，这都与传统的出家方式不同。贺贻孙虽不好佛，但不代表他不懂佛学，他亦研读佛家经典。《青狮山听月庵记》中记载了他与僧佛之人来往且一起研读《大藏经》的情形："居士

---

① （清）贺贻孙：《水田居文集》，《四库全书存目丛书·集部·第208册》，齐鲁书社1997年版，第200页。

② （清）贺贻孙：《水田居存诗》，《清代诗文集汇编·第21册》，上海古籍出版社2010年版，第339页。笔者所见《水田居存诗》原书为中国国家图书馆藏清同治九年（1870，庚午）新镌本，《水田居存诗》（后附眠云馆记）三卷。《水田居存诗》四周单边，白口，单鱼尾，版中上为书名，鱼尾下为卷数，下为页数，每半页八行，每行二十字，第一册共六十三页，第二册共八十页，第三册共五十七页。书先为李陈玉的序，每半页六行，每行十二字，共四页。后是谌瑞云的序，每半页六行，每行十七字，共三页，末为"瑞云顿首拜撰"，然后是诗集目录。书末有印章"北京图书馆藏"。后被《清代诗文集汇编》收录。

③ 刘雪梅：《明清之际遗民逃禅研究》，吉林大学博士论文2015年，第41页。

胡博先弃郭瓦厦屋，徙居南村，而听月上人弃城西大刹，独瓶此庵，与胡居士为方外友人……诸《大藏经》与胡居士同学道于问云禅师，而有得者。"贺贻孙的好友胡博先，好读《易》，喜参佛。贺贻孙与胡博先一起就《大藏经》向云禅师问道。贺贻孙参佛时融入士大夫的家国情怀与怀才不遇之感。其《戊戌僧装诗》其一云"问猎应高灵隐坐，谈诗又喜浙江潮"，借用骆宾王隐居灵隐寺之传说，其二又云"佛汗几回增涕泣，经声一半是离骚"，借用洛阳平等寺佛汗雨兆尔朱之祸的典故。诗人参佛，亦掺入自己的感情，联想起自己政治抱负无法实现，如今东躲西藏——皆同骆宾王一般，就连经书读起来都像在读《离骚》，满腹悲伤，郁郁不得志。这都揭示了诗人的半僧半儒是迫于无奈。仕僧忽僧忽儒、儒释互补的行为是明清时的特殊现象，亦僧亦儒的出家方式为明清之际化僧的逃禅文人所特有，有着深深的时代烙印。

（二）与僧人相交

贺贻孙不仅出家，亦与许多僧人来往。贺贻孙的《水田居文集》《水田居存诗》里有许多这样的记载。如贺贻孙与崇祯年间隐居邑西玛瑙山方来庵的鄢见和尚往来甚密，有《丰城鄢无识僧装入楚赋赠》《丰城友人鄢无识为僧诗以悲之》等诗记载其事，两人的交往跨越了明亡的历史（贺贻孙《丰城友人鄢无识为僧诗以悲之》中有"画日禅关怨未平，芒鞋踏遍一山菁，他生若作迦陵鸟，尤学江南杜宇声"句）。贺贻孙还与晚明名气甚大的药地和尚（方以智）相交甚密。与贺贻孙相交的僧人还有释潜木、雪裘等，贺贻孙有《赠释潜木游五岳序》《僧雪裘传》等。除此之外，贺贻孙还有诗文《赠僧》《答问云禅师》《赠断云禅师》《送僧归庐山》《风中柳》等。与贺贻孙交往的众多僧人中，除见于贺贻孙诗文外再无迹可查。贺贻孙与这些僧人交往，对其袒露心声：或诉说艰难的生存环境，如"目前无隐处，花鸟怪多言"（《赠僧》）；或表现生存的无奈，如"鼓声未绝禅机转，纸上无言古佛间"（《答问云禅师》）；又或传达看破世事人情的心态，如"莫辞身已隐，大道总如斯"（《赠断云禅师》）；再或表达对士僧悲惨命运的感慨，如《僧雪裘传》。"在明末清初那段特殊的岁月里，佛教与文人士大夫关系的新变化。一方面是大量深负家国之痛的遗民逃进佛国；另一方面许多僧人不仅热情地接纳了这批遗民，而且自身也对故国故君充满了深厚的感情。这种交流与融合使中国佛教思想文化史上长达一千多年的儒释融合达到了一个全新境界。"[①]

[①] 张兵：《归庄与弘储》，《古典文学知识》1997年第6期。

（三）创作了许多与佛教相关的诗文

明亡清起，为避难保节，贺贻孙不得不以半僧半儒的状态生存。他出家为僧，也与许多出家僧人以及忽僧忽儒式僧人交往，这种经历又不自觉地渗透进其诗文创作。酒、诗、禅在贺贻孙身上融会贯通，这成为其诗文创作的特色。

贺贻孙有时以佛释儒，有时以儒释佛。一方面，其诗文中经常出现佛家用语，如"鸟赚寒花语，僧行晓磬声"（《山雾次韵》）、"罗汉不归僧又去，怪余独唱望江南"（《游禾山龙溪》）、"苾刍风雨故潇潇，剪草殿前一冷瓢。问腊应高灵隐坐，谈诗又喜浙江潮。慧根业满难兼福，愁种锄多易动苗。只为高堂堪恋恋，莲花火宅总逍遥"（《戊戌僧装诗》）。另一方面，他的诗文直接记载自己与佛家相关的事，如《雨霁同龙仲房僧舍得月》《僧舍制茶》《僧庵看梅》《青狮山听月庵记》等。贺贻孙也曾作募缘疏，如《为僧募诵〈华严经〉疏》《为厚田荐亡佛事募缘疏》。关于募缘疏，徐师曾《文体明辨序说》中云："按，募缘疏者，广求众力之词也。桥梁、祠庙、寺观、经像与夫释老衣食器用之类，凡非一力所能独成者，必撰疏以募之。词用倾语，盖时俗所尚。而桥梁之建，本以利人，祠庙之设，或关祀典，非他事之比，则斯文也，岂可阙而不录哉？故列之。"[①]作为文体，募缘疏有明确的写作目的——以募化财物为主，佛、道两教运用为多，此外兼及桥梁、祠庙等非一人之力可能完成者。为了成功募缘，疏文必须揭示所募之事件的价值与意义。唯有如此，人们才会慷慨解囊，募缘才会成功。贺贻孙的《为僧募诵〈华严经〉疏》是为僧侣募三藏十二部经之一的《华严经》而作，贺贻孙旁通内典，将《华严经》中觉林菩萨揭破地狱的神奇功用婉婉道来。《为厚田荐亡佛事募缘疏》中，作者叙述了故里厚田由人才济济到如今的人迹罕至、神灵凋敝的变化："自癸未以来，杀戮独惨，迄丁亥已往，生齿渐凋，流离继以死亡，富庶转为贫寡。"[②]作者经历了国破家亡的悲痛，故此疏写得悲痛深切，感人至深。

贺贻孙也研读佛家经典，将酒、诗、禅融入生活，有时以儒释禅，有时以禅释儒。这种儒释互补的现象，在明清之际又具有一定的普遍性。人创造了时代，最终时代也造就了人。

明亡清起，为了避难保节，贺贻孙等文人士大夫不得不以半僧半儒的状态求生

---

① （明）吴讷、徐师曾撰，罗根泽校点：《文体明辨序说》，人民文学出版社1998年版，第172页。
② （清）贺贻孙：《水田居文集》，《四库全书存目丛书·集部·第208册》，齐鲁书社1997年版，第162页。

存。贺贻孙也与许多出家僧人以及与相似的忽僧忽儒式僧人交往，这种交往又不自觉地渗透进诗歌创作中。他们将酒、诗、禅融入生活中，有时以儒释禅，有时又以禅释儒。这种儒释交融的现象，有着深深的时代烙印，在那个时代具有共性。这种"入世"与"出世"思想间的探索与融合，又进而开辟了一条实践的道路。值得我们深入研究。

第三节　贺贻孙交游

学者的交游活动对其学术生命的形成有重要作用，也是其人生经历的重要内容。作为明末清初江西著名文人，贺贻孙的交游情况，迄今无人考察。本节以时间为线索，爬梳正史、方志、文集、笔乘等相关文献，梳理贺贻孙的交游情况，大致展示其一生的交游事实，还原贺贻孙生平的部分原貌。本节以明亡为界，将其交游分为前中期、后期两个时期来考察。

一、前中期

贺贻孙说"余所交友朋多矣"[1]，他与朋友结交，历经患难，死生不渝。学者赵园在《易堂寻踪》中说："危机，患难，确也将'友'之一伦对于士人的意义，成倍地扩大了。易代不仅提供了紧张感，也提供了对于友情的道义支持，'孤危''孤绝'，'孤'即是'危'即'绝'。于是守望相助，以沫相濡，这类故事似乎随处可闻。"[2] 明清易代之际，交游是士成就的条件。明清之际的遗民大都有交游的历史，以文会友，或以气节相尚。贺贻孙虽未取得功名，但才华横溢，他十六岁出村游泮，游学他乡，开始结交朋友，求师访友，既增长学业，又获得新的知识。考察其交游活动不仅有助于了解贺贻孙生平思想的形成，也是解读其诗文的重要线索。

1. 艾南英

艾南英（1583—1646），字千子，号天佣子，明代东乡人。"天启四年，南英始举于乡。座主检讨丁乾学、给事中郝士膏发策诋魏忠贤，南英对策亦有讥刺语。忠贤怒，削考官籍，南英亦停三科……始王李之学大行，天下谈古文者悉宗之，后钟

---

[1] （清）贺贻孙：《水田居文集》，《四库全书存目丛书·集部·第208册》，齐鲁书社1997年版，第100页。

[2] 赵园：《易堂寻踪》，江西教育出版社2001年版，第31页。

谭出而一变。至是钱谦益负重名于词林，痛相纠驳。南英和之，排斥王李不遗余力"①。后清军南下，起兵反抗。南明唐王授艾南英兵部主事、御史。潜心史学，编集古今全史千余卷，惜与其他著述毁于兵火。仅存《禹贡图注》《天佣子集》十卷。

贺贻孙与艾南英同为豫章社成员。豫章社由李长庚倡议建成，社内皆"能文者"，以振兴时文为宗，以艾南英、章世纯、陈际泰为首领，徐世溥、万时华、陈宏绪、贺贻孙等相继加入。在明代文学史上共有三次文学复古运动，其中第三次复古运动发生在天启、崇祯时期。当时在江西有号称"江右四家"的艾南英、罗万藻、陈际泰、章世纯，成为江西地区文学复古运动的代表。这些人都善于写八股文，名噪一时。《四库全书总目》云："世纯与艾南英、罗万藻、陈际泰，号'临川四家'，悉以制艺名一时。"②"江右四家"中，艾南英成就最高。他非常推崇欧阳修的古文，又继承台阁派、唐宋派"文以明道""文道并重"的创作宗旨。他认为作文有肩负经世致用、改革社会的意义。当时的八股文创作已经"分崩离析"，艾南英的八股文写得很好，因此而闻名天下。在这种背景下，艾南英等人以振兴八股文，挽救文运，从而进一步挽救国运为前提，展开一系列的理论建设，其中重要的一点便是提出"以古文为时文"："制举业之道，与古文常相表里。故学者之患，患不能以古文为时文。"③贺贻孙《复艾千子》说："文章贵在妙悟，而能妙悟必于古人文集之外别有自得。"④他认为"怀素之后无复怀素"，因为"是师承而无自得也"。贺贻孙提倡文章要有师承，学古而不泥古，要学习古人文章精髓而为我所用，这与艾南英提倡的"以古文为时文"类似。艾南英除了欲将秦汉文章与唐宋文章合一外，还有重视"实学"的倾向，这也和贺贻孙类似。贺贻孙与艾南英通过书信往来探讨此等问题，因而互受影响甚深。

2. 徐世溥

徐世溥（1607—1658），字巨源，号榆溪，江西新建人。"父良彦，官工部侍郎。世溥好学能文，时艾南英以时文奔走天下，闻世溥名，与约为兄弟，江南诸名士无不以枘斗归之。鼎革后，匿影杜门……去盗乘夜，入室索其礼币，世溥答无

---

① （清）张廷玉：《明史·卷二百八十八·文苑四》，中华书局1974年版，第7402～7403页。
② （清）永瑢等编：《四库全书总目提要·卷三六》，中华书局1965年版，第303页。
③ （明）艾南英：《天佣子集·卷十·金正希稿序》，《四库禁毁书丛刊补编·第72册》，北京出版社2005年版，第315页。
④ （清）贺贻孙：《水田居文集》，《四库全书存目丛书·集部·第208册》，齐鲁书社1997年版，第173页。

第一章 贺贻孙生平思想与交游

有，盗之不信，以火炙之至死，乃去。"① "溧阳陈名夏闻世溥善古文，手书招之，拒不纳"② "世溥才雄气盛，屡试不第，以著述自娱。著有《易系》若干卷、《夏小正解》一卷、《韵蕞》一卷、《榆墩诗钞》二卷、《逸诗》二卷。其《榆墩集》文九卷、诗二卷、熊人霖选十之一，为刊行"③。

《永新县志》卷十六云："时江右社事方盛，贻孙与万茂先、陈士业、徐巨源、曾尧臣诸名宿结社豫章，社选诸刻，皆推为领袖。"④可知，贺贻孙与徐世溥、陈宏绪、万茂先、曾尧臣等都在豫章书社中。结社期间的联系也颇为紧密。徐巨源、陈士业与贺贻孙好友方以智、黎士弘又有交往，方以智的《浮山文集后编》中有《徐巨源榆墩集序》云："与新建徐子巨源交且三十年而竟未识。"⑤黎士弘的《托素斋文集》中有《徐巨源榆溪集序》，云："榆溪集，陈子伯辑选刻于南昌，今萧子孟昉又搜其遗者补之。尚有余稿存贺子翼季子所当，立归之孟昉"⑥。这从侧面揭示贺贻孙与徐巨源平时的交往。

崇祯四年（1631），贺贻孙作《垂花岩仙洞记》，云："石松柏存余家，长三寸，黛色，茎柯枝叶俱备，今分遗余友徐巨源、邓左之。"⑦可以窥见贺贻孙应与徐巨源、邓左之等走动较多。

顺治元年（1644），贺贻孙已隐居深山，尽管如此，他仍然不时地怀念起自己的好友，并创作了《甲申山中写怀寄征君徐巨源》这首诗。之后，他又写下了《山中怀徐巨源陈士业》。此时，贺贻孙为了躲避战乱，隐居于邑西的禾山之巅。虽然他心中充满了忧患和沉痛，但每当想起远在豫章和新建的知心朋友，他的心中就会涌起一种美好的情感。然而，他再也无法回到过去那种无忧无虑的心境了。

顺治十一年（1654），贺贻孙作《与徐巨源》，诉说自己隐逸以来的困惑：虽羡慕陶渊明的"悠然见南山"的清高自负，但也困惑"读书学道两事无成"的现状。

---

① （清）吴山嘉：《复社姓氏传略·卷六》，中国书店1990年版，第4页。
② （清）赵尔巽等：《清史稿·卷四百八十四》，中华书局1976年版，第13321页。
③ 王钟翰点校：《清史列传·卷七十》，中华书局1987年版，第5692页。
④ （清）萧玉春修，李炜等纂：《中国方志丛书·江西省·永新县志·四》，成文出版社1983年版，第1317页。
⑤ （清）方以智：《浮山文集后编》，《续修四库全书·集部·第1398册》，上海古籍出版社1995年版，第387页。
⑥ （清）黎士弘：《托素斋文集》，《四库全书存目丛书·集部·第223册》，齐鲁书社1997年版，第554页。
⑦ （清）贺贻孙：《水田居文集》，《四库全书存目丛书·集部·第208册》，齐鲁书社1997年版，第124页。

贺贻孙与徐巨源同为豫章社社友，而贺贻孙对豫章书社中人的评价都颇高。贺贻孙在《徐巨源制义序》中说："二十年来，豫章诸公，乃为古学以振之。尔时巨源以少年高才，茂先、士业、左之、士云，递为推长，同人唱和。实繁有徒，薄海以内，望风响应。"[1]贺贻孙认为豫章社文人都以振兴古文为己任，四海之内望风响应的人很多。同社好友陈宏绪也高度评价徐巨源的诗文创作："予友徐巨源征君世溥结庐其间，所著诗文因名'榆溪集'。巨源最爱江文通《恨》《别》诸赋而尤醉心《韩婴外传》，以为婴叙事淡荡婉劲，有司马迁逸致，迥出西汉诸家，故其作《爱秋光赋》《东湖渔者赋》，仿佛醴陵操觚。而他文抑扬吐气，意在笔先，有韩生之风焉。晚乃力摹昌黎，有酷肖者。诗则少陵沉郁，昌谷奇丽，时亦错出见奇。"[2]陈宏绪充分肯定徐巨源古文方面的功力，认为徐巨源历来喜爱古文，故于古文多有造诣，作文又喜抑扬顿挫，常常意在言先，诗则有杜甫的沉郁顿挫、李贺的奇丽。

贺贻孙在《龙溪族侄季子诗序》中谈及昔日好友如今的遭遇时说："江右诗人之厄，未有如近日之甚也。姑举亡友言之，如南昌万茂先、新建徐巨源，一吟一咏，流传人间，骚人韵士，寻味不休。然落魄科场，迨三十年。"[3]贺贻孙感叹昔日同社好友如今皆命运多舛，生不逢时。同时十分钦佩徐巨源，认为他才高八斗，天分独绝："今读巨源所为时文，隽思逸气，通识奇情，固其天分所独绝矣。"他对徐巨源的文学创作的分析非常透彻，站在客观的角度评价徐巨源为文的利弊，"巨源之才能以古文与时文合"，但"长于经术而短于揣摩"[4]。徐巨源作文的这一特点实与艾南英、贺贻孙都非常相似，即将古文与今文结合得十分紧密。

在豫章书社中，贺贻孙与徐巨源常有诗文唱和，文学交流较多。如贺贻孙的《南溪贺支谱序》后有徐巨源的评价："仁本乎亲，惟爱深一本，故情切同仁。译诗而式雅化，敬宗乃以尊祖。末复错综游扬，命意最极超忽，几飘飘乎欲仙矣。"徐巨源入吴后，贺贻孙曾专门写诗《闻徐巨源入吴寄赠》，言"伤心自向吴门啸，曾揽钟山紫气无"[5]；贺贻孙还有诗《赋得怨君恨君恃君爱，和同周俟庵、徐巨源》《江南怨和徐巨源》《题徐巨源榆溪》。

---

[1] （清）贺贻孙：《水田居文集》，《四库全书存目丛书·集部·第208册》，齐鲁书社1997年版，第112页。

[2] （清）陈宏绪：《江城名迹·卷二》，《文渊阁四库全书·史部·第346册》，武汉大学出版社1998年版，第328～329页。

[3][4] （清）贺贻孙：《水田居文集》，《四库全书存目丛书·集部·第208册》，齐鲁书社1997年版，第115页。

[5] （清）贺贻孙：《水田居存诗》，《清代诗文集汇编·第21册》，上海古籍出版社2010年版，第327页。

徐巨源的《榆溪逸诗》中收录《贺子翼下第归永新》，从中能感受到徐巨源对贺贻孙的感情之深，因贺贻孙返回永新，路途遥远、行路曲折而伤感好友形单影只，孤单落寞的样子，所以创作出这一组诗。

> 怜君又失意，孤棹向寒空。
> 归路三年旧，滩声百叹中。
> 峡猿号缺月，野树响悲风。
> 羁宦犹将泣，单衫向道穷。
> 君向彼中去，青山几倍长。
> 萧萧风雨后，黄叶下残阳。
> 日气何凄薄，天心只渺茫。
> 哀鸿遥渐减，今夜泊何方。
> 报捷骑偏迅，远山路转增。
> 家村当此日，庭户已如木。
> 间噪应嫌鹊，占归又卜灯，
> 知君念章浦，回首更沾膺。①

顺治十五年（1658），徐巨源逝世，贺贻孙哀悼之，为其作《鹧鸪天》以表悼念。时贺贻孙已隐匿深山多年，得知好友去世，内心伤心寂寥之感溢于言外。

3. 陈宏绪

陈宏绪（1597—1665），字士业，号石庄，江西新建人。②"兵部尚书道亨子。性警敏，好学，家集书万卷，兄弟友朋日夜讲习。以荫生荐，授晋州守。时真定属邑多残破，阁臣刘宇亮出督师，欲移师入晋州，宏绪不纳。宇亮怒，驰劾之。有旨逮问，州民诸阙颂其保城功，得释，谪湖州府。经历署长兴、孝丰二县事。寻为巡按劾罢，后屡荐不起，移居章江。"③"藏书万卷，宏绪不仕，辑《宋遗民录》以见

---

① （清）徐巨源：《榆溪逸诗》，《清代诗文集汇编·第26册》，上海古籍出版社2010年版，第518页。
② 宏绪、弘绪，各文献记载不同，此处依《清史稿》载为"宏绪"。
③ （清）吴山嘉：《复社姓氏传略·卷六》，中国书店1990年版，第3页。

志。"①"工古文，与徐世溥齐名。为文不务诡奇，不假修饰。所作《西阳藏书》《抄本书二记》，王士禛见之，谈曰：'名下固无虚士也。'"②又修《南昌郡志》，著《尚书广义》《周易备考》《江城名迹》《诗经能义》《寒夜录》《陈士业全集》《神听集》《西山二隐诗》《南昌府志》《荷锄杂记》《石庄集》《寒崖集》《敦宿堂留稿》等。

贺贻孙与豫章社中人也一直有书信往来和文学交流。其《激书·原病》中说"昔年余在新建陈士业馆"，因地理原因，贺贻孙与距离较近的陈宏绪多有走动。

明代第三次复古运动兴起时，江西除了有名噪一时的"江右四家"，用"以古文为时文"的形式践行经世思潮之外，陈宏绪、徐世溥、万时华与贺贻孙等古文家也致力于此。其中，陈宏绪作文与徐世溥很像，他们都师法欧阳修、曾巩。施闰章评陈宏绪文称："士业之为文，不务诡奇，不俟搜讨修饬，而油然沛然，敷陈略尽。"③施闰章认为陈宏绪的古文不矫揉造作，不多加修饰而能见真实。陈宏绪《贺子翼制艺序》称赞贺贻孙是"禾川之奇士也"，说贺贻孙论文长于论事，对贺贻孙古文非常推崇："王荆石、顾泾阳之匹偶。今安得有此人，徐而睨之，子翼不仅与王顾颉颃也，眉山而后知其卓越者几何人哉。"④在感叹贺贻孙作文长于议论的同时，陈宏绪将贺贻孙与王锡爵、顾宪成相提并论，认为贺贻孙的才华被淹没，不被大多数人知晓，实为憾事。

明亡后，贺贻孙隐居山林，与陈宏绪等人的来往较之前少很多。贺贻孙曾作诗《乱后中秋即事寄陈士业》"清光犹照旧江山，山色悲凉到枕间。乱世伤秋人已老，故园独夜梦先关"⑤，对故国的这种悲叹，恐怕只能对昔日好友诉说。

贺贻孙还有诗《山中怀徐巨源、陈士业》，应为晚年所作，时好友陈宏绪、徐巨源都已故，此为悼念亡友之作。

4. **万时华**

万时华（1588—1641），字茂先，私谥文懿先生。江西南昌人。"时华生而颖

---

① （清）赵尔巽等：《清史稿·卷四百八十四·列传二百七十一》，中华书局1976年版，第13320页。
② 王钟翰点校：《清史列传·卷七十·文苑一》，中华书局1987年版，第5692页。
③ （清）施闰章：《学余堂文集·卷四·陈征君士业文集序》，《文渊阁四库全书·集部·第252册》，武汉大学出版社1997年版，第44页。
④ （清）陈宏绪：《石庄初集·卷四》，《清代诗文集汇编·第10册》，上海古籍出版社2010年版，第775页。
⑤ （清）贺贻孙：《水田居存诗》，《清代诗文集汇编·第21册》，上海古籍出版社2010年版，第330页。

异，诸经子史无不历览成诵。冢宰李长庚官江西布政，时合十三郡能文者为豫章社于南昌，首时华与万曰桂、喻全祀，时华尤为所推"①，"工诗古文词，负海内重名几四十年。崇祯中保举，守令诏下，布政使朱之臣荐于朝，应征北上，抵维扬辄病不起"②。著有《溉园初集》《溉园二集》《园居》《田居》《东湖集》《诗经偶笺》等。

《江西通志》评万茂先创作称："取法陶谢李杜诸家，不袭前人，不循近派，格惟其高，语惟其淡远；古文权衡于柳子厚之奇峭，而杂以永叔之能叙事。"③万茂先也是贺贻孙的同社中人，与"江右四家"以及徐世溥、陈宏绪等共同引领明末江西的文学复古运动。诗文方面，贺贻孙也十分欣赏万茂先等人："山阴徐文长之奇矫，竟陵钟伯敬之静慧、谭友夏之灵快，虞山钱牧斋之精熟，新建徐巨源之逸宕，南昌万茂先之淡远，南粤黎美周之秀倩，临川汤若士之清丽，云间陈卧子之豪迈，各成一家，为昭代翘楚，吾所服膺。"④贺贻孙将徐巨源与万时华与徐渭、钟惺、谭元春、钱谦益、黎遂球、汤显祖以及陈子龙等人并提，认为他们各成一家，各有风格，可称翘楚，可见贺贻孙对他们的倾慕。

崇祯十四年（1641），万茂先应征北上，行至江苏扬州，因病去世。贺贻孙舟次南州（今南昌），闻万茂先殁，于途中作诗《舟次》来悼念好友，《舟次》中说"画策谈容易，修文死渺茫。茂陵藏稿在，欲问转悲凉"⑤，失去好友之悲痛难以言表。

5. 邓履中

"邓履中，字左之，崇祯壬午举人"⑥，生卒年、事迹不详，江西新建人。豫章书社文人。据艾南英《天佣子集》中《四子合刻序》记载："吾友刘士云、邓左之、

---

① （清）江召棠修，魏元旷纂：《中国方志丛书·江西省·南昌县志·三》，成文出版社1983年版，第1063页。
② （清）吴山嘉：《复社姓氏传略·卷六》，中国书店1990年版，第1页。
③ （清）谢旻等：《江西通志·卷七十》，《文渊阁四库全书·史部·第273册》，武汉大学出版社1997年版，第443页。
④ （清）贺贻孙：《水田居文集》，《四库全书存目丛书·集部·第208册》，齐鲁书社1997年版，第171页。
⑤ （清）贺贻孙：《水田居存诗》，《清代诗文集汇编·第21册》，上海古籍出版社2010年版，第310页。
⑥ （清）吴山嘉：《复社姓氏传略·卷六》，中国书店1990年版，第4页。

余小星、李平叔取其先后制艺合付刻人而以序言见予。"①可知，邓左之曾与刘斯陛、余正垣、李奇合刻文，这四人合称为"南州四子"。

贺贻孙与邓左之也常相互走访。由于现实原因，豫章书社的几人中，贺贻孙同邓左之关系较为亲密。《心远堂自序》中记载："他日左之至螺江，猝入余馆，余不及避，发篋得诗。怒然戚也，曰'子胡为此耶？为者必穷而后工且传'……遂使四子之言不念于前而左之一人之言独念于后。"②从文中的"猝入""怒然"等字眼可知，邓左之应与贺贻孙关系较之其他同社中人要更为亲密，方可语言、行为如此随意。邓左之、万茂先、徐巨源、陈士业对贺贻孙诗文皆评价颇高，这促使贺贻孙更加努力。崇祯四年（1631），贺贻孙作《垂花岩仙洞记》云："石松柏存余家，长三寸，黛色，茎柯枝叶俱备。今分遗余友徐巨源、邓左之。"③

6. 曾文饶

"曾文饶，字尧臣"④，生卒年、事迹不详。江西吉安泰和人。著有《龙湾草》，已亡佚。

崇祯十二年（1639），贺贻孙于吉安赴郡试，由曾尧臣陪同。贺贻孙在《同社为亡友曾尧臣忉悔功德疏》中称赞曾尧臣"文章飘风骤雨，意气掣电轰雷"⑤。贺贻孙还因此作《贺曾尧臣焚弃举业书》。贺贻孙在明亡后就不再攻于举业，得知好友曾尧臣也弃举业后，颇为欢喜，于是作文来祝贺。曾尧臣去世后，贺贻孙作《祭曾尧臣文》来悼念曾经的好友，痛失老友之情溢于言表。

7. 余正垣

余正垣（1598—1645），"字小星，江西南昌人。著有《昔耶园集》"⑥。作品已亡佚。"曰德孙。诗名在李平叔、万茂先、陈士业诸子间。著有《昔耶园集》，李士琪

---

① （明）艾南英：《天佣子集·卷十二》，《四库禁毁书丛刊补编·第72册》，北京出版社2005年版，第348页。
② （清）贺贻孙：《水田居文集》，《四库全书存目丛书·集部·第208册》，齐鲁书社1997年版，第88页。
③ （清）贺贻孙：《水田居文集》，《四库全书存目丛书·集部·第208册》，齐鲁书社1997年版，第124页。
④ （清）吴山嘉：《复社姓氏传略·卷六》，中国书店1990年版，第23页。
⑤ 罗天祥：《贺贻孙考·同社为亡友曾尧臣忉悔功德疏》，江西人民出版社1998年版，第184页。
⑥ （清）吴山嘉：《复社姓氏传略·卷六》，中国书店1990年版，第1页。

刻于宣城官舍。其友康小范、胡悦之为之序。悦之称：'小星诸如离客折柳，怨妇登楼，又如寒关筘吹，秋峡猿啼'，小范云：'余交小星二十年，未曾见其喜愠，盖其深静之致、旷远之怀，即不被之四韵而落纸，出唇即可参陶谢之席，又有苔园近艺寒芳阁文稿。'"①

贺贻孙有诗《和余小星白菊诗，时席中有侑觞者》《戏为歌者赠余小星》《江城梅花引》（为南昌余小星惜姬人）。

8.贺吴生

贺吴生（1603—1678），字季子，号两闲居士，江西永新人。明末诸生，屡举不第。明亡隐居。"吴生意气自豪，文益宏肆，诗则古风，仿储王律，体追三唐。贻孙尝推为近代名手"②。著有《名臣录》《静观堂集》《湖隐堂诗集》《俟云集》，皆亡佚。

贺贻孙是贺吴生族叔，二人不仅是叔侄，更是学业上互相鼓励、共同进步的同窗。二人还与贺遘生来往甚密，三人同读学官，同赴县试，当时的县令史心南看了他们三人的文章后，称他们是"禾川三才子"。

天启四年（1624），贺吴生与贺贻孙一道赴省考试。试毕，两人饮酒畅谈，贺吴生看了贻孙的文章后，大加赞扬："元魁皆属吾家矣！"贺贻孙见有同场考试的人在旁，便谦逊地说："吾辈当归家读尽古人书，然后释褐，岂必速售作空疏进士乎？"是时，主考丁天行果取他两人试卷，拟为易魁，副主考以文章伤时，抑为乙榜。

崇祯五年（1632）三月，贺吴生见贺贻孙得文章，加以夸奖，开玩笑说："子文似永叔，我他日当先死，子为我墓志铭。"贺贻孙笑答："他日当为子醉时写照耳。"

崇祯六年（1633），贺吴生与贺贻孙一起去资福古刹读书。相传寺内有唐咸亨元年拍板，拍声响入云霄。贺贻孙作诗《仝季子读书资福古刹》，言："野寺荒林内，古潭向晚澄。吟虫依病客，寒犬望归僧。松落窗前子，花明梵后灯。千年旧拍板，还与尔参乘。"③贺吴生作《资福寺同子翼叔题壁》云："闲扫空山石，静看秋色澄。松风入梦客，云影出林僧。时有中天月，来供午夜灯。清凉随处适，即此是参乘。"④贺贻孙与贺吴生皆为此作诗咏之。

---

① （清）江召棠修，魏元旷纂：《中国方志丛书·江西省·南昌县志·三》，成文出版社1983年版，第1065页。
② （清）萧玉春修，李炜等纂：《中国方志丛书·江西省·永新县志·五》，成文出版社1983年版，第1378页。
③ （清）贺贻孙：《水田居存诗》，《清代诗文集汇编·第21册》，上海古籍出版社2010年版，第310页。
④ 罗天祥：《贺贻孙考》，江西人民出版社1998年版，第118页。

贺吴生八次赴省考试都未中举，仍不灰心丧气，依然发奋读书。明亡后，贺吴生见时事日非，生平豪雄之气消磨殆尽，一变过去热衷功名之心，自剪其儒服，披缁僧装，与贺贻孙隐居林泉，不问世间事，常吟"清风明月两闲人"，并以"两闲居士"自称。

顺治九年（1652）秋，贺贻孙杜门久矣。忽接贺吴生送来诗，招贺贻孙一同赴龙溪。贺贻孙作组诗《步入龙溪》。

康熙七年（1668）十二月，贺贻孙与贺吴生、贺僧护、叶苍平等在才丰陂下村龙去泥的影帆阁上读书。贺贻孙同时作《影帆阁记》，赋《影帆阁》诗一首。

康熙八年（1669），贺贻孙为贺吴生作诗序《龙溪族侄季子诗序》，文中说："岂若吾家之仁山、季子，获屈于末世也哉。仁山尚得称明经以死；而季子则以困顿诸生，饥寒深隐，奔窜流离于戎马间，忧谗畏讥，以终其身。则是诗人之厄，又未有如季子之甚也。"①其文诉说贺吴生自隐居山林后过着困苦不堪的生活。文中称贺吴生"古诗仿佛储王，律则追踪三唐"，把他推为"近代名手"，又云："季子少时，与余同习制举业，余尝称其所作，如霸鹰摩天，长鲸吸海，吾党勍敌，数人而已。岂料其八试八蹶，至于国变而始休焉。余怜季子益自怜矣。"②贺贻孙为他遴选三百余首，辑《湖隐堂诗集》，由其子进鼎、育鼎刊刻传世。

二人时常有诗文唱和，贺贻孙有诗文《龙门寄家忠矣季子》《口占为季子寿》《雪中聚饮和家忠矣季子韵》《与季子》《季子忠矣同为赋之》《山居次韵答家季子》《秋日感怀和家季子叶苍平韵》《家季子嫁女有诗次韵和赠》《辛丑八月十三夜月华次家季子韵》《与族弟忠矣侄季子追和钱彦林秋斋诗韵》等。贺吴生还曾为贺贻孙妹妹贺艾作《比烈诗》。

康熙十七年（1678），贺吴生逝世。贺贻孙为其作《族侄季子墓志铭》，云："季子与余同生菊祖后，以世次，则余为叔，而季子长余一岁，余昵之如兄弟，乃其相与同学，则又朋友也。"③贺贻孙晚年来往甚密的，除了个别好友外，再就是贺吴生、贺靖国、贺善来等亲人。此三人伴随贺贻孙一生。故亦亲亦友的贺吴生离世，贺贻孙倍感伤痛。

---

① （清）贺贻孙：《水田居文集》，《四库全书存目丛书·集部·第208册》，齐鲁书社1997年版，第115页。

② （清）贺贻孙：《水田居文集》，《四库全书存目丛书·集部·第208册》，齐鲁书社1997年版，第114页。

③ 罗天祥：《贺贻孙考》，江西人民出版社1998年版，第199页。

9. 贺靖国

贺靖国（1606—1669），字忠矣，号仁山。江西永新人。"顺治甲午选贡第一，为文落纸如飞而词义精湛。设教文塔，一时名流如刘作梾、作相、徐有杰皆出其门。"[1] 著有《水雪堂集》《仁山全稿》《龙溪吟》《李文正乐府》等，皆亡佚。

贺贻孙是贺靖国族兄。两人结交很深，虽然居所相距十余里，但往来频繁。明亡后，贺贻孙隐居山乡，闭门谢客。贺贻孙在《复李谦庵先生书》说："自己丑罹难破家后，杜门谢客，族人来往者，仅忠矣、季子二人。忠矣虽以饥寒馆于时贵，然其为人最孝，菽水尽诚，每为父涤秽器，不肖尝愧之。"[2] 贺靖国常与其谈论时务，相互道应，留连不返。贺靖国也邀请贺贻孙饮酒赋诗，终日不倦。

康熙六年（1667），贺贻孙遭受一场大的灾难，觉得无以自存，贺靖国去劝解，以资相助，帮助贺贻孙渡过难关。因此贺贻孙对他非常感激。

康熙八年（1669），贺靖国入燕谒见，至半途卒于舟中。贺贻孙为其撰写《族弟拔贡仁山墓志铭》。

两人多有诗文唱和。贺贻孙有诗《和忠矣春日宴桃李园歌》，因贺靖国作《春日宴桃李园歌》中有"才子佳人惊白发"之句，颇多不平之气，故贺贻孙作此诗来解嘲，诗中言"花与佳人不耐老，难皮懒向落花扫"[3]。《龙门寄家忠矣、季子》《雪中聚饮和家忠矣、季子韵》《腊月饮菊酒和家忠矣》《与忠矣》《季子忠矣同为赋之》《与族弟忠矣侄季子追和钱彦林秋斋诗韵》《剪纸为荷花灯放入江中同族弟忠矣》等。贺靖国的诗作很多，去世后，贺贻孙为他搜集六百余首，辑成诗集。

10. 贺善来

贺善来（1612—1684），字僧护，号遵园，明季诸生。"善来天资颖异，藏书万卷，不数过即得精微，胸无俗韵，寻常语出其手便觉清风袭人，尤善尺牍，叙致婉畅，悠然标致。"[4] 贺善来侨居西昌时得曾尧臣、萧伯玉器重。明亡之际，僧护眼

---

[1] （清）萧玉春修，李炜等纂：《中国方志丛书·江西省·永新县志·五》，成文出版社1983年版，第1351页。

[2] （清）贺贻孙：《水田居文集》，《四库全书存目丛书·集部·第208册》，齐鲁书社1997年版，第168页。

[3] （清）贺贻孙：《水田居存诗》，《清代诗文集汇编·第21册》，上海古籍出版社2010年版，第306页。

[4] （清）萧玉春修，李炜等纂：《中国方志丛书·江西省·永新县志·五》，台北成文出版社1983年版，第1386页。

见"虏氛日炽",乡国已无净土,入山凿穴,誓全肤发,保持民族气节,不仕清廷,以老病辞。闭户深居,非志同道合者不与相处。贺僧护无论作文、写诗,不假思索,援笔成文,且内容丰满。他不仅能文,亦能诗,其诗多抒发民族感情。著有《理学世永五溪翁儒行小传》《德音堂片集》《贺邁园先生文集》《贺邁园先生诗集》,皆亡佚。

康熙二十三年(1684),贺僧护去世。贺贻孙为贺僧护作《明经贺僧护墓志铭》,称"吾与僧护交五十余年矣",又称"见其为人,负气弗屈而胸无宿憾,遇拂意事,蹴案掷器,俄顷恬然,则是其和未焚也"[①]。贺贻孙当年还作《祭僧护文》。两人患难与共,大节不变。贺僧护一生交友甚多,晚年唯与贺贻孙、贺吴生、叶苍平往来。贺贻孙还有诗《黄牡丹仿俗体和僧护韵》。

11. 汪去辱

汪去辱(1611—1683),名洪钦,一名荣珠,字去辱,号巽麓,别号心愚,永新县高溪石市村人。是贺贻孙妹妹贺冕之夫。入国学,登太学生。汪去辱性好施予,乐善赈贫,见义勇为,文才横溢。

贺贻孙常与汪去辱交谈,称他"应对横纵,有上下千古之识"。明天启五年(1625),贺贻孙随父赴西安县署就读,汪去辱一起同读。汪去辱与贺贻孙都不追随欺压百姓的权势者,决不与之"同流合污",而保持自己"廉洁忠信"的高尚情操,宁愿隐逸在乡间,成为逸民。

康熙二十二年(1683),汪去辱去世后,贺贻孙为其撰写《太学生汪去辱妹君墓志铭》,铭曰:"文既有余,行尤可式。暗然古处,不事矜饰。于光远耀,其谁能抑。我敬其人,我怀其德。谁其拟之,大丘陈实。勒以贞珉,后嗣是则。"[②]该铭高度评价汪去辱的一生。

12. 周氏家族

贺贻孙与其妻周氏的家族来往甚密。贺贻孙岳父周之冠(1582—1646),字元

---

① (清)贺贻孙:《水田居文集》,《四库全书存目丛书·集部·第208册》,齐鲁书社1997年版,第196页。

② (清)贺贻孙:《水田居文集》,《四库全书存目丛书·集部·第208册》,齐鲁书社1997年版,第192页。

夫，别号九水，文谟子。江西永新人，"以文见，推尤潜心理学，躬行实践"①，著有《训世要言》《知非录》《家规》，皆亡佚。

周之冠去世后，贺贻孙为其撰写《周九水先生墓志铭》，还曾为岳母汪氏撰写《汪母七十寿序》。

周之冠长子周绍珠（1605—1679），字伯召，从徐昶学，"博通经史，鼎革后不复应试"②"与贺吴生、贺贻孙齐名。郭天门先生评其文曰'雄深雅健，得司马之遗'。汪宜副以故人子贻书招之，不赴。与其弟偕隐山中，闭户著书。人称'竹隐双逸'。"③著有《四书讲义》，已亡佚。贺贻孙为其撰写《周伯召内兄墓志铭》。

周之冠次子周继（1611—1679），字仲昭，号愧庵。贺贻孙为其撰写《周仲昭墓志铭》。

周之冠第三子周绪（1613—1679），字叔向。喜交游，重贤达，以善著，"读书励行，曾著《恤劳鸣》《溺女戒果报》二书行世。"④贺贻孙为其撰写《周叔向墓志铭》。

周子佩，号守白，生卒年不详。妻弟。贺贻孙有《守白别号说》。

周来贺（1649—1688），字广平，周守白长子。著有《内讼编》，已亡佚。周广平去世后，贺贻孙为其撰写《周广平传》，称："戊辰八月，应岁试，列优等，候发落，竟以九月初七日卒于府寓。"周广平遗留大量诗文，贺贻孙对其文采极为推崇，其《周广平传》中云："嗟乎，我悲广平之死，而因悲吾邑失去一古文手也！虽然，古今来，道德足以寿世，文章足以纪其年，而不克置通显，返于岁月，岂少哉。企望之，倘假以天年，出其文章，润色太平，足为邦家之光！"⑤足见其推崇之重。

13. 管正传

管正传，字元心，号德园，江苏太仓人，生卒年不详。崇祯辛未（1631）进士。历任永新、赣县知县。问民疾苦，尤折节下士称名宦。以被污下狱遣戍。工诗，精《易》，著有《积书岩诗草》，已亡佚。

---

①② （清）萧玉春修，李炜等纂：《中国方志丛书·江西省·永新县志·五》，成文出版社1983年版，第1345页。

③ （清）萧玉春修，李炜等纂：《中国方志丛书·江西省·永新县志·五》，成文出版社1983年版，第1490页。

④ （清）萧玉春修，李炜等纂：《中国方志丛书·江西省·永新县志·五》，成文出版社1983年版，第1460页。

⑤ 罗天祥：《贺贻孙考》，江西人民出版社1998年版，第179页。

当年黄学元被谗人陷害，诬以他事而欲将其置于死地，无奈之下黄学元改名换姓隐居山林，后得好友刘光震相助，将其诗文呈与管正传，管正传阅后方知黄学元实乃冤枉，于是发文还其清白。

崇祯四年（1631），管正传任永新县令，任职三年，全邑面貌焕然一新。崇祯六年（1633），贺贻孙作《代贺明管先生奏绩序》，对管正传的评价颇高："群盗叵测，不逞之徒，诪张为幻，乱之初生，其势已炽，当此时也，非得非常之材以治之，固有不可言者，管公甫至。"又云："有神降于邑之樟槻，百姓奔走狂惑，祈赛无虚日。公为下令，毁其庙。盖其胆色固有大过人者矣。"①贺贻孙佩服其负有胆气，为民办实事，历数其为民办事的种种善行。贺贻孙与管正传也多有文学交流，如贺贻孙有《秋叶吟和明府管德园先生九首》《闻管德园先生下狱感作》。

14. 李邦华

李邦华（1574—1644），字孟黯，号懋明，明吉水人。"受业同里邹元标，与父廷谏同举万历三十一年（1603）乡试。父子自相镞砺，布衣徒步赴公车。明年，邦华成进士，授泾县知县，有异政。行取，拟授御史。"②李自成下京师，李邦华"遂殉社稷"，缢于文信国祠。谥忠文。

崇祯十二年（1639），贺贻孙于吉安赴郡试，由曾尧臣陪同。得谒见当时元僚重望的李邦华。三人相见十分激动，贺贻孙回忆说："先生悉辞，为独延余与尧臣两人，握手升堂，促席而谈。且曰：贺子方有名于世，世将求全于子，子为诸生时，即择正而从焉，出而应世，无所不正，子其为天下全人哉。"③贺贻孙终生奉其言，发愤攻读，以求进步。后贺贻孙作《李门双节坊记》，高度肯定李邦华的两位妻妾在其自缢后抚儿长大，育儿成才之事，称"忠文夫妇以孝慈成之"④。

---

① （清）贺贻孙：《水田居文集》，《四库全书存目丛书·集部·第208册》，齐鲁书社1997年版，第81页。

② （清）张廷玉：《明史·卷二百六十五》，中华书局1974年版，第6841～6842页。

③ （清）贺贻孙：《水田居文集》，《四库全书存目丛书·集部·第208册》，齐鲁书社1997年版，第87页。

④ （清）贺贻孙：《水田居文集》，《四库全书存目丛书·集部·第208册》，齐鲁书社1997年版，第135页。

李邦华子李闻孙与贺贻孙也有相交。贺贻孙称"闻孙既壮,有室才名籍甚"[①]。又称"大史(李闻孙)与永新贺贻孙道谊交欢"[②]。

顺治三年(1646),贺贻孙避乱山中时,李闻孙前往永新,翻山越岭寻访。贺贻孙作诗《避乱山中见李闻孙》,言"故人情重如相访,七十一峰古道序"[③]。同年,李闻孙也拜访了贺贻孙好友徐巨源,徐巨源的《榆溪逸诗》中有《吉水李文孙见访》[④]。

康熙十三年(1674),贺贻孙于病中忽接李闻孙"手书并诗一函",遂为其诗作《李闻孙诗序》。《李闻孙诗序》序中称:"沉郁矫健,激昂顿挫之慨,已足廉顽而起懦矣。"[⑤]

康熙十八年(1679),李闻孙写信告知贺贻孙,其子李绳武"以春三月弃世。"[⑥]贺贻孙联想起自己已故的儿子稚圭,于是声泪俱下地撰写《祭大金吾李绳武文》。

15. 龙 骧

龙骧(1591—1647),字仲房,遂孙,太学生。江西永新人。工诗文、戏曲,精音律,尤善画梅。他的书法、绘画手稿流于江南一带民间,得人珍藏。著有《九宫全谱》《蕉帕记》。

龙仲房重义轻财,交友至诚。崇祯九年至十二年(1636—1639),龙仲房与贺贻孙相居一寓,二人一起饮酒赋诗,情如手足,谑而不虐,贫而互济。后由于时局纷乱,四方兵起,烽火连天,贺贻孙不得不隐匿山林,两人不得不泣别。贺贻孙在诗《龙仲房席中留赠二首》中称"但喜相逢无俗客,何妨醉倒卧东篱"[⑦],称赞二人的知己之情。

崇祯十六年(1643)八月晦日,贺贻孙与释大治过龙仲房家,因游邑内名胜梅

---

① (清)贺贻孙:《水田居文集》,《四库全书存目丛书·集部·第208册》,齐鲁书社1997年版,第135页。

② (清)贺贻孙:《水田居文集》,《四库全书存目丛书·集部·第208册》,齐鲁书社1997年版,第188页。

③⑤ (清)贺贻孙:《水田居存诗》,《清代诗文集汇编·第21册》,上海古籍出版社2010年版,第348页。

④ (清)徐世溥:《榆溪诗钞》,《清代诗文集汇编·第26册》,上海古籍出版社2010年版,第494页。

⑥ (清)贺贻孙:《水田居文集》,《四库全书存目丛书·集部·第208册》,齐鲁书社1997年版,第87页。

⑦ (清)贺贻孙:《水田居存诗》,《清代诗文集汇编·第21册》,上海古籍出版社2010年版,第326页。

田洞，作《游梅田洞记》，"癸未八月晦日，偶与释大治，过友人龙仲房家，饮醉，乘兴游焉""遂铺茵罗坐，邀余三人位上客。刺肥享鲜，痛饮至醉，扬鞭散去"①。贺贻孙与龙仲房诗酒人生，把酒言欢。

贺贻孙常常借龙仲房的事迹以及在此过程中与他人交流的情景，利用这些生动的事例来阐述自己的思想和见解。如《诗筏》中记载，曾受田中丞邀请，与龙仲房"泛曲舟水，有妓以仲房画扇乞余题"②，然后论述妓与友人的谈话。《答友人论文一》中说龙仲房善于画牛："吾友龙仲房，少以画牛得名。尝裸逐牛，学其斗角磨痒、啮草眠云之势，居然牛也。人皆知剧场非真境，画牛非真牛矣。而不知优人不真则戏不成，画牛不真则似不显。"③该文论证了"极假之事必以极真之功力为之。"

顺治四年（1647），龙仲房去世。贺贻孙于六月为其撰写《龙仲房墓志铭》，悲恸地悼念这位才华横溢、清贫而骨傲的真君子。贺贻孙还有诗《雨霁同龙仲房僧舍得月》。

16. 周之望

周之望，生卒年不详，字非熊，海倥。江西永新人。"嗜古淹博，领万历癸卯乡荐，杜门读书，绝迹公庭。布衣蔬食，泊如也。著作甚富，为兵毁。仅存《闰史》行世"④。

据贺贻孙《藜社制艺序》载，周非熊曾同金右辰、贺可上、贺中白、尹长思、刘开羡、萧升叔、刘岫毓等人结社，"海内望风而靡。当时号文章渊薮，必曰永新"⑤。

顺治元年（1644），贺贻孙为其所著《闰史》作序，称："万历间，里中周非熊先生讳之望，手辑三国、南北朝、五代时事成书，以其为闰统也，故名'闰史'……先生博闻强记，甫登贤书，无禄早逝。"⑥

---

① （清）贺贻孙：《水田居文集》，《四库全书存目丛书·集部·第208册》，齐鲁书社1997年版，第122页。

② （清）贺贻孙撰，郭绍虞编：《诗筏》，《清诗话续编》，上海古籍出版社1983年版，第196页。

③ （清）贺贻孙：《水田居文集》，《四库全书存目丛书·集部·第208册》，齐鲁书社1997年版，第175页。

④ （清）萧玉春修，李炜等纂：《中国方志丛书·江西省·永新县志·五》，成文出版社1983年版，第1370页。

⑤ （清）贺贻孙：《水田居文集》，《四库全书存目丛书·集部·第208册》，齐鲁书社1997年版，第91页。

⑥ （清）贺贻孙：《水田居文集》，《四库全书存目丛书·集部·第208册》，齐鲁书社1997年版，第117页。

17. 刘光震

刘光震（1599—1677），字肩吾，号岂泥。江西永新人。"幼以孝闻，尤善事继母，攻苦博学，领天启乡荐登，崇祯进士，改授漳州教授，作与士类，文风不变"[①]，"历官漳州府（治今福建漳州市）教授、国子监助教、南京礼部郎官、兖州（治今山东兖州）知府、雷州府（治今广东海康）知府，云南洱海副使，太常寺少卿"[②]。其所历俱有政声。擅长诗文，内容大都反映现实，关心人民疾苦。著有《奏疏稿》《翼云堂遗集》，已亡佚。

顺治四年（1647），贺贻孙避乱禾山时，遇见刘光震，贺贻孙作诗《避乱禾山喜逢刘肩吾先生赋赠》，言"索题吾有赋，烧烛共君看"[③]，二人交谈深久。贺贻孙为刘光震的《翼云堂遗集》作序，称赞其文"如兰香着雨，如钟声报晴，如帷灯匣剑，敛而愈光"，又称"高情劲笔，遒气警思"。

刘光震还为贺贻孙姐姐贺艾撰写《庄烈贺孺人投江传》。

18. 邹文鼎

邹文鼎，生卒年不详，字子耳，江西吉水人。为人慷慨，忠烈。"子耳虽负才豪宕，睥睨一世，然意所倾慕，辄鞠躬屏息，受辟呷惟谨"[④]。崇祯间，授中书舍人，勤王授职提刑陕西按察司副使。明亡之际，与同邑王宠、刘同升共同起兵抗清，后大兵至，战败，文鼎赴水死，其从子敬被杀。

崇祯十二年（1639），贺贻孙与邹子耳同赴曾尧臣宴，席中遇庐陵张生，善丝竹，子耳甚是喜欢，好友刘安于动色相劝，子耳曰："吾岂燕昵声色哉？顾天下将乱，吾世受国恩，誓以死报。吾视此身已在马革鸢腹间，秉烛夜游犹恐为欢未尽，及今不乐，忍待死后入忠臣庙，乃听人吹笙鼓钟歌《薤露》耶"[⑤]。

贺贻孙作《中书舍人邹子耳传》，文中赞扬其品性忠烈，可谓真情人也，对邹子耳敬佩之情溢于言表。

---

① （清）萧玉春修，李炜等纂：《中国方志丛书·江西省·永新县志·五》，成文出版社1983年版，第1319页。
② 陈荣华等主编：《江西历代人物辞典》，江西人民出版社1990年版，第303页。
③ （清）贺贻孙：《水田居存诗》，《清代诗文集汇编·第21册》，上海古籍出版社2010年版，第314页。
④⑤ 罗天祥：《贺贻孙考》，江西人民出版社1998年版，第177页。

19. 程士鲲

程士鲲，字天修，号雪山樵叟，江西永丰人。生卒年不详。明崇祯十六年（1643）副榜。官至江西乐平府（今景德镇）推官。著有《雪樵文集》八卷。此集杂文两百余篇，所记物产珍异之类，体或同于稗官。其编次体例亦无绪可言[①]。

贺贻孙作《程天修破愁军诗集序》云："吾友程天修所著，近诗，自名曰'破愁军'，斯文奇矣。天修，忠孝人也，生斯世也，怀忠孝之心，为斯世也，行忠孝之事。是他人之愁可破，而天修之愁必不可破也。今读其《哭洪都》《哀廪城》《梦兄悲弟》《悼故人》《叹田父》诸篇，呜咽涕泗，只益人愁，又奚以破愁？虽然，天修之愁，乃所以破愁也。"[②]贺贻孙敬佩程天修是忠孝之人，其作品感人肺腑。

崇祯六年（1633），贺贻孙在祖父卒后作《复程天修》，言"宏慈至，知兄入庐山读书，与枯禅为伍，精专如此，鬼神避之矣"，后又告知天修"先祖先父丘陇，松楸稍已经营。两弟亦渐毕婚娉。外侮内患差可销弭"[③]，向好友诉说了近况。

康熙四年（1665），与程天修和刘季顽阔别二十三年后，贺贻孙偶然与西昌相遇，重会惊喜，恍如隔世。三人感叹时光飞逝的同时，不仅想起昔日好友孝若、曾尧臣，现已是魂归梦里，恍如隔世，不禁伤心动容。于是作诗《登快阁》四首，其三诗云："二十年间事，逢君不忍论。烟寒名士宅，草宿故人魂。失水蛟犹闭，空山虎独尊。老夫何处置，白画掩柴门。"[④]三人感叹时光飞逝，现已物是人非。

20. 刘莘野

刘莘野，讳师尹，生卒年、事迹不详，江西永新沙陂门人。

崇祯十六年（1643）九月，张献忠军十万入永新，贺贻孙离开县城，避于邑西龙门沙陂村其姊贺艾家。不几天，湖塘村刘莘野命其子刘家骧邀贺贻孙过其家，热情款待。贺贻孙后来在《刘莘野墓表》中回忆说："其子家骧，为余门人，乞文表其墓。余自癸未九月，避乱于沙陂时，献贼破永新，所过残灭，独沙陂、湖塘不被兵。湖塘距沙陂两里许，君命家骧来谒余，且邀余过其家。值贼索余甚急，人皆以危语

---

① 李学勤等编：《四库大辞典》（下），吉林大学出版社1996年版，第2600页。
② （清）贺贻孙：《水田居文集》，《四库全书存目丛书·集部·第208册》，齐鲁书社1997年版，第84页。
③ （清）贺贻孙：《水田居文集》，《四库全书存目丛书·集部·第208册》，齐鲁书社1997年版，第173页。
④ （清）贺贻孙：《水田居存诗》，《清代诗文集汇编·第21册》，上海古籍出版社2010年版，第320页。

相动，莫敢与交者。而莘野君独昵就余，令家骧执所业为贽，每进一篇，视余褒贬为喜怒。烹伏雌，酌香醪，娱客，酒后耳热，六博象戏，杂然并陈，余为潦倒流连，忘其身之在忧患也。"① 文中对当年刘莘野一家不避祸患、舍命相救之情感激涕零。

21. 王　会

王会（1610—1668），字于山，江西安福人，世居龙塘，后隐居山林。

贺贻孙为其撰写《明处士原授兵部职方司主事王公于山墓志铭》云："甲申燕都沦陷，于山叹曰：'吾辈屠龙技成此时，将安用哉！'遂弃举子业，偕弟季谐，与其同社管珏、王其家等，起兵勤王。"后"永历丁亥，上疏直言兴复十失，有旨召诣行在。以母老不果行。自是知天下大势已去，遂隐西里，不复问人间事矣"②。

22. 陈南箕

陈南箕（？—1652），"字狂奴，江西安福人。崇祯丙子副举。甲申之变，欲以身殉国，不果，遂弃妻子入欧公山。山界江楚间，悬崖峭壁，人迹所不到。与弟觏偕隐其中二十余年，几与人世隔。性奇癖厌俗，尝不语。有所欲，则弟视其顾盼指画，辄喻义。间有来访者与之言，不应，拱揖而已，或贻以书，不发视，即焚之。偶有题咏，亦未尝存稿。衣垢敝，不浣濯，糜粥不充，恬如也。弱冠时，即与弟同营墓城为左右，穴中通以棂，翼死后得时相见。暇则携书挈壶，读且饮于穴中，其旷达如此。"③ 与弟合集为《欧山遗稿》，凡十五卷，另有《英雄泪判别》，已亡佚。

贺贻孙作《陈南箕传》。

23. 陈　觏

陈觏（？—1672），字二正，崇祯丙子（1636）举人。偕兄隐。兄殁，恸甚，仍独处万山中，手一编不辍，人罕见其面。邑令张召南心慕之，凌晨徒步往访，以一役自随。入门，闻无人，问奚僮，以深入穷岩对。召南喟然曰："固知尔主不我见也，但得一登堂足矣。"④

---

① （清）贺贻孙：《水田居文集》，《四库全书存目丛书·集部·第208册》，齐鲁书社1997年版，第199页。
② 罗天祥：《贺贻孙考·明处士原授兵部职方司主事王公于山墓志铭》，江西人民出版社1998年版，第185页。
③ （清）孙静庵：《明遗民录》，浙江古籍出版社1984年版，第145～146页。
④ （清）孙静庵：《明遗民录》，浙江古籍出版社1984年版，第146页。

二、后 期

明亡后，贺贻孙的交友情况发生一些变化。明亡前他交游广泛，与许多文人墨客交好。随着明朝的覆灭，他的交友圈逐渐收窄。一些知交因为政治立场不同而疏远，而另一些则因为生活困境而无法继续交往。然而，贺贻孙并不因此而灰心丧气，反而更加珍惜当下的交往。他在困境中找到真正的友谊，这些友情也成为他逆境中坚强的支撑。贺贻孙的交友情况虽然发生变化，但他的品格和人格魅力却让他在困境中依然能够找到真正的知音。

1. 黎士弘

黎士弘（1618—1697），字愧曾，福建长汀人。文学家，诗人。"少读书山中二十年，笃于孝友。顺治十一年，举顺天乡试，授江西广信府推官。锄强纠贪，奸宄敛戢。理谳牍，脱无罪数百人，时为语曰'遇黎则生'署玉山县事。"[①] 黎士弘一生著述较丰，其诗风"诗章一本性情，刊落浮华，实乃刻画，渐近自然，该先生痛扫时趋，决不为依仿形似之学，而风格体裁一一与古大家合辙"[②]。著有《仁恕堂笔记》四卷、《托素斋文集》四卷、《托素斋诗集》三卷、《理信存稿》六卷。

贺贻孙与黎士弘相交，大约在黎士弘为永新县令时。清康熙七年（1668），黎士弘补令永新后，对已六十五岁的贺贻孙及其子极为赏识，贺贻孙亦视黎为知己，交往甚密。

黎士弘在《永新县乡贤录序》中记载："则是诸君子之精神其必有存焉，可知矣。学博何先生集邑之名宦若干人，又集乡之贤者若干人，隐君贻孙、吴生两贺子，出其藏弆互相讨论，人各有传，传各有评，其言该，其事核，俨然国书也。"[③] 黎士弘称贺贻孙为贤者，对其评价颇高。

康熙七年（1668），黎士弘与贺贻孙一同游梅田洞。黎士弘作诗《游梅田洞》言"两贺君各以游记新诗见柬"[④]；贺贻孙有诗《初夏游梅田洞次明府黎公愧曾韵》两首，印证此次的出行。

[①]（清）赵尔巽等：《清史稿·卷二百八十五》，中华书局1976年版，第10201页。

[②]（清）黎士弘：《托素斋诗集》，《四库全书存目丛书·集部·第223册》，齐鲁书社1997年版，第402页。

[③]（清）黎士弘：《托素斋文集》，《四库全书存目丛书·集部·第223册》，齐鲁书社1997年版，第573页。

[④]（清）黎士弘：《托素斋诗集》，《四库全书存目丛书·集部·第223册》，齐鲁书社1997年版，第466页。

康熙九年（1670），黎士弘在廨侧购堂五楹，题名"春星草堂"。《春星草堂记》中云："黎子领永新之次年，得署东之旧圃，架五楹于池上，缭以周垣，通以曲槛，植海棠、杨柳、芙蓉、甘蕉三十本，池蓄鱼百头，听其游泳，不加网取……取杜工部'春星草堂'以名之。"①黎士弘还作《春星草堂八咏》，小序中言："池通秋水，堂带春星，一时之乘兴。偶然五字之嘉名，遂擅爱陶公之秀澹，还读我书，乏苏子之名。通时来静坐，杂花满路，襟袖皆香，好树成阴，轩窗尽起，笑艳心未净，尚犹索解语之人。若道眼澄观，定多此闲情一赋矣。"②贺贻孙也作《春星草堂记》，称："其上额曰'春星草堂'，而榜其楹曰'静坐'，曰'读书'"③。贺贻孙次子贺稚恭也为此题诗，与贺贻孙、黎士弘交好的叶擎宵也作《春星带草堂》（为邑候黎愧曾咏）④。

两人还常有诗文唱和。贺贻孙作《代邑人寿黎大母张宜人序》，赞扬黎士弘在永新赋税严重时"割脂于保正，吸髓于漕屯也"⑤，赞扬其治理盗贼泛滥的功绩。贺贻孙有诗《题邑候黎愧曾先生小影》等。贺贻孙的《水田居文集》中有《江阴公遗诗序》《龙溪族侄季子诗序》《拟重建贺氏宗祠九修族谱记》《明太学汪若辑翁墓志铭》以及《仲弟子布行述》，其后都有黎士弘的评语。黎士弘《托素斋文集》中有《与贺子翼季子两生书》，云："两先生（贺贻孙与贺吴生）清风伟德，使入疆而不见。"⑥《答贺子翼季子两先生》云："两先生道风高峻，十载山居，竟肯为鄙人而出，弟忝窃珂乡无所变现……至于山川风物尽耳，目所未经见读书三十年，始得亲身印证。每当奇绝处，恨不得两先生同之也。"⑦可见，黎士弘非常珍惜与贺贻孙之间的感情。

---

① （清）黎士弘：《托素斋文集》，《四库全书存目丛书·集部·第223册》，齐鲁书社1997年版，第584页。

② （清）黎士弘：《托素斋诗集》，《四库全书存目丛书·集部·第223册》，齐鲁书社1997年版，第467页。

③ （清）贺贻孙：《水田居文集》，《四库全书存目丛书·集部·第208册》，齐鲁书社1997年版，第127页。

④ （清）萧玉春修，李炜等纂：《中国方志丛书·江西省·永新县志·七》，成文出版社1983年版，第2025页。

⑤ （清）贺贻孙：《水田居文集》，《四库全书存目丛书·集部·第208册》，齐鲁书社1997年版，第108页。

⑥ （清）黎士弘：《托素斋文集》，《四库全书存目丛书·集部·第223册》，齐鲁书社1997年版，第674页。

⑦ （清）黎士弘：《托素斋文集》，《四库全书存目丛书·集部·第223册》，齐鲁书社1997年版，第680页。

黎士弘与贺贻孙的弟弟贺绍孙、长子贺稚恭、次子贺稚圭都交好。黎士弘在任永新县令时购得丰雪亭，贺稚恭还特意作诗贺之①。

康熙十年（1671），黎士弘量移永新，诸子送行，黎士弘作《永新试牍序》，云："辛亥冬，予量移去邑。诸子不忍没其一日之知，将以牍授梓而待序于予。"②贺贻孙弟贺绍孙闻之，特作《秋山遥送别黎邑令愧曾》诗，表达对黎士弘离任永新的恋恋不舍之情，诗中还特别赞扬黎士弘桂任永新三年的政绩。好友叶擎宵作《送邑候黎愧曾先生升任巩昌》云"愿勿忘井邑，伫迥银汉槎"③，表达依依不舍之情。

2. 王吉安

王吉安（？—1665？），字枚臣，江西安福人。顺治十八年（1661）进士。

王吉安调任福建光泽县令，有惠政，声誉流布四方，得到百姓的称赞和爱戴。康熙四年（1665）七月，贺贻孙作《赠文林郎王翁墓志铭》，称："王枚臣未第时，动于为学，挟策而游楚湘，且行且读……枚臣及第，谒选得光泽令。光泽，闽之严邑，丧乱之后，户口消耗。枚臣悉力抚循，期年之后，光泽士民户相户祝……翁当贫贱时不屑以寒俭自居，及枚臣既贵复不忘贫贱。"④

3. 周兵宪

周兵宪，生卒年、事迹不详。湖南茶陵县人。

顺治三年（1646），贺贻孙避难于湖南茶陵，太守周兵宪招贺贻孙宿署中，热情招待。贺贻孙作诗《茶陵周大守招饮席上作》《丙戌避乱茶陵间周大守招宿署中赋诗为赠》。

4. 萧伯升

萧伯升（1619—1678），字孟昉，人称砚邻子，泰和人。萧伯玉侄子。豪侠个性，广交天下名士。与方以智、钱谦益、魏禧等交契很深。

---

① （清）萧玉春修，李炜等纂：《中国方志丛书·江西省·永新县志·七》，成文出版社1983年版，第2035页。
② （清）黎士弘：《托素斋文集》，《四库全书存目丛书·集部·第223册》，齐鲁书社1997年版，第625页。
③ （清）萧玉春修、李炜等纂：《中国方志丛书·江西省·永新县志·七》，成文出版社1983年版，第2003页。
④ （清）贺贻孙：《水田居文集》，《四库全书存目丛书·集部·第208册》，齐鲁书社1997年版，第195页。

贺贻孙与萧伯升两人虽然相隔较近，但二人交往却较晚。康熙四年（1665），贺贻孙下西昌求馆授徒。抵达西昌后，拜访萧伯升①。受邀游玩春浮、遁圃二园。辞别前，萧伯升宴请于后园别墅砚邻。贺贻孙作《游萧伯玉先生春浮园遂至遁圃》诗五首和《游遁圃记》一文，对萧伯升家的美好庭院予以赞赏。从诗题可预测，这是贺贻孙第一次游萧家园林。

此后，萧伯升筑砚邻，贺贻孙又应邀参观，作《砚邻记》，文中称："知孟昉为人诚足，以位置丘壑，非一丘一壑所能位置也。"②

康熙七年（1668）十二月，萧伯升五十岁，贺贻孙第三次应邀参加盛会，时值春浮园、砚邻梅花盛放，贺贻孙作有《砚邻梅花歌》以赠。诗题序曰："戊申腊月春浮园梅花盛发，其别墅曰砚邻，萧伯玉先生藏住砚处也，值其犹子孟昉五十，乃作砚邻梅花歌以赠。"③永新县令黎士弘也参加了，作《寿萧孟昉》④。

后来贺贻孙又作诗《春浮园新秋诗赠萧孟昉》《九日登快阁，感怀黄山谷、萧伯玉两先生，因次其阁上旧韵》，又作悼亡萧伯升之叔父萧伯玉诗《怀萧伯玉春浮园》《过萧园，宿于邻巷，追怀伯玉先生》。萧伯升母亲杨太君八十寿辰时，贺贻孙特意作诗《萧母杨太君八十矣，犹好读书，兼勤事佛，以"钗""簪"二韵为诗寿之》两首以寿。

5. 康若生

康若生，生卒年不详，字上若，江西安福县人。"顺治十四年（1657）举人。善诗文，工书法。著有《候鸣草》。"⑤

---

① （明）萧士玮：《春浮园集》，《四库禁毁书丛刊·集部·第108册》，北京出版社2005年版，第517页。此处应为萧伯升，而非萧伯玉。萧士玮（1585—1651），字伯玉，泰和人。萧伯玉《春浮园集》后附钱谦益《明太常寺卿伯玉萧公墓志铭》云："辛卯四月十三，卒于西阳之僧舍。"萧伯玉一生经历两个辛卯年，分别是万历十九年（1591）和顺治八年（1651），此处的辛卯年应为顺治八年（1651），萧伯玉亡于此年。贺贻孙第一次拜访萧家庭院于康熙四年（1665），故此时萧伯玉已故。罗天祥《贺贻孙考》中记作萧伯玉，此处更正。

② （清）贺贻孙：《水田居文集》，《四库全书存目丛书·集部·第208册》，齐鲁书社1997年版，第129页。

③ （清）贺贻孙：《水田居存诗》，《清代诗文集汇编·第21册》，上海古籍出版社2010年版，第306页。

④ （清）黎士弘：《托素斋文集》，《四库全书存目丛书·集部·第223册》，齐鲁书社1997年版，第488页。

⑤ 陈荣华等主编：《江西历代人物辞典》，江西人民出版社1990年版，第333页。

贺贻孙非常敬佩友人康上若的文才，为其撰写《康上若诗序》，云："昔余识上若于阿兄小范旅馆。尔时年方舞象，才气沉迈，早有匹敌小范之势。及余困饿寒山二十余年，上若益力学嗜古，已登贤书，遍游燕吴楚粤，文章声誉满天下。"①贺贻孙有诗《康上若重九日从禾川入楚同饮草堂，赋诗见赠未有报也别后寄和》。

6. 李贞行

李贞行，生卒年、事迹不详。

康熙四年（1665），贺贻孙又与李贞行等结社于吉安。贺贻孙作《复李贞行》，云："舟过螺川，未见同社，深用耿耿。"螺川即螺江，为赣江流经吉安一段之别名，因江畔有山曰螺子山。又云"唯兄知我，不以为迂阔耳"②。

7. 黄学元

黄学元（1598—1676），字苍舒，号嗛咿，江西永新人。才思敏捷，"好学能文，拟楚辞汉赋凡五十余首"③。精通音乐，对民间礼仪乐事样样精通，技艺高超。别号"嗛咿"就由此而来，翰林院的太史和知府也常请他去献艺。与同乡尹方平、刘光震、胡中清、汪宗濂等人成立诗社。与李川宝、贺贻孙、贺吴生、旷远、马之翼合称"禾川六子"。性格刚正不阿，被人诬陷乃置之死地后，变姓更名，隐入宜阳山中。家益穷苦，而"抱卷呷唔，旷然自乐"④。著书作文语多凄凉。著有《嗛咿子读史随笔》《宋史私议》《俟云集》，皆亡佚。

贺贻孙于诗文中多次称赞黄苍舒博学才高。《龙溪族侄季子诗序》中言："若夫庐陵之马季房、永新之黄苍舒及金石辰先生博物治闻，力追风雅。"⑤

贺贻孙常与黄苍舒有诗文唱和，贺贻孙有诗《阅黄苍舒集即赠》，诗中赞扬黄苍

---

① （清）贺贻孙：《水田居文集》，《四库全书存目丛书·集部·第208册》，齐鲁书社1997年版，第85页。
② （清）贺贻孙：《水田居文集》，《四库全书存目丛书·集部·第208册》，齐鲁书社1997年版，第174页。
③④ （清）萧玉春修，李炜等纂：《中国方志丛书·江西省·永新县志·五》，成文出版社1983年版，第1373页。
⑤ （清）贺贻孙：《水田居文集》，《四库全书存目丛书·集部·第208册》，齐鲁书社1997年版，第114页。

舒不畏权贵,不苟世俗的品性,称其文有"不因感愤深,宁见钟情厚"①的特点,还有诗《答黄苍舒》《春事次黄苍舒韵》《黄苍舒尹无界过宅酣饮归后赠以二十四韵》等。

黄苍舒去世后,贺贻孙作诗《挽歌为黄苍舒作》,云"哭声不闻儿与女,身后之名自千古"②,还作诗《秋渚怀黄苍舒》,悼念这位曾经的挚友。

8. 刘 颟

刘颟,字颟孙,生卒年、事迹不详。江西永新人。"才高识卓,为文淡折,幽素风流,绰约有归……屡试不第,更为简练揣摩之文。著《闻籁阁制艺》行世。贺子翼、叶邹山序之"③。

贺贻孙作《刘颟孙制义序》称:"其文淡折幽素,风流绰约,有归季田、徐思旷之风。"④

9. 刘氏家族

贺贻孙与明崇祯十年(1637)状元、明末抗清举兵志士刘同升一家结交很深。贺贻孙同刘同升的交往应始于明亡前,但随着明亡刘同升去世,其子嗣们皆隐逸不出。故贺贻孙同其四子的交往应为明亡后。

(1)刘同升

刘同升(1587—1645年),字晋卿,孝则,明代江西吉水人。"师同里邹元标。崇祯十年,殿试第一……授翰林修撰。杨嗣昌夺情入阁,何楷、林兰友、黄道周言之俱获罪,同升抗疏言:'日者策试诸臣,简用嗣昌,良以中外交讧,冀得一效,拯我苍生,圣明用心,亦甚苦矣……'疏入,帝大怒,谪福建按察司知事。移疾归。廷臣屡荐,将召用,而京师陷。"⑤清顺治二年(1645),清军陷南京,与杨廷麟共谋兴复。旋南明唐王授祭酒,兵部左侍郎。"同升已羸疾,日与士大夫讲忠孝大

---

① (清)贺贻孙:《水田居存诗》,《清代诗文集汇编·第21册》,上海古籍出版社2010年版,第279页。
② (清)贺贻孙:《水田居存诗》,《清代诗文集汇编·第21册》,上海古籍出版社2010年版,第296页。
③ (清)萧玉春修,李炜等纂:《中国方志丛书·江西省·永新县志·五》,成文出版社1983年版,第1385页。
④ (清)贺贻孙:《水田居文集》,《四库全书存目丛书·集部·第208册》,齐鲁书社1997年版,第113页。
⑤ (清)张廷玉:《明史·卷二百一十六》,中华书局1974年版,第5710~5711页。

节，闻者咸奋。廷麟请以同升抚南赣，十二月卒于赣州。唐王赠东阁大学士，谥文忠。"①著有《易颂》《五经大全注疏合编》《四书大全注疏合编》《音韵类编》《删改宋史》《明名臣传》《金陵游览志》《金石宝鉴录》《锦鳞集》等，皆亡佚。

刘孝则为当时的抗清志士，贺贻孙敬佩这些仁人志士的气节。贺贻孙敬佩刘孝则的勇气和胆识，敬佩其不仕清廷的志气。贺贻孙对刘孝则诗评价也颇高，认为可比拟杜甫诗"诗史"之特点，"有少陵所欲言而不忍言"。贺贻孙作《劝刻刘孝则先生诗文全集启》，说刘同升"孝则先生，凛凛生气，蹇蹇匪躬，至大至刚，塞天地而无间；作忠作孝，与日月而争光"②，足见其在贺贻孙心中地位。

顺治元年（1644），崇祯帝于煤山自缢，这给致力于反清复明的刘同升巨大打击，闻讯听到这个消息后，吐血，后不治而亡。贺贻孙于同年十二月为刘同升遗诗作序《为刘孝则先生遗诗序》，称："其诗沉痛真挚，少陵之遗风也。"又云："公为先帝亲拔第一，先帝殉社稷，公方家食，恸哭吐血，不食屡绝复苏，扶病视师，尽瘁行间遂以殉国……今读其《哀》至《诔忠》诸篇，叙述慷慨，不愧诗史。"③悲痛地悼念了这位仁人志士的一生。在国破家亡的巨大悲痛下，好友接二连三以身殉国，此时贺贻孙内心的痛楚可想而知，文章字字皆血泪。

（2）刘孟钦

刘孟钦（1607—1682年），字安期④，号苏庵，江西吉水人，系刘同升长子。刘孟钦自幼聪慧，博览群书，精通天文地理，对诸子百家很有研究。他性情旷达，慷慨激烈，重义轻财，为人耿直。天启七年（1627）举荐太仆少卿，敕降教谕。他不求仕进，泰然处世，辞归故里，较长时间隐居陇江，潜心著述。

顺治三年（1646），贺贻孙偕全家归厚田中屋里。应刘安期之召，从桥头往楚界，作诗《兵后宿桥头，欲往楚界赴安期兄弟之招》。

二人多有诗文唱和。贺贻孙有诗《中秋无月，次刘安期、安于韵，兼以赠别》《寄刘安期兄弟旅中》《感怀和刘安期，安于四十韵》《安期兄弟各惠佳墨次韵赋谢》。刘安期去世后，贺贻孙为其撰写《祭太仆寺刘安期文》，文中评价刘安期

---

① （清）吴山嘉：《复社姓氏传略·卷六》，中国书店1990年版，第25页。
② （清）贺贻孙：《水田居文集》，《四库全书存目丛书·集部·第208册》，齐鲁书社1997年版，第157页。
③ （清）贺贻孙：《水田居文集》，《四库全书存目丛书·集部·第208册》，齐鲁书社1997年版，第111页。
④ （清）张廷玉：《明史·卷二百一十六》，中华书局1974年版，第5710～5711页。

"忠肝长留，孝思不匮"①，以及《明太仆寺少卿刘公安期墓志铭》，至情至文，非友谊深厚难得此真切。

（3）刘仲鏲

刘仲鏲，字安于②，生卒年、事迹不详，江西吉水人，系刘同升次子。

贺贻孙在《亡儿稚圭行述》云："稚圭妻刘氏系'文忠公孙女，仪部仲鏲女'。"③可知，贺贻孙第二子稚圭娶刘安于的女儿为妻，两家关系实为甚密。贺贻孙曾在组诗《刘安于约过景云庵，数日辞去，有诗志别，次韵答之》的第四首言"阅尽沧桑态，方知我辈情"④，意为经历山河巨变，国破家亡的巨变后，二人感情更加好，也倍珍惜这份来之不易的友情。

顺治八年（1651）秋，贺贻孙与刘安于相见后，贺贻孙作《辛卯中秋无月饯别刘安于》纪念此次见面。

顺治十八年（1661），刘安于受刘同升抗清事株连，贺贻孙不惧受牵连而接待刘安于，"仪部避难入楚，宿余家。煮茗夜话"⑤。

康熙十一年（1672），贺贻孙与刘安于相约在双江相见，因长时间下雨导致两人多日无法相见，后终在泊舟中相见。贺贻孙作《壬子仲夏冒雨约安于于双江五日始得泊舟相见出舟中见忆诗相示别后次韵》，云："久与高朋约，况逢苦雨时。不愁来濡

---

① （清）贺贻孙：《水田居文集》，《四库全书存目丛书·集部·第208册》，齐鲁书社1997年版，第187页。
② （清）吴山嘉：《复社姓氏传略·卷六》，中国书店1990年版，第25页。
③④ 中国国家图书馆藏康熙十六年（1677）丁巳《水田居文集》本。《水田居文集·卷五·行述》第十七页。另，（清）贺贻孙：《水田居存诗·宿文节公祠》，《清代诗文集汇编·第21册》，上海古籍出版社2010年版，第322页，亦有相似记载。笔者所见《水田居文集》原书为中国国家图书馆藏康熙十六年（1677）丁巳《水田居文集》本，一函五卷。四周单边，白口，单鱼尾。每半页九行，每行二十六字。版中上为书名、卷数，下页数、文体。先是文集自序，每半页七行，每行十六字，共两页。此页有"白寅所得"绿色印、"佞宋齐"蓝色印、"不如掩关"黄色印。后为"丁酉三月上巳壬辰日丽楼主人记"。再后为"水田居文录引"，每半页七行，每行十七字，共三页。末有"上高李祖陶撰"。后是文集目录。书末有印章"北京图书馆藏"。清华大学图书馆藏清道光至同治间敦书楼刻《水田居全集本》，后被《四库全书存目丛书》与《清代诗文集汇编》收。《四库全书存目丛书》与《清代诗文集汇编》皆卷三少一篇序文，为《周玄滨先生吉祥楼破愁草诗序》；卷五少三篇行述，分别为《先祖封文林郎西安县知县闻所公行述》《亡儿稚圭行述》《先君奉政大夫兖州司马青园公行述》；少一篇纪，为《纪先世遗言逸事》。
⑤ （清）贺贻孙：《水田居存诗》，《清代诗文集汇编·第21册》，上海古籍出版社2010年版，第319页。

首,但恐去牵思。停舟先有赋,见面却无诗。从此双江梦,归魂夜夜迟。"①此时的贺贻孙已入暮年,身边亲戚好友皆渐渐离世,自知与好友相见也越来越少,故有此叹。

康熙十二年(1673),贺贻孙与刘安于及两子观看西来庵发白牡丹一丛后,共同赋诗留念。

康熙二十二年(1683),贺贻孙为内弟汪去辱作墓志铭,刘安于在篇末评价说"读此文实为写真",认为贺氏作墓志铭以"切实为贵"②。

刘安于甚是欣赏贺贻孙的文才,在读了贺贻孙的《激书》后,颇为感叹,在《预知》《止辨》等多篇后写上评语,在《预知》篇的评语中说:"贺子少壮时好辑经世有用之言,既已成书,自谓苟有用我,执此以往。癸未秋后,与其举业并焚,盖有为而然也。若谓身隐文匿,则漆园关尹至今犹传,安见冥鸿不表德音,而野鹤不鸣九皋耶?"③二人之间的诗文唱和也很频繁。贺贻孙有诗《中秋无月次刘安期安于韵兼以赠别》《感怀和刘安期安于四十韵》等。在贺贻孙《胡博先七十序》后刘安于评:"心性之学,《激书》辩之如月,映万川处处通明,透快已极。兹举以言寿,非博先不能当,非贺子不能道。"④在《明经贺僧护墓志铭》后,刘安于评:"儒行纯笃,得庄重之笔出之,更觉古道照人,恍接文字。"⑤在那样的一个时代,由明遗留进入清朝的遗民们多以气节相交,以文会友。贺贻孙与刘氏家族的往来即基于此。

(4)刘安世

刘安世,生卒年、事迹不详,江西吉水人,系刘同升第三子。

贺贻孙为刘安世的《皆园全集》作序,追述:"吾友刘安世,成仁取义,生平以胆自负,人亦以胆许之,吾独谓安世之胆,安世侠烈之气所克也。盖尝读《皆园全集》而益征其为人矣。安世以英绝之才,俯视一世,杯酒成诗,刻烛作赋,据案

---

① (清)贺贻孙:《水田居存诗》,《清代诗文集汇编·第21册》,上海古籍出版社2010年版,第325页。

② (清)贺贻孙:《水田居文集》,《四库全书存目丛书·集部·第208册》,齐鲁书社1997年版,第193页。

③ 杜华平、朱倩:《论贺贻孙学术著作的文章家习气》,《江西师范大学学报》(哲学社会科学版)2008年第6期。据刘德清《贺贻孙与〈激书〉》考,有方以智、刘安于评阅本为宣统三年贺贻孙嗣孙贺云龙重梓本,即为文翼汉家藏贺贻孙手订本。笔者未得见。

④ (清)贺贻孙:《水田居文集》,《四库全书存目丛书·集部·第208册》,齐鲁书社1997年版,第100页。

⑤ (清)贺贻孙:《水田居文集》,《四库全书存目丛书·集部·第208册》,齐鲁书社1997年版,第197页。

走笔作弹文,莫不排岳倒峡,挟风霜而走雷电。操觚之家,人人震摄其胆。然吾谓安世诗文之胆,亦皆侠烈之气之所克也,克而不止,是在善养。"[1]贺贻孙认为刘氏家族都是忠肝义胆之士,更敬佩刘安世的胆识与勇气。

贺贻孙曾同刘安世一起赴朱使君的宴会,作诗《吉州与刘安世赴朱使君饮,同赋梦中梅花,分得"谐"字》以纪之。贺贻孙还有诗《过文水寄题皆园并和来韵》《东家贞女行和刘安世》《莫愁曲和安世为刘元泽惜姬》《寄题刘安世皆园》《和刘安世闺怨》《榴花和刘安世》《哭刘安世》《江城子》(蝶逐水面桃花和刘安世)。

(5)刘安士

刘安士(1628—1670),字幼钟,幼为邑诸生,明亡后,隐逸不出。江西吉水人,系刘同升第四子。

贺贻孙作《刘安士墓表》,称:"余弟生游乱离,无师友,以余二人为师友……弟善书,书法遒劲,有晋唐风,诗有别才……性慷慨,喜谈节义事。"[2]有诗《刘安士投诗见赠次韵答》。

10. 李陈玉

李陈玉(1598—1676)[3],字石守,号谦庵,又号梅道人,明代江西吉水人。"明崇祯七年(1634)甲戌进士。童年时与许初鸣、曾其宗同上书江太守,陈利弊,革时政,号称'河上三奇'。邹元标、罗大纮见而异之。"[4]"历任嘉善(治今浙江嘉善县)知县、礼部主事、浙江道监察御史。"[5]李陈玉立朝为政,执政为民,六载兴利除弊,为政业绩卓著,官民大为赞赏。"既以侍御史休沐旋里,遭乱隐居,手注

---

[1] (清)贺贻孙:《水田居文集》,《四库全书存目丛书·集部·第208册》,齐鲁书社1997年版,第86页。
[2] (清)贺贻孙:《水田居文集》,《四库全书存目丛书·集部·第208册》,齐鲁书社1997年版,第198页。
[3] 肖源隆主编《吉水县志》载李陈玉生卒年为1598—1660。肖源隆主编:《吉水县志》,新华出版社1989年版,第602页。此载不知据何而来。笔者查阅相关资料皆未见有记载其生卒年。但据李陈玉为贺贻孙选辑编集并作序的《水田居存诗》来看,诗集中可查最晚诗为1676年后作《过砦山》,由此可知,李陈玉卒年应在1676年后。另,笔者查阅了李炜等纂《江西省·永新县志》、魏元旷纂《江西省·南昌县志》、刘绎等纂《江西省·吉安县志》等,均未见有李陈玉的记载。
[4] 肖源隆主编:《吉水县志》,新华出版社1989年版,第602页。
[5] 陈荣华等主编:《江西历代人物辞典》,江西人民出版社1990年版,第306页。

《诗》《书》《易》三传成,间以其余为《楚辞笺注》。标义弘远,多昔贤所未及"[1]。著有《退思堂集》《楚辞笺注》《台中疏稿》。

在诸多友人中,贺贻孙与李陈玉交往十分密切。

顺治七年(1650),贺贻孙在复李谦菴的书信中说:"先生《易传》,无论索解人不易得,设有解者,能别立异论,往复辨难,此正先生所急收者,恐今日无其人也。"[2]贺贻孙撰有《易经触义》,李陈玉撰有《三易大传》与《易经补义》,可知李陈玉对《易经》的研究颇为深入透彻。

顺治八年(1651)夏,贺贻孙与胡博先同访李陈玉,三人"相与辩论,终夜不休。既而三人所言,如水乳之自合也"[3]。

顺治九年(1652)秋,贺贻孙于逃亡中被清兵折断胳膊,李陈玉特意写诗慰问。身体恢复后,贺贻孙方回信与李陈玉报平安。贺贻孙有诗《壬辰秋,被兵折臂,李谦翁投诗见慰,未有赋也,越月,无恙,乃次韵奉答》纪之。

李陈玉避地在青狮山,以其地多山,号所居为"千峰窝",贺贻孙曾去看望李陈玉并作《千峰窝》诗。

贺贻孙《水田居存诗》是由李陈玉选辑并作序,评价曰:"肆力于诗古文词,风驰雨骤,云兴霞蔚,与制艺并称'三绝'。岂天纵之才兼所学而得之欤?抑亦专所学而志不分,故其力厚其神全也。"[4]

两人的诗文唱和更是频繁。贺贻孙有诗文《天上谣和李谦庵先生》《李谦庵先生客楚寄诗一册奉答》《寄题千峰窝为梅道人作即李谦庵少司马也》《戏和梅道人歌馆惜艳诗》《答友人刘寓公诗并呈少司马李谦庵先生》以及《复李谦庵先生书》等。贺贻孙《水田居文集》中的《三阳袖泉宁氏族谱序》《琥溪贺氏家乘序》《青狮山听月庵记》《先妣龙宜人行述》后都有李陈玉作评,其《激书》《汰甚》一篇,后有梅道人评云:"天崇间,举朝惯使满帆风,只图一时之快,遂受无穷之伤。贺子尝抱漆室之扰,故其文痛快如此,今读之犹追想其拊膺提笔时也。"[5]

同为明遗民,贺贻孙与李陈玉有相似的人生经历,彼此常常以文相慰,惺惺

---

[1] (明)李陈玉:《楚辞笺注·李谦菴先生楚辞笺注后序》,《续修四库全书·集部·第1302册》,上海古籍出版社1995年版,第5页。

[2] (清)贺贻孙:《水田居文集》,《四库全书存目丛书·集部·第208册》,齐鲁书社1997年版,第168页。

[3] (清)贺贻孙:《水田居文集》,《四库全书存目丛书·集部·第208册》,齐鲁书社1997年版,第100页。

[4] (清)贺贻孙:《水田居存诗》,《清代诗文集汇编·第21册》,上海古籍出版社2010年版,第274页。

[5] 周作人著,钟叔河编订:《知堂书话》(下),中国人民大学出版社2004年版,第800页。

相惜。在清代大批文人借注《楚辞》来抒发内心的亡国之悲时，二人也有相应的作品问世，贺贻孙《骚筏》与李陈玉《楚辞笺注》在品评《楚辞》的风格多有相似处，一些观点也甚是相似。这说明二人定多有往来，常一起探讨文学，其人生的价值观也比较接近。从贺贻孙与李陈玉的交游中，可以看出明清易代之际，隐匿于深山的明遗民之间的交游，在乱离、颠沛流离的时代中，他们成为超越生死、在精神世界彼此抚慰的患难之交。

11. 叶擎霄

叶擎霄，字苍平，号邹山。生卒年不详。江西永新人。著有《学博文集》《邹山》诗文二卷，已佚。"少授业于徐昶，才敏学富。时古文直造古人堂奥。为人慷慨，孤峭，有大志。遇邑利害敢建言。甲申漕米新派又改察院司为镇署，将屯兵三千于城内，擎霄偕同学叩辕苂请，乃得免。晚训虔州，声教卓著，后以老致仕，卒于家。有诗文二卷，黎公士弘序之，同时有叶山声者。"[1]

观贺贻孙诗文集，与叶苍平不仅有诗文唱和，现实生活中往来也甚密。两人常在一起饮酒畅聊。叶苍平赴章贡任职，贺贻孙特意作《送叶苍平赴章贡广文之任》来送好友。

黎士弘《托素斋文集》中有《叶苍平〈学博文集〉序》云，"耳君里贺子翼君之先，执而予之，老友也。其将以此示之"[2]，据此来看，贺贻孙应也曾为叶苍平的《学博文集》做过序。

康熙七年（1668）十二月，贺贻孙与贺吴生、贺僧护、叶苍平等在才丰陂下村龙去泥的影帆阁上读书。贺贻孙同时作《影帆阁记》，赋《影帆阁》诗一首。

康熙十三年（1674），贺贻孙忧愁患病，后逐渐痊愈。叶苍平前往看望，贺贻孙作诗《折腰卧病百余日，偶与苍平小饮》，语及"间愁兼老病，一笑为谁开"[3]。

康熙二十二年（1683），叶苍平任虔州训导，邀请贺贻孙去家里把酒言别，二人订下盟约："到虔后与相知贤达倡梓《激书》。"[4]

---

[1] （清）萧玉春修，李炜等纂：《中国方志丛书·江西省·永新县志·五》，成文出版社1983年版，第1389页。

[2] （清）黎士弘：《托素斋文集》，《四库全书存目丛书·集部·第223册》，齐鲁书社1997年版，第634页。

[3] （清）贺贻孙：《水田居存诗》，《清代诗文集汇编·第21册》，上海古籍出版社2010年版，第322页。

[4] （清）陶福履、胡思敬编：《激书》，《豫章丛书·子部二集》，江西教育出版社2002年版，第338页。

叶苍平于康熙三十五年（1696），为贺贻孙《激书》作序，云："余不佞，与先生为忘年交，自少至老，岁寒不渝。其生平著作，余读之最先。"[①]此时贺贻孙已离世，叶苍平于序中追悔未践行与贺贻孙的盟约，为《激书》付梓，遗憾之感充斥文中。足见二人关系确实不一般。

贺贻孙诗《寓寒江怀叶苍平》，中有"思君时有句，对面竟谁谈"之句[②]，表达对好友叶苍平的怀念；《赋得落叶入怀和叶苍平》有"一身轻似叶，漂泊又逢君"[③]之语，表达在动荡不安的时局中与叶苍平相遇不易之感。贺贻孙还有诗《答叶苍平花下燃膏诗》《秋日感怀和家季子、叶苍平韵》，以及调侃叶苍平续东床之婿的《和叶苍平并蒂桃诗，时苍平方续东床之选，以此谑之》，诗中有"唤来拟学分桃事，唤得来时不肯分"句[④]，巧用并蒂桃戏谑友人续女婿之事。这说明贺贻孙与叶苍平关系非一般，方可开这般玩笑话。叶苍平还为贺贻孙次子贺稚圭诗集《眠云馆》作诗序，称其诗"灵秀幽邃，力追王、孟"[⑤]。

惜无法找到叶擎霄的诗文集来印证二人的神交。

12. 方以智

方以智（1611—1671），字密之，号鹿起，孔照子，安徽桐城人。早岁是复社成员，与商丘侯方域、如皋冒襄、宜兴陈贞慧并称"明季四公子"。明崇祯十三年（1640）进士，官检讨。"京师陷，以智哭临殡宫，至东华门，破执，加刑毒，两髁见，不屈……以智生有异禀，年十五，群经、子、史，略能背诵。博涉多通，自天文、与地、礼乐、律数、声音、文字、书画、医药、技勇之属，皆能考其源流，析其旨趣。著书数十万言，唯《通雅》《物理小识》二书盛行于世。"[⑥]明亡之际，参加

---

① （清）陶福履、胡思敬编：《激书》，《豫章丛书·子部二集》，江西教育出版社2002年版，第338页。

② （清）贺贻孙：《水田居存诗》，《清代诗文集汇编·第21册》，上海古籍出版社2010年版，第314页。

③ （清）贺贻孙：《水田居存诗》，《清代诗文集汇编·第21册》，上海古籍出版社2010年版，第317页。

④ （清）贺贻孙：《水田居存诗》，《清代诗文集汇编·第21册》，上海古籍出版社2010年版，第360页。

⑤ （清）贺贻孙：《水田居存诗》，《清代诗文集汇编·第21册》，上海古籍出版社2010年版，第375页。

⑥ （清）赵尔巽等：《清史稿·卷五百》，中华书局1976年版，第13832～13833页。

反清复明活动，后为避清兵搜捕，削发为僧，变名改姓，买药市中。更名弘智，人称药地和尚，又称浮山愚者，曾先后驻锡江西新城廪山和江西吉安青原山，卒于赣江。方以智驻锡吉安青原山时，曾出现士大夫和学者们"过吉安者，鲜不问道青原"的情况，可见其名气甚大。

贺贻孙与方以智的交往，大概是方以智在吉安期间。虽相交时间较晚，但与贺贻孙交好的徐世溥、陈宏绪、黎士弘等也早与方以智有往来①。方以智在主持青原期间，与贺贻孙、魏禧等易堂九子、顾炎武等文化人保持密切往来，或诗酒唱和，或设坛讲法，或考究物理，或寄诗励志。其文学观念相互影响是必然的。方以智在文学观念上采取尊今不薄古、学古而不泥古的态度，对七子与公安派有所弃亦有所取，这与贺贻孙的观念有着绝妙的类似。两人晚年又都是隐士，持论又都没有门户之见，所以一拍即合。

康熙五年（1666），方以智的《药地炮庄》得以刊刻②。刊刻后，寄送贺贻孙。贺贻孙后作《与药地和尚》，文中历数自明亡这二十年其遭受的种种摧残，坦言"承惠《炮庄》，伏读一过，已将瞿昙、漆园二老作用合为一剂，以治众病"，对《药地炮庄》一书给予高度的期待："尤冀广揭此书，遍布四海，共拯迷津，当此'三空'之余。所在颠运。倘遇善根宰官，来飯莲座，为之重拈《庚桑》一篇，普救汤火，是犹扁鹊入秦为小儿医之一日也。"③贺贻孙又作诗《答药地大师原韵，时大师寄余〈炮庄〉及诸文集》，盛称"只有文章堪救病，应将妙笔补黄庭"④。

方以智于康熙八年（1669）为《激书》作序，评价该书："就而拟之，夏云秋烟，莫喻其卷舒也；海市蜃楼，莫喻其变幻也；涛崩峡倒，莫喻其豪肆也；朝采夜光，莫喻其陆离也；绕梁泣鏊，莫喻其缠绵也；阵马风樯，腾蛟靳螭，莫喻其冲击奔放也。"⑤于多篇后有评论，《生聚》篇评："余每读居士全集，但见波诡云谲，龙见鸟澜。一层议论即夹一层譬喻，复于议论中藏譬喻，譬喻中兼议论，主客错落，

---

① 如方以智的《浮山此藏轩别集》中有《题石寄黎愧曾居士》；《方子流寓草》中有徐世溥作的《流寓草序》《龚当时至得陈士业书》《得徐巨源书并寄甘禹符乐府》《寄徐巨源》《送陈士业北上》等，而黎士弘《托素斋诗集》中有《雨中入青原呈药地大师》等。
② 任道斌：《方以智年谱》，安徽教育出版社1983年版，第246页。
③ （清）贺贻孙：《水田居文集》，《四库全书存目丛书·集部·第208册》，齐鲁书社1997年版，第172页。
④ （清）贺贻孙：《水田居存诗》，《清代诗文集汇编·第21册》，上海古籍出版社2010年版，第343页。
⑤ （清）陶福履、胡思敬编：《激书》，《豫章丛书·子部二集》，江西教育出版社2002年版，第335页。

首尾互换，见者目眩神摇，不可捉摸。然只一丝独抽，一机独转，步伍节奏，一毫不乱，篇篇皆尔，然即《激书》，可见一斑也。"①

康熙九年（1670），方以智六十寿辰，贺贻孙作《寿青原药地和尚》诗为赠，诗中说："本是蓬壶谪降人，抽簪复上神仙籍。邺候学仙公学禅，文章旧自支那传……只今僧腊六十度，断江潮见骆丞句。无踪迹处不藏身，忘我忘人任运数。知公福命两俱尊，东日正拂沧海门。赵州百岁如弹指，弥勒八万亦易骞。曹溪水、庐陵米，真身不坏此中是。眼见蓬岛扬尘灰，惟有青原古佛无成毁，薪火流传终复始。"②

方以智与贺贻孙常有诗文唱和。贺贻孙有诗《和青原青字韵》，云："挥空看宝剑，飞影亦呼萍。击石声多变，惊弦我不听。梦知虚室白，眼洗古铜青。挂壁深山响，何须出户庭。"③贺贻孙还有诗词《次韵答青原药地和尚》《江城子》（闰叹答药地大师）。惜未能看到方以智诗文集中与贺贻孙有唱和④。

13. 彭士望

彭士望（1610—1683），本姓危，字躬庵，号树庐，江西南昌人。顺治元年（1644），北京被李自成农民起义军攻破，兵部职方司主事杨廷麟募兵九江。六月，杨廷麟守赣州，窥吉安，假授湖西道护诸将。清顺治三年（1646），改湖东道。"遂与同郡林时益依魏禧兄弟居翠微峰，讲学易堂，与程山谢文洊、髻山宋之盛诸人往复。尝携其子婿读书至程山孤独之琴台，与文洊论学，为日记……生平嗜朋友，海内宿望结纳殆遍，规诤过失，竦切深痛，而乐道人之善，至老不衰"⑤，"大抵以杨明、念庵之说为宗而归于有实用，可试诸行事。尝谓天下学者之病，在于虚经义、气节旷达，文章延而至于理学经济皆虚病也。又曰学者凡病皆可医，唯伪不可

---

① 杜华平、朱倩：《论贺贻孙学术著作的文章家习气》，《江西师范大学学报》（哲学社会科学版）2008 年第 6 期。

② （清）贺贻孙：《水田居存诗》，《清代诗文集汇编·第 21 册》，上海古籍出版社 2010 年版，第 305 页。

③ （清）方以智编：《青原志略》，江西人民出版 1999 年版，第 324 页。

④ 笔者查阅了方以智《浮山文集前编》《浮山文集后编》《浮山此藏轩别集》《流寓草》《青原志略》《禅乐府》《膝寓信笔》《方密之诗钞》，皆未见与贺贻孙有诗文唱和。据商海峰考，安徽省博物馆藏《浮山诗集》后编（包括《无生寱》《借庐语》《鸟道吟》《信叶》《建初集》《合山栾庐诗》）及《浮山别挏》（包括《正叶》《五老约》《药集》），均未得见。

⑤ 王钟翰点校：《清史列传·卷六十六》，中华书局 1987 年版，第 5271～5272 页。

医,欲以此激发后学而造就之使有用于世"①。著有《手评通鉴》二百九十四卷、《手评春秋五传》四十一卷、《树庐文钞》《耻躬堂诗文集》十二卷、《耻躬堂诗集》十五卷。

康熙十二年(1673),彭士望作《与贺子翼书》寄赠贺贻孙,书中与贺贻孙忆往事,谈当下,称:"曾尧臣先生存日,南昌爱万茂先,同郡独推子翼,每为弟私之,谓是素朴人。"可知彭士望与贺贻孙好友曾尧臣、万茂先等皆有来往。信中还向贺贻孙介绍当时在江西名噪一时的易堂诸子,云:"魏母兄弟三人,及林子与弟,为九人,并皆齿兄弟,家居不让,几几似古人。外交而海内亦遂传其姓氏,颇重其人与其文章。而三魏为尤著,所称善伯、凝叔、和公是也。"②

贺贻孙有诗《避乱石磐留赠彭长者》。

14. 周畴五

周畴五,生卒年不详,字懋极,安福县人。明崇祯九年(1636)中举人。闻国变,遂隐居鸪湖山,以著作诗文自娱,饮酒读《离骚》终其身。与其侄白山并致力于古文,刊有《二周古文合刻》一书。

贺贻孙为其《二周古文合刻》作序,云:"独吾友周畴五偕其族白山不然,方为诸生,即发愤学古文。其文曲折往复,力追唐宋。"③

顺治十一年(1654),贺贻孙作《复周畴五书》,中云:"蒙寄书《示同志》一则,深羡吾兄居心静妙,遂至于此……又不独如兄所云'桔槔声,纺织声'也。"④

贺贻孙有诗《寄周畴五》《周畴五有〈夜过周白山〉诗,次韵寄赠》《壶园诗酬周畴五》等。贺贻孙的《二甥字说》后有附评语,署名为"安成周畴五评"。

15. 周白山

周白山(?—1648),安福县人,事迹不详,周畴五侄子。

---

① (清)江召棠修,魏元旷纂:《中国方志丛书·江西省·南昌县志·二》,成文出版社1983年版,第906页。
② (清)彭士望:《耻躬堂文钞·卷二》,《清代诗文集汇编·第32册》,上海古籍出版社2010年版,第43~44页。
③ (清)贺贻孙:《水田居文集》,《四库全书存目丛书·集部·第208册》,齐鲁书社1997年版,第90页。
④ (清)贺贻孙:《水田居文集》,《四库全书存目丛书·集部·第208册》,齐鲁书社1997年版,第170页。

萧士玮评周白山,言"白山之才无所不妙"[①]。贺贻孙曾作诗《感事和友人八音体》,其二感怀亡友徐巨源、陈士业、周白山与施求公等人,足见其交情深厚。贺贻孙有诗《哭朱昭远》,言"廿年握别各西东,每哭周郎与而同"[②],其中的周郎即周白山。从贺贻孙诗文看,他应该常与周白山讨论文学,《与周白山》一文中,贺贻孙分析了当时文坛的种种畸况,称:"两汉唐宋,诗人、文人前唱后和,异代名家递为师承,同时作者互相激扬,有相长之益,无相倾之习。何其盛也。近世不然。何李两人既已矛盾,而应德、遵岩诸公,复与元美、于鳞门户角立。其后'公安''竟陵'出,扫前贤而空之,虞山继起,欲掩公安竟陵之胜,弹射诋诃,更无虚日。"[③]

贺贻孙还有诗文《二周古文合刻序》《春日寄周白山》。

16. 释潜木

释潜木,生卒年不详,原名王前士,王于山长子,江西安福县人。十六岁出家为僧,改名居朴。有隽才,诗文皆秀拔可观。

康熙十八年(1679),释潜木游九嶷。康熙二十年(1681),贺贻孙作《赠释潜木游"五岳"序》,言:"己未归省其母,旋游九嶷,至'南岳',住山二年,闻母丧,奔归。"路过"水田草堂",谒拜贺贻孙。文中云:"释潜木者,吾友王于山之长子也。赋才英敏,年十六,弃举子业,出家为僧,嗣法于位中禅师。工诗古文辞,耽玩山水,好奇嗜险,断崖绝壁,度绠攀萝,如履平地。"[④]

17. 雪裘

雪裘,原名李仕魁,生卒年不详,"扬州兴化人,崇祯十五年(1642)举人,鲁王监国,时授翰林院官。明亡,托于浮屠以自隐。所过题壁称'雪裘子',不自

---

① (明)萧士玮:《春浮园集》,《四库禁毁书丛刊·集部·第108册》,北京出版社2005年版,第503页。

② (清)贺贻孙:《水田居存诗》,《清代诗文集汇编·第21册》,上海古籍出版社2010年版,第346页。

③ (清)贺贻孙:《水田居文集》,《四库全书存目丛书·集部·第208册》,齐鲁书社1997年版,第175页。

④ (清)贺贻孙:《水田居文集》,《四库全书存目丛书·集部·第208册》,齐鲁书社1997年版,第106页。

言姓名"①,"国变后祝发为僧,韩豪僧清见东坡、读孟郊诗"②。据贺贻孙《僧雪裘传》载,著有《覆瓮诗》。

雪裘与陈子龙交往较深。"雪裘不诵经,不持戒,瓢笠萧然,独行踽踽于江楚闽粤间……好为七言律诗,搜奇抉奥,喜用险韵"③。

康熙四年(1665),贺贻孙因经济拮据,乘船下西昌求馆授徒,解缆之夕,雪裘来访,"出袖中古体一篇,端砚一方赠余。谈笑甫洽,惆怅遽别"④。

康熙十二年(1673),贺贻孙撰《僧雪裘传》。贺贻孙有诗《怀僧雪裘》,评价雪裘诗"其诗最凄怨,见者皆神伤"。

18. 鄢见和尚

鄢见和尚,生卒年、事迹不详。崇祯年间隐居江西邑西玛瑙山方来庵,筑灶炼丹,普度众生。

贺贻孙与鄢见往来甚密。贺贻孙有诗《丰城鄢无识僧装入楚,赋赠》《丰城友人鄢无识为僧,诗以悲之》等诗。其中有"忠孝劳生君勿怨,春来暖气在寒岩"句⑤。

19. 胡光溥

胡光溥,字博先,生卒年不详,江西永新人。"少攻制艺,授知于督学吴石渠,文名蔚起,以数奇,屡困场屋,即弃举子业,深研易理。与李谦庵、刘木生辈参究心性之学,独得悟解。著有《原道大极》诸论。"⑥明亡后隐居青狮山。

顺治八年(1651),贺贻孙与胡博先同访李陈玉,谈《易》,贺贻孙与胡博先就"大极、无极二图"辩论,彻夜不休,"既而三人所言,如水乳之自合也"⑦。

---

① (清)孙静庵撰,赵一生标点:《明遗民录》,浙江古籍出版社1985年版,第268页。此传依贺贻孙《僧雪裘传》而来。
② (清)张其淦:《明代千遗民诗咏·卷五》,明文书局1985年版,第163页。另录其诗一首。
③④ (清)贺贻孙:《水田居文集》,《四库全书存目丛书·集部·第208册》,齐鲁书社1997年版,第146页。
⑤ (清)贺贻孙:《水田居存诗》,《清代诗文集汇编·第21册》,上海古籍出版社2010年版,第339页。
⑥ (清)萧玉春修,李炜等纂:《中国方志丛书·江西省·永新县志·五》,成文出版社1983年版,第1388页。
⑦ (清)贺贻孙:《水田居文集》,《四库全书存目丛书·集部·第208册》,齐鲁书社1997年版,第100页。

顺治十年（1653），贺贻孙作《青狮山听月庵记》，云："居士胡博先，弃郭北厦屋，徙居南村，而听月上人，弃城西大刹，独创此庵，与胡居士为方外友人。"又云："癸巳五月，过听月庵访胡居士，流连五日。"①

康熙十八年（1679），贺贻孙作《胡博先七十序》，云："余所交友朋多矣。未尝有与余谈及心性者，独胡博先。以声心内与偶一谈之。"又云："己未季春，忽忽二十九年，博先揽揆之辰，适跻七旬。"②

---

①② （清）贺贻孙：《水田居文集》，《四库全书存目丛书·集部·第208册》，齐鲁书社1997年版，第141页。

第二章 《骚筏》研究

　　《楚辞》学术史上有三个高峰，清代为《楚辞》研究的第三个高峰。明清之际的《楚辞》研究，有一些共同特征。明亡清起，对知识分子产生很大刺激，文人们不约而同向屈原靠近，当是看到自身许多与屈原的相似之处，从而产生共鸣：这些文人生活于明末政治腐败、党争激烈的时代，与屈原一样拥有明辨君子、小人的智慧；又经历明末亡国之乱，其四处奔逃，有似于屈原之流亡江湘；其中不少人又不仕异族，气节高尚，有似于屈原之坚持反秦，宁死不屈；他们之末世悲情、眷恋故国与屈原之亡国伤痛亦相似之。但这些文人毕竟不是明末之屈原，他们与屈原又有许多不同。拿贺贻孙来说：屈原是楚国的宗臣，有参与国事决策的经历，虽处于流放之中，仍有返回政治中心的机会，贺贻孙生活在乡间，没有出仕经历，他对国家的认知与情感不同于屈原；屈原担任左徒，执掌外交，奔走于齐楚之间，明瞭天下大势，故其变法图强以争天下的政治主张坚定而执着，贺贻孙虽处身于明清易代之际，但并不清楚满清势力如何兴起，对于世界大势的变化更是没有感觉，他没有自我的政治主张，也就谈不上九死不悔的坚守；屈原感动世人的不仅仅在其苦苦守候理想，更在于他自投汨罗的刚烈，这种刚烈是留恋家庭温情的贺贻孙所缺乏的。认清贺贻孙与屈原的不同，使得贺贻孙对屈原的接受具有典型意义。汉代人在悲士不遇这一点上发现屈原，即使到了王逸注《楚辞》，也还有表彰乡贤的意思；宋代人在爱国不计得失这一点上认同屈原，屈原被树立成爱国主义的旗帜；明清之际的人们学屈原，学的是什么呢？从贺贻孙的著作看，主要是学屈原分辨君子与小人，这在当时有普遍性。早在贺贻孙之前的刘永澄在《离骚经纂注》中就区分君子与小人；之后的黄文焕在《楚辞听直》中认为《天问》"详言人事之治乱。亡主奸臣既使人恨，圣主贤臣亦未易满人矣"[1]，分析认为奸臣误国使人痛恨，亦使人悲叹；周拱辰《离骚草木史》更是盛称"草木之中有君子焉，有小人焉"[2]。以此看来，学习屈原

---

[1] （清）黄文焕：《楚辞听直》，《续修四库全书·第1301册》，上海古籍出版社1995年版，第552页。

[2] （清）周拱辰：《离骚经草木史》，《续修四库全书·第1302册》，上海古籍出版社1995年版，第75～76页。

分辨君子与小人，这并不是贺贻孙个人的看法，而是那个时代人们的共同认识。贺贻孙的《骚筏》是其中非常典型的作品，有典型意义。《骚筏》是明末清初《楚辞》学中颇具代表性的论著，是贺贻孙对《楚辞》批评的具体表现，也是研究贺贻孙诗学思想相当重要的著作。

本章先对《骚筏》的版本进行了考证与分析，得出《骚筏》的版本只有清道光二十六年（1846）敕书楼重刊本一种，对学界一直以来引述与解释《骚筏》版本错误的情况进行了更正，订正了前人的疏误之处。继而分析《骚筏》论骚的见解。其中诸如论"变与不变""宋玉悲秋"中将宋玉与屈原对比，并不完全是贺贻孙的创见。"变与不变"的讨论实际是明清之际士人注骚热衷"以忠奸评骚"的另一种说法；而将宋玉与屈原作对比，在陆时雍《楚辞疏》中也有论及，只是角度不同。但"三致意焉""可感而不可言说"等几点，则是贺贻孙自己读《楚辞》的深刻感悟，是其解读《楚辞》的新角度，即不以古人的训诂注释作为唯一标准。最后将《骚筏》的价值与影响结合当时的时代环境与相关著作，给出了一个较公允的评价。

第一节 《骚筏》版本与体例

近年来学界对《骚筏》的研究逐渐丰富，但尚无人对《骚筏》的版本进行专门的研究梳理。笔者通过查阅国内多家图书馆所藏《骚筏》发现有且仅有一个版本，即道光二十六年（1846）敕书楼本。

一、《骚筏》的版本

学界引用《骚筏》时，对其版本源流往往不加考察，不免出现引述与解释错误的情况。涉及《骚筏》的版本研究成果也较简略，不乏疏误。尚无学人对《骚筏》的版本进行专门的研究梳理。笔者通过对国内各大图书馆所藏《骚筏》的版本情况进行梳理、介绍、对比，对其谬误进行辨证，希望为《骚筏》研究提供助益。

（一）目前学界所存《骚筏》之版本说

目前关于《骚筏》的版本，主要有《水田居丛刊》本、清道光二十六年（1846）敕书楼重刊本以及清道光二十六年（1846）《水田居全集》本三种。

1.《水田居丛刊》本与清道光二十六年（1846）敕书楼重刊本两种

1961年出版的姜亮夫《楚辞书目五种》记载《骚筏》时称：

> 版本：水田居丛刊本。清道光二十六年敕书楼重刊本。①

1984年出版的洪湛侯《楚辞要籍解题》称：

> 有《水田居丛刊》本。清道光二十六年（公元一八四六年）敕书楼重刊本。②

2002年出版的周建忠、汤漳平《楚辞学文库·楚辞学通典》称：

> 有《水田居丛刊》本，清道光二十六年敕书楼重刊本。③

2. 清道光二十六年（1846）《水田居全集》本与清道光二十六年（1846）敕书楼重刊本两种

2003年出版的潘啸龙、毛庆《楚辞著作提要》称：

> 有清道光二十六年（1846）《水田居全集》本。清道光二十六年敕书楼重刊本。④

这两种说法中提到的版本共有"《水田居丛刊》本、清道光二十六年（1846）敕书楼重刊本、清道光二十六年（1846）《水田居全集》本"三种。查阅中国国家图书馆、清华大学图书馆、北京师范大学图书馆、复旦大学图书馆、山东大学图书馆、江西省图书馆、湖南省图书馆以及浙江省图书馆所藏《骚筏》原书，《骚筏》现藏版本仅有清道光二十六年（1846）敕书楼重刊本一种。所谓的"水田居丛刊本"与"水田居全集本"实为清道光二十六年敕书楼的翻刻本。

---

① 姜亮夫：《楚辞书目五种》，上海古籍出版社1961年版，第325页。
② 洪湛侯：《楚辞要籍解题》，湖北人民出版社1984年版，第60页。
③ 周建忠、汤漳平：《楚辞学文库·楚辞学通典》，湖北教育出版社2002年版，第357页。
④ 潘啸龙、毛庆：《楚辞著作提要》，湖北教育出版社2003年版，第130页。

(二)《骚筏》清代刻本情况

《骚筏》清代最早的刻本为康熙二十三年(1684)本,此本与贺贻孙另一诗学著作《诗筏》合刊。道光二十六年(1846),敕书楼重刊此本。道光至同治间,敕书楼又将贺贻孙其他著作合刊。刻本中尤以道光二十六年(1846)敕书楼重刊本最为著名。

1. 清康熙二十三年(1684)初刻本

《骚筏》最早的刊刻本,是与另一诗学著作《诗筏》合刊,由敕书楼刊刻于清康熙二十三年(1684)。该版卷首有贺贻孙的族弟贺云鼒撰写的《诗骚二筏序》,《骚筏》与《诗筏》都有贺贻孙的自序。

2. 清道光二十六年(1846)敕书楼重刊本

清道光二十六年(1846),敕书楼重镌此书。此版前为贺贻孙自序,后有贺珏的跋,再后为贺云鼒的《诗骚二筏序》,最后为贺继升的跋。该本现藏于清华大学图书馆、复旦大学图书馆与山东大学图书馆。姜亮夫《楚辞书目五种》所录本与此本同。此本扉页署"骚筏"二大字。两旁署"永新贺子翼先生著"及"敕书楼藏刻"款,横额刻"道光丙午重镌"六字。起《骚筏自序》,二页。承以道光二十六年(1846)五世孙珏跋三页,承以康熙二十三年(1684)族弟云鼒《诗骚二筏序》六页,承以族孙继升道光二十六年(1846)跋两页。以下即《骚筏》正文,首行题"骚筏",下署"永新贺贻孙子翼父著""族弟云鼒补菴父订"两行,下引东坡教人作诗语为小序,以下分篇文论。首离骚经,共十则。一"离骚开首",二"旧余弗及",三"党人偷乐",四"变与不变",五"芳草不幸",六"屈子不畏死而畏老",七"女嬃",八"忍与不忍",九"论驷玉虬至结兰延伫二十八句",十"索藑茅至暇日娱乐二十八句",皆拈出要点,发挥作意。以下各篇,大致皆同(唯《天问》仅一总论为异)。《九歌》凡十四则,《九章》凡十一则,《远游》《卜居》《渔父》各一则。宋玉《九辩》十一则,《大招》《招魂》并末则。最末为全书总评一则。其中又各分章评与总评二种。并不注解屈宋原文一句,盖通题为评论也。全书共二十五页。每半页九行,行二十四字。每条提行,各自为段。提行处顶格,余则低一格为二十三字。粗线。单栏。无行线。白口,中缝刻"骚筏"及页数。文中除引东坡作诗语小序外,皆圈点茂密。

同是清道光二十六年(1846)敕书楼的刻本,江西省图书馆、湖南省图书馆和浙江省图书馆还藏有单行本《骚筏》。此本只有贺继升的跋,下为《骚筏》正文。江西省图书馆另藏有清道光二十六年敕书楼《水田居诗骚筏合编》本,其中《骚筏》起为贺继升跋,承以贺珏跋,下为《骚筏》正文。

3.清道光至同治间救书楼刊本

所谓"水田居全集本",实为清道光至同治间救书楼刊本,并未统一组织、编梓的,仅为后人陆续刻印的贺贻孙著述合称而来。"水田居全集本"共二十四册,分别为《水田居文集》五卷[清同治九年(1870)刻]、《水田居激书》两卷[清咸丰三年(1853)刻]、《易触》七卷[清咸丰二年(1852)刻]、《诗触》六卷[清咸丰二年(1852)刻]、《诗筏》一卷[清道光二十六年(1846)刻]、《骚筏》一卷[清道光二十六年(1846)刻]、《水田居存诗》三卷附《眠云馆》诗集一卷[清同治九年(1870)刻]。其中《骚筏》起为贺云麰的《诗骚二筏序》,承以贺继升的跋,再承以贺珏的跋,下为正文。此本现藏于国家图书馆与北京师范大学图书馆。潘啸龙、毛庆《楚辞著作提要》录"清道光二十六年(1846)《水田居全集》本",误,应为"清道光至同治间救书楼刊《水田居全集》本"。其中《骚筏》仍为清道光二十六年(1846)救书楼的翻刻版,版式行款一沿其旧。

"水田居丛刊本"与"水田居全集本"大概是同一情况。此本共七册,分别为《水田居激书》两卷[清咸丰三年(1853)刻]、《水田居存诗》三卷[清同治九年(1870)刻]、《诗筏》《骚筏》各一卷[清道光二十六年(1846)刻]。现藏国家图书馆。据《八千卷楼书目》载:"《骚筏》一卷,明贺贻孙撰。水田居丛书本。"[①] 此处的"水田居丛书本"与"水田居丛刊本"应为同一本。《清史稿》卷四百八十四《文苑传》有:"贻孙著有《易触》《诗触》《诗筏》《骚筏》,又著有《水田居激书》。"[②] 其《艺文志》里又记载贺贻孙有"《水田居文集》五卷,《激书》二卷"。出现两个名字可知,当时《激书》的称谓有两种,即《激书》与《水田居激书》。《激书》现藏版本有清咸丰三年(1853)永新贺氏救书楼刻本(又称《水田居激书》本)与清道光四年(1824)养云吟榭刻本两种。由此可知,学界提到的"水田居丛刊本"大概与本书前面提到的"水田居全集本"是同一情况,即并未统一组织、编梓,仅为后人陆续刻印,为人合称。刊刻时间为清道光二十六年(1846)(此本《骚筏》刊刻时间)至清同治九年(1870)(此本《水田居存诗》刊刻时间)。其中《骚筏》起为贺云麰的"诗骚二筏序",承以贺继升跋,再承以贺珏跋,下为《骚筏》正文。此版《骚筏》仍为清道光二十六年(1846)救书楼的翻刻版,版式行款一沿其旧。

综上所述,以上各大图书馆藏《骚筏》版本,虽有合编本、丛刊本、全集本以及单行本的不同,各大图书馆所藏《骚筏》的序跋篇数也不同,如清华大学图书

---

① (清)丁立中编:《八千卷楼书目》,国家图书馆出版社2009年版,第280页。
② (清)赵尔巽等:《清史稿·卷四百八十四·列传二百七十一》,中华书局1976年版,第13334页。

馆、复旦大学图书馆与山东大学图书馆所藏《骚筏》均有四篇序跋，国家图书馆藏"水田居丛刊本"与"水田居全集本"均有三篇序跋，江西省图书馆、湖南省图书馆和浙江省图书馆藏单行本《骚筏》只有一篇跋，江西省图书馆另藏《水田居诗骚筏合编》有两篇跋，且这些本子中序跋的次序也不尽相同，但经认真比对，发现这些本子各页的文字、圈点、版式、刻样、序跋的内容均相同，均为清道光二十六年（1846）敕书楼版本。至于序跋次序与数量的不同，是因为存在翻刻本与重印本的情况。后人翻刻或重印时增加或调整了序跋的次序。

由此可证，《骚筏》现藏于国内各大图书馆的本子均为同一版本，即清道光二十六年（1846）敕书楼重刊本，仅此一种版本。

二、《骚筏》的体例

《骚筏》以讲评的形式注《楚辞》，涉及的篇目分别是《离骚》《天问》《九歌》《九章》《远游》《卜居》《渔父》，以上题为屈原作，共计三十九则；《九辩》《招魂》《大招》，以上题为宋玉作，共计十二则。不难看出，贺贻孙评《楚辞》大体按照王逸《楚辞章句》的顺序与分类来进行，但将《天问》一篇提前，可能是因为贺贻孙对《天问》一篇持否定态度。每则中，少则数十字，多则数百字。不用注释的体例，评说中也不重于词语训诂。《骚筏》评《楚辞》的体例大致如下：一，非逐字逐句式的训诂解释，而是着重于阐发每篇大意并结合自身体悟与认识，提出问题再加以分析、阐述，来表达自己的思想、学术观点等；二，对每篇作品都是先总评，阐述主体思想，再进行逐句逐节具体分析，偶尔对重点字、词进行分析；三，对《楚辞》的内容品鉴与艺术点评浑然天成，并不独立分开。

第二节 《骚筏》论骚见解

《骚筏》是贺贻孙唯一的《楚辞》学专著，主要研究屈原及宋玉的作品。前有引言，说明写作的动机，后有总评，对《楚辞》的历史地位进行总的评价。所谓"骚"，指屈原、宋玉二人的《楚辞》作品；"筏"，依贺继升跋语，即"直以渡迷之宝筏自许"之意。读《楚辞》要人指导，犹如涉江浮海需要舟筏，《骚筏》即通达《楚辞》义旨的渡船。纵观《骚筏》，其"筏"亦有引领读者渡过文字之流，从大意上掌握《楚辞》之意。书前引言云：

东坡教人作诗云:"熟读《毛诗·国风》与《离骚》,曲折尽在是矣!"此语甚妙。但《国风》曲折,深于三百篇者能言之;而《离骚》则鲜有疏其曲折者,余故将《离骚》及诸楚辞一并拈出。倘由吾言以学诗,则知屈、宋与汉唐诗人相去不远也。①

他认为世人能深入理解《离骚》者鲜少,故立论以疏其曲折。所谓曲折,不仅指艺术结构而言,亦指屈原心理之抒泄、情志之表达。作者欲以《骚筏》引领读者深入领会屈宋作品的精髓,这是贺氏著书的动机。贺贻孙论《楚辞》,全为己说。姜亮夫《楚辞书目五种》认为其论"曲畅旁通,颇有会心。于芳草美人之喻,党人险佞之状,尤能勾稽比戡,得全文全书旨意。可谓善用心者",姜亮夫认为该书"皆能从字里行间,体会作者心情,发人所未发"②。洪湛候《楚辞要籍解题》称:"《骚筏》一书的特色之一就是从文学角度解析《楚辞》,另外贺氏擅长诗歌创作,有丰富的创作经验和艺术修养,他将这些运用到了《骚筏》一书中来,从谈艺角度疏通文义,倒往往给人以很好的启发。"③这些评价颇为中肯。贺氏论《楚辞》不重旧注,确有很多独特的见解。

一、论"变与不变"

以"君子、小人"之论来分析《离骚》,早在贺贻孙之前,刘永澄著《离骚经纂注》就这样论述。刘永澄先是将君子分为两种,然后对两种君子形象进行分析:

> 盖世间君子,亦有两种,有一种炀和之君子,从容讽议,犹可需以岁月。有一种婞直之君子,锋芒劲峭,必难待之一朝。秦桧谓张九成曰:'立朝须优游委曲。果其优游委曲耶?庶几免乎?然而无所不至矣。'三代以下,黯之赣何如?孙弘之尊显云之直何如?张禹之亲幸,其人甘则其遇亦甘,其人苦则其遇亦苦,理势然也。故坎壈跋嚏,非君子之不幸,不容然后见君子。一言自是,破的耳。若无灾无难,坐取公卿,不问而知其匪人矣。千古巧宦衣钵,都自秦桧传来。④

---

① (清)贺贻孙:《骚筏》,《四库未收书辑刊·第10辑·第13册》,北京出版社2000年版,第2页。
② 姜亮夫:《楚辞书目五种》,上海古籍出版社1961年版,第325页。
③ 洪湛候:《楚辞要籍解题》,湖北人民出版社1984年版,第53~60页。
④ (明)刘永澄:《离骚经纂注》,《四库全书存目丛书·集部·第179册》,齐鲁书社1997年版,第470页。

刘永澄将君子分为"炀和"与"婞直"两种，认为前一种"从容讽议"，可长久矣，后一种锋芒毕露，不可能长久为官。在刘永澄看来，君子就应注重品行，"立德不朽"，不应以科名显赫而洋洋得意。接着刘永澄又揭明小人之嘴脸，说：

> 鸩性谗贼，雄鸩佻巧，其为小人一也。阴贼之小人工于谮毁，既有间离之言。佻巧之小人工于唯诺，亦有可憎之态，两者模写曲尽。①

将小人分成"谗贼"者与"佻巧"者，分析此两种小人的不同，前者善于"谮毁"，后者惯于"唯诺"，都有可恨之处。这些小人长期压制着正直的君子，使得朝廷之内风气不正，无所作为。

贺贻孙将"君子与小人"的论述进一步发展，形成了自己独特的"变与不变"理论。这一理论成为他解读《离骚》的核心纲领，他认为《离骚》全文的支柱就在于"变与不变"这两个相互对立而又统一的概念。通过分析《离骚》中屈子的"不变"与小人、庸人以及党人的"变"来探讨何为君子，何为小人。我们来看看他是怎么说的：

> 大凡君子所以成其为君子，不过好修，好修故不变；小人所以成其为小人，不过偷乐，偷乐故易变。盖小人未尝不慕君子，但以偷乐故畏祸畏死，渐度变易。②

贺氏抓住《离骚》一文的核心，认为君子与小人的区别就在于"变与不变"。君子始终好修，好修则不变。屈子一生志性过人而多忧少乐，"乐所乐者惟好修而已"，小人所害不过因其"好修"，屈子却不因小人所害而变其常哉。"'不变'二字乃屈子一生把柄，亦是千古忠臣把柄"。屈子"不能变心以从俗兮，固将愁苦而终身不变心"，"不从俗"与"不忍与小人共终古"都是其"不变"的表现，这是屈子一生得力处，所以反复言之。在这一点上，与贺贻孙交好的李陈玉，亦有相似论述。李陈玉的《楚辞笺注》就《离骚》的主旨提出"《离骚》大意只为好修二字"，"一篇之中反反复复三致其意，只为此两字。若曰孤臣有何罪过，所得罪者此而已""好修者必芳洁……平生好修，原为洁白以事吾君。一间之后，君亦以好修为

---

① （明）刘永澄：《离骚经纂注》，《四库全书存目丛书·集部·第179册》，齐鲁书社1997年版，第477页。
② （清）贺贻孙：《骚筏》，《四库未收书辑刊·第10辑·第13册》，北京出版社2000年版，第3页。

眼中钉矣。一生吃亏尽在于此"①。李陈玉认为《离骚》主旨主要围绕"好修"而展开，一篇中反复提及，屈子一生也因此二字受尽委屈。

贺氏阐明"好修"与"不变"的关系，"好修"是根本，即使是贤人，如不"好修"，也会变成小人。小人常"偷乐"，为了各自的利益而"变"：

> "惟党人之偷乐兮，路幽昧以险隘"，"偷乐"二字写尽小人情状。盖小人亦非有意误君，但其识量不远，惟知目前快意。后日皇舆败绩，祸国祸身，所不及计，不独"幽昧险隘"从偷乐而生，而"恕己量人"亦偷乐之所必至也。盖偷乐则必恕己……所谓党人也，党人无远识而有小慧，初不过偷乐而已。偷乐既久，工巧遂出，谣诼善淫……可见当时贤者皆为偷乐丧其生平，又不独小人也。②

小人并非有意误国误君，但因其自身目光浅薄、狭隘、识量小，只图一时开心而不顾长远以致"败绩""祸国"，"偷乐"必"恕己"，"偷乐"必"量人"，因其"偷乐"所以成为"庸人""党人"，"党人"既久，渐渐失去本性，变成坏人。最令屈子伤心的是，不止小人"变"，连君子也"变"，最终贺氏通过对比"偷乐"与"好修"，将党人之态、小人之状刻画得淋漓尽致，得出：

> 可见庸主未尝一日之明，但易变耳。惟其易变，所以为庸也。盖小人偷乐亦以偷乐诱吾君，君子好修亦以好修导吾君。好修常也，偷乐变也。变不可以胜常，是故小人之变有穷，而君子之不变无穷。③

肯定《离骚》以"偷乐"概括小人，确是抓住根本。贺氏提出"变与不变"，为我们理解屈原的思想又提供了新的线索。屈原之所以始终不渝地坚持初衷，忠贞不渝地追求理想，根本原因就在于他在"变"的面前却坚持选择"不变"。贺氏认为《离骚》全篇的主旨即屈子的"不变"与奸党小人的"变"之间的曲折斗争，其中又交织着屈子在爱国忠君与自伤自悲间徘徊的复杂心态。"因'好修'导致了'不

---

① （清）李陈玉：《楚辞笺注》，《续修四库全书·集部·第1302册》，上海古籍出版社2002年版，第8页。
② （清）贺贻孙：《骚筏》，《四库未收书辑刊·第10辑·第13册》，北京出版社2000年版，第3页。
③ （清）贺贻孙：《骚筏》，《四库未收书辑刊·第10辑·第13册》，北京出版社2000年版，第4页。

变'，不'好修'导致了'变'；君子（屈原）'好修'，故能在时势变易的情态下，始终坚持'不变'；小人不光不'好修'，反而'偷乐'，因而一旦时势有变，即刻便'变'——这些小人包括当政的君主和昔日的贤者以及屈原的学生"[①]。

二、可感而不可言说

贺贻孙对文学作品有自己的看法。论《楚辞》时，贺贻孙强调要深入理解《楚辞》原文，主张通过直觉领悟体会作者之心理感情。如在《骚筏》的《九歌》后，他说：

> 读九歌者，涵咏既久，意味自深。一经说破，便似说梦。余所评者又梦中解梦也。然为初学者说，不得不而，想屈子有知，亦当发一笑也。[②]

所谓"一经说破，便似说梦"，即是告诫读者摆脱注解的牵制。"说梦"二字，饶富趣味，本来"解"的目的是引领读者求知求解，而不陷入文字的谜团中，贺氏却以为一旦注破，将更令读者如陷云里雾中，"训释"反倒成为使人迷惑的"说梦"行为。这种论点颇为独到。

论《湘夫人》说：

> "思公子兮未敢言"，注不出，想不得。与古诗"盈盈一水间，脉脉不得语"，皆相思谱中佳话，用以降神，奇极。[③]

论《抽思》篇，贺氏又说：

> "回极浮浮"等语，当缺而勿解。凡古诗文不可解处，俱不必解。陶元亮"不求甚解"，真不落学究气。读《骚》者当具此法，概《骚》非学究可读也。[④]

---

① 徐志啸：《论贺贻孙〈骚筏〉》，《晋阳学刊》2010年第3期。
② （清）贺贻孙：《骚筏》，《四库未收书辑刊·第10辑·第13册》，北京出版社2000年版，第11页。
③ （清）贺贻孙：《骚筏》，《四库未收书辑刊·第10辑·第13册》，北京出版社2000年版，第9页。
④ （清）贺贻孙：《骚筏》，《四库未收书辑刊·第10辑·第13册》，北京出版社2000年版，第13页。

第二章 《骚筏》研究

"注不出，想不得"并不是说无法理解，而是表达了一种特定的态度：即不拘泥于对文字的理性解释，而是更注重对意境的领悟。如果过分执着于文字的字面解释，可能会失去对整体意义的把握。这里所谓的"学究"，显然直指旧注而发。

又如论《九辩》之《二辩》时说：

> 总之，楚骚汉诗皆不可训诂，求读骚者须尽弃旧注，只录白文一册，日携于高山流水之上，朗诵多遍，口颊流涎，则真味自出矣。[1]

此论看似玄妙，实际强调不要沉溺于具体的字、词、句，而要直接把握全篇主旨，体味整体含义。在高山流水之间净化灵魂，脱除世俗干扰。这些说法的精神内涵是值得深思的，只是表述略嫌过之。

文学作品不可解处俱不必解，只需观其大意，从整体上理解即可。文学作品有的有明确指向，借助训诂与辨析，可了解其含蕴之所在。有的传递感情情思，并无明确指向，它们可能是多种感受的交织。要表达这种复杂的情感交织，很难清晰地界定其所要传达的具体方向；或为隐约其事，言在此而意在彼，而此一种之"彼"，除作者本人心知之外，读者很难臆断；或者作者所传递的，是特殊环境特殊心态下之一点感觉，读者朦胧感知了、共鸣了，但说不清楚。谢灵运的"池塘生春草"千古传诵，大家都觉得它好，有无穷韵味，让人联想起人生之经历，曾经有过之感觉，但好在什么地方，却说不清。说清了，就说呆了。说不清，是因为它传递的只是一点空灵飘忽的感觉情思。这就是贺氏的"可感而不可言说"。

对待贺贻孙此种治学方法，学者饶宗颐曾语带揶揄地认为："贻孙以文人习气说《骚》，有时亦可得言外意。唯以不求甚解为不落学究气，则浅薄不学者，多藉口矣！他著有《诗触》，以后人诗法诂经，《四库》讥其不免佻巧，论《骚》亦有固然。"[2]李中华亦斥其："治学者遇疑难处则缺而勿解，乃至凭心臆测，反而自诩非学究气，怎能准确地把握作品的意旨呢？这种态度，乃是学风空疏的一种表现。"[3]但在笔者看来，"不求甚解"与"缺而勿解""不可解""不必解"一样，并非不能理解，而是意味着超越了传统注释的束缚，跳脱了对语言意义的理性分析。通过直接的体验和感受去领悟文本所蕴含的情感。这样的解读方式不受传统逻辑和规则的限制，使得作品呈现出一种无固定结构的形态，读者可以随手翻阅，一旦把握了其主

---

[1] （清）贺贻孙：《骚筏》，《四库未收书辑刊·第10辑·第13册》，北京出版社2000年版，第18页。
[2] 饶宗颐：《楚辞书录》，东南出版社1956年版，第20页。
[3] 李中华：《楚辞学史》，武汉出版社1996年版，第173页。

旨，也可以随意放下。这种阅读方式充满了道家的智慧，强调了顺应自然、不拘泥于形式的哲学思想。

如此视角可谓晚明学者读《楚辞》的共识，也多少受到李贽、公安三袁及竟陵派追求"真性情"的文学主张的启发。可以看作晚明浪漫倾向的产物，有一定的时代意义。如与贺贻孙约略同时的陆时雍在其《楚辞疏·条例》中就批评朱熹的《楚辞集注》："句解字释，大便后学。然骚人用意幽深，寄情微妙，觉朱注于训诂有余，而发明未足。"① 所谓"发明不足"，概指朱熹不能深知《离骚》的"有托之情"，即牵于训诂，而忽略文本寄寓的作者情感，这与贺贻孙所谓"注《骚》者不涵咏文意"相近。与贺贻孙交好的李陈玉亦持有相同观点，其在《楚辞笺注·自序》中说："屈子千古奇才，加以纯忠至孝之言，出于性情者，非寻常可及。而以训诂之见地通之，宜其蔽也。且夫《骚》本诗人之意，镜花水月，岂可作实事解会？"② 李陈玉之意，是说注家往往拘泥于训诂，而使《楚辞》的大义被隐蔽，有些甚至被歪曲。李陈玉主张使"读者之悟，与作者之意相遇于幽玄恍惚之地"，以简洁的文字领会其精神要旨。这与贺贻孙倡导"可感而不可言说"，从整体上把握作品，有异曲同工之妙。大概明末士人读《楚辞》，越到晚期，对旧注的不满越深，故多跳出旧注而申以己意。

贺贻孙的《诗触》也多论及这个问题。如论《齐风·卢令》时，贺贻孙不注重训诂，通过涵泳文意读出诗中的言外之意，认为读《三百篇》不应只是字句上的训诂，而要读出字句之外的含义。《诗筏》中也有类似的陈述："反复朗诵至数十百过，口颔涎流，滋味无穷，咀嚼不尽。乃自少至老，诵之不辍，其境愈熟，其味愈长。"③

三、三致意焉

在探讨文学作品的深层含义时，贺氏《骚筏》为我们提供了一个独特的视角，尤其是对屈原作品的解读。贺氏不仅深入挖掘了屈原的"三致意"，而且对司马迁《史记·屈原贾生列传》中提到的"三致志"进行了新的诠释。贺氏认为，屈原的"三致意"并非简单的重复申诉，而是在立意的深度和情感表达的炽热上达到了一

---

① （清）陆时雍：《楚辞疏》，《续修四库全书·集部·第1301册》，上海古籍出版社1995年版，第374页。

② （清）李陈玉：《楚辞笺注·自序》，《续修四库全书·集部·第1302册》，上海古籍出版社1995年版，第2页。

③ （清）贺贻孙撰：《诗筏》，郭绍虞编，《清诗话续编》，上海古籍出版社1983年版，第135页。

个新的高度。这种解读不仅丰富了我们对屈原作品的理解，也为我们提供了一种新的文学批评方法。

贺氏《骚筏》中提到屈子的"三致意"，他说：

> 常怪屈子不畏死而畏老，不伤无年而伤无名……概屈子一生好修，彼其从彭咸也，必有所以俱死者。倘不即从彭咸，亦必有挟以俱老者。苟无所挟以俱老，则死之可畏甚于死，无所挟以俱死，则无名之可伤甚于无年。此屈子所以三致意也。①

"三致志"最早来源于司马迁《史记·屈原贾生列传》"存君兴国而欲反复之，一篇之中三致志焉"②，赞扬屈子在被流放后依然胸怀爱国之情，"卷帘楚国，系心怀王"以及"冀幸君之一语，俗之一改"。后来注者将"一篇之中三致志焉"理解为屈子在一篇文章中再三表明自己的心志。贺贻孙提到的"三致意"也正是司马迁所言"三致志"，只是贺氏对"三致意"有了新的理解，认为这并非是对某一主题的简单重述，而是在思想的深度和情感的真挚上达到了一个新的层次。因屈原"存君兴国而欲反复之"，其诗篇里确实表现得情真意切，感人至深，所以"一篇之中三致志焉"应该从作文立意的深度方面来理解。贺贻孙所论这一点是以往注《楚辞》者所未注意到的。

元代戴师初在谈到文章立意时说：

> 凡作文发意，第一番来者，陈言也，扫去不用。第二番来者，正语也，停之不可用。第三番来者，精意也，方可用之。韩子所谓"陈言之务去，戛戛乎其难哉"，其法如此……作文须三致意焉，一篇之中三致意，一段之中三致意，一句之中三致意。③

寻找最佳立意，就是通过反复思考、修改，使立意突破第一、第二思考层面，进入第三思考层面。贺贻孙认为，屈子在其作品中的"三致意"指，屈子作诗为文能"掠去""陈言"，"停"在"正语"，最终而用"精意"。正如贺氏所言，《离骚》

---

① （清）贺贻孙：《骚筏》，《四库未收书辑刊·第10辑·第13册》，北京出版社2000年版，第5页。
② （汉）司马迁：《史记·屈原贾生列传》，中华书局1982年版，第2484页。
③ （元）陈绎曾撰：《文说》，王水照编《历代文话·第2册》，复旦大学出版社2007年版，第1343页。

中，屈子确实没有陈旧的言辞，也并不直言道出忠君爱国的思想，这说明这些诗歌是屈子精心思考后写下的，正可谓"戛戛乎难哉"。

贺氏能注意到这一点，因为他在解读《楚辞》的过程中常常站在作者的角度，分析作品就好似自己创作，故对作品中隐含的情志的分析相当细致。正如贺氏评价屈子一生"至性过人"与"多忧少乐"，就这两点后世绝对难以具体知晓，但贺氏却通过屈子作品读出这两点。贺氏将自己置身于屈原作品之中，才能对屈原人生经历与情志有如此深刻的体悟。

四、宋玉悲秋

贺氏评《楚辞》注意从字里行间，阐明作品用意，给人以有益的启迪。如中国文人的悲秋情节，贺氏的分析就尤见功力。贺氏认为宋玉悲秋是"满腹悲故遇秋而悲"，是"必不可已"，然后又比喻说"才子悲秋犹美女伤春也"。他认为在宋玉之前从来未有言秋悲或者秋气的，宋玉的"悲哉秋之为气也"七字开中国诗人悲秋先河，后世文人常言"秋声""秋色""秋梦""秋光""秋水""秋江""秋叶""秋砧""秋蛩""秋云""秋月""秋烟""秋灯"，都是从宋玉的这一个"气"字演化而来。我们来看看他是怎么说的：

> "憭栗兮若在远行，登山临水送将归"，此句有七重悲。一远也，二行也，三登山也，四临水也，五送也，六将也，七归也。"将"谓欲归而犹未归，故此一字更悲……"去故而就新"五字最难，禁此悲秋之所以作也。"坎壈兮贫士失职而志不平，廓落兮羁旅而无友生，惆怅兮而私自怜"，此三句有八重悲。一贫士也，二失职也，三志不平也，四羁旅也，五无友生也，六私也，七自也，八怜也。三句本一句，乃加"坎壈""廓落""惆怅"以断之，遂觉一重更苦一重矣。[①]

遍览先秦文学，作品中触及到秋的早已有之，如《诗经·四月》中有"秋日凄凄，百卉俱腓"。屈原作品中，如《离骚》的"纫秋兰以为佩""朝饮木兰之坠露兮，夕餐秋菊之落英"；《九歌·湘夫人》中的"袅袅兮秋风，洞庭波兮木叶下"；《悲回风》中"悲回风之摇蕙兮，心冤结而内伤"，都有秋的影子。但在这些作品中，

---

① （清）贺贻孙：《骚筏》，《四库未收书辑刊·第10辑·第13册》，北京出版社2000年版，第18页。

"秋"只是单纯的表现对象，还未与诗人的思想情感有紧密的联系。宋玉首先把自然之中的"秋"与诗人内心的"愁"直接联系起来，《九辩》开启"悲秋"之先河。贺氏敏锐地发现这一点，认为《九辩》开拓了"悲秋"主题，引领千古"悲秋"的情结。贺氏还认为"蹇淹留而无成"六字是千古志士的共同感慨，倒用在悲秋中作结语让人更觉酸鼻。"《九辩》皆悲秋之语""《九辩》中多自伤语"，这些评语道出宋玉作《九辩》的心声。贺氏对《九辩》的分析真可谓力透纸背，也揭示了《九辩》的精髓。

评《九辩》的过程中，贺氏还对比了屈原与宋玉。将屈原与宋玉进行比较，贺贻孙不是第一人，如陆时雍的《楚辞疏》中就有这种分析和比较：

> 宋玉所不及屈原者三：婉转深至，情弗及也；婵娟妩媚，致弗及也；古则彝鼎，秀则芙蓉，色弗及也。所及者亦三：气清、骨峻、语浑。清则寒潭千尺，峻则华岳削成，浑则和璧在函，双南出范。①

陆时雍对比屈原与宋玉，认为宋玉不及屈原的地方主要有"情""致""色"，宋玉也有与屈原可比肩处，即"气""骨""语"，给予宋玉与屈原同样高度的评价。

贺贻孙对屈原与宋玉的分析更为细致，从思想、风格、情感、立场等方面进行。

思想上，《离骚》云"余以兰为可恃兮，羌无实而容长。委厥美以从俗兮，苟得列乎众芳"；宋玉《九辩》云"何曾华之无实兮，从风雨而飞扬！以为君独服此蕙兮，羌无以异于众芳"；贺氏评曰："兰无实蕙亦无实，兰苟列乎众芳，蕙无异于众芳，兰蕙尚且如此，则椒蔌又何论哉？然屈子咎兰，宋玉咎服蕙者，屈子爱兰故惜其自弃，宋玉爱蕙故惜其为人所弃，又各有深意矣……黄山谷以兰似君子蕙似大夫。《离骚》亦云滋兰九畹树蕙百亩，可见古人贵兰甚于贵蕙。"②贺氏指出屈与宋有别，即"兰蕙之辨"，精思妙想，可谓独到。

风格上，认为屈子风格"沉郁"，宋玉风格"秀润"，两人风格不同，非常好辨别。

情感上，贺氏评《九辩》中的"霜露惨凄而交下兮，心尚幸其弗济"一直到"无衣裘以御冬兮，恐溘死不得见乎阳春"，认为宋玉提倡的"诵咏古人以自解"与屈原的"道思作颂"实为"意同而语各妙"，都是为了宣泄情绪而达到"聊以自救"。接着

---

① （清）陆时雍：《楚辞疏·读楚辞语》，《续修四库全书·集部·第1301册》，上海古籍出版社1995年版，第369页。
② （清）贺贻孙：《骚筏》，《四库未收书辑刊·第10辑·第13册》，北京出版社2000年版，第19页。

又对比两人"悲"之不同,"屈子文句句有死意,宋子独云恐溘死者,盖屈子自悲,宋子代人悲。代人悲者语含讽慰,唯恐其沉忧而伤生,亦招魂之意也"①。他认为屈原是"自悲",宋玉则是"代人悲",这样的分析,真是细微至极。

贺氏还从立场上分析屈宋二人之差异,阐述二人立场不同。认为屈原的恋国之情要比宋玉更为深沉。

这样的对比,真真是十分精彩,不落俗套。

五、传言外之意

贺氏分析《楚辞》的内容,其精妙处能传言外之意。《骚筏》中除上述提到的重要评述,还有很多精妙的分析,散见全书中。

(一)不畏死而畏老

贺氏还关注到屈子作品中表现的"不畏死而畏老"的态度。

> 常怪屈子不畏死而畏老,不伤无年而伤无名。即视死如归矣。则殇子与彭咸皆死也,又况于死后之虚名耶,乃其言曰"汨余若将弗及兮,恐年岁之不吾与""老冉冉其将至兮,恐修名之不立"又曰"及年岁之未晏兮,时亦犹其未央",反复流连于"日月不淹""美人迟暮""鹈鴃先鸣""百莫不芳",同一感慨何耶?盖屈子一生好修,彼其从彭咸也,必有所以俱死者;倘不即从彭咸,亦必有挟以俱老者。苟无所挟以俱老,则老之可畏甚于死,无所挟以俱死,则无名之可伤甚于无年。②

屈子无法接受"未老而罢,未老而死"的命运安排,所以其文常有"岁忽忽其若颓兮,时冉冉而将至""薋菉葹而节离兮,芳以歇而不比"等感叹时光易逝之语。屈子一生被小人所害,不怕一死,却怕死后无名,怕死后"谗谀日得而庸君之罪不复昭识,所以忍死尽言",故"不敢绝名于世而毕其辞以赴渊",希望在有限的生命里,施展抱负,建功立业,却感叹时光易逝,还没来得及修名却已经老去。在这里,贺氏指出屈子因为"好修"故"不畏死而畏老",与生命相比,屈子更重视高尚名节,

---

① (清)贺贻孙:《骚筏》,《四库未收书辑刊·第10辑·第13册》,北京出版社2000年版,第20页。

② (清)贺贻孙:《骚筏》,《四库未收书辑刊·第10辑·第13册》,北京出版社2000年版,第5页。

实现最终理想，即屈子所谓"无名之可伤甚于无年""老之可畏甚于死"。贺氏借屈子之口，抒发了自己对于名节的珍重，宁死也不愿失志。最后代屈子申诉：

> 此老眼中真看小人不上，即此便有死意。盖君子之于小人，盖其得志则放之流之，不欲与同中国及其失意，则死以避之，不忍与共终古，噫可谓严矣。①

既讽刺小人的无耻变节，也寄寓自己誓死保节的想法。表达了希望像屈原一样，宁愿牺牲生命也不愿与小人同流合污的决心。

（二）"惜诵"含义

"惜诵"二字的意义，争议颇多，旧说纷纭杂陈，莫衷一是。王逸以"贪论"解之，不通；朱熹解作"爱惜其言"，亦属牵强。明清诸多解《楚辞》者：如汪瑗解为"惜，叹惜也。诵、颂、讼古通用"；徐焕龙"即事而详言其本末曰诵"；蒋骥"惜，痛也。诵，公言之也，通作讼"；戴震"诵者，言前事之称。惜诵，悼惜而诵言之也"，也都说法不一。金开诚《屈原集校注》认为其中有两种说法较为合理：一种是以"惜"作"痛""哀"；"诵"解作"陈述"之意，如蒋骥、戴震、马其昶诸人之说。另一种说法以"惜"作"爱"，"诵"是"讽谏"的意思，游国恩发明此说。这两种说法皆可通，可并存②。笔者在研读贺贻孙《骚筏》过程中发现，早在游国恩之前，贺氏在《骚筏》中已发明此说，贺氏评价《惜诵》时说：

> "惜诵"二字甚奇。中有不平，必诵言之，既以爱惜而不肯诵言，恐遂致憨，故"发愤以舒情"，则发愤焉可矣。乃烦冤号呼，仅指苍天为证，又历指诸神以共证，可遂为发愤耶！只此数行，血泪迸流矣。③

贺氏提出两点，一是释"惜"为"爱惜"，"诵"是"诵言"，即"讽谏"之意，二是提出屈原"发愤抒情"说。这说明，早在游国恩之前，贺氏已经力主此说，即以"惜"作"爱"，"诵"作"讽谏"之意。同时，将"惜诵"二字纳入诗中体味，可谓深得诗家"三昧"。

---

① （清）贺贻孙：《骚筏》，《四库未收书辑刊·第10辑·第13册》，北京出版社2000年版，第5页。
② 金开诚、董洪利、高路明：《屈原集校注》，中华书局2011年版，第440～441页。
③ （清）贺贻孙：《骚筏》，《四库未收书辑刊·第10辑·第13册》，北京出版社2000年版，第11页。

（三）"南夷"之称

屈原在《涉江》中提到"哀南夷之莫吾知兮，且余济乎江湘"。旧注多以"南夷"为楚人，王逸、洪兴祖、朱熹等人皆主此说，对此贺贻孙有不同意见：

> 屈子生平以忠厚自处，不应称楚国为南夷。李密《陈情表》有少事伪朝语，遂为千古所讥。况可以宗臣指斥宗国耶？怨望丑诋，小丈夫悻悻者所不为。而谓屈子为之乎？盖屈子自郢涉江及于湘沅，三楚以湘江为南，楚以其蛮夷杂居，故曰"南夷"。下文所谓"宿辰阳""入溆浦""深林杳""冥猿狖同居""山高蔽日""幽晦多雨""霰雪无垠""云气霏霏"皆极言南夷非人境可居。①

古代对中原地区以外各族人民统称为"夷"，这是一种蔑称。《离骚》中提到的"南夷"一词，明清许多注家都曾给予解释。如钱澄之《屈庄合诂》说"南夷，不指郢，指江湘以南，皆夷地也"②；王夫之《楚辞通释》"南夷，武陵西南蛮夷，今辰沅苗种也"③。贺氏认为屈原平生以忠厚自居，怎么会称楚国为南夷呢？这里的"南夷"只是指"楚以其蛮夷杂居"，指出"南夷"并非贬义，抑或是描述屈原所经历的地域环境，故此称。这种说法亦可作为参考。

（四）"求女"分析

由于贺氏能贯通古今，故论《楚辞》艺术构思之曲致、文心之幽微、辞藻之确切，都不乏精妙之语。《离骚》求女一节，诸家论说最多，贺氏则能发人所未发。他说：

> 丰隆作媒奇绝，鸩媒尤奇。丰隆，雷师也，雷性刚暴，不可为媒。鸩媒口毒，适足自谗。鸠则佻巧，一鸣即逝，亦非善媒。偶之骄傲者去之，媒之佻巧者亦去之，所谓择偶先择媒，慎之至也。④

---

① （清）贺贻孙：《骚筏》，《四库未收书辑刊·第10辑·第13册》，北京出版社2000年版，第12页。

② （清）钱澄之：《庄屈合诂》，《四库全书存目丛书·子部·第164册》，齐鲁书社1997年版，第742页。

③ （清）王夫之：《楚辞通释·卷四》，中华书局1975年版，第71页。

④ （清）贺贻孙：《骚筏》，《四库未收书辑刊·第10辑·第13册》，北京出版社2000年版，第6页。

联系雷师、鸠鸟、鸩鸟的性情特点，论述它们为媒必然不能成功，新颖独到，饶有情味。又分析小人以智力相雄，上下结党，耳目布置，使势使乖之人串联一起，所以"凡理弱媒拙，不问而知其为君子也"。这虽为意气之言，但小人八方勾连，君子正道直行，往往孤立无援，所以其说也反映部分社会现实。

这部分一家之言散落在《骚筏》的各个角落，虽然分散，但都闪耀着独特的光芒，不仅蕴含着深刻的文化内涵也体现了作者的智慧。

第三节 《骚筏》的价值、影响与缺点

《骚筏》是一部具有重要价值和深远影响的作品，其价值在于将明清《楚辞》研究连缀起来，反映了明代《楚辞》研究由注向评的发展趋势。《骚筏》独特的注骚视角和丰富的文学内涵，为后世文学创作提供了重要的启示和借鉴。然而，《骚筏》也存在一些缺点，其中最突出的是一些评价夸大和夸张、不够客观。

一、《骚筏》的价值与影响

《骚筏》是清代品评类著作，这些品评类著作衔接明代与清代的《楚辞》研究。以《骚筏》为代表的此类著作也反映了明代《楚辞》研究由注向评的趋势。

（一）对明清两代《楚辞》研究的衔接

明代与清代学者在治学上有明显不同。一方面，明代万历、天启年间，党争激烈，心学流弊丛生，心学末流染上"空""虚"不实之风。但在朝代更替、思想突变的时代潮流中，心学依旧是主导思想。另一方面，从学术方面来说，明清之际的学者开始接受"经世致用"的口号，空疏不学之风受到批判。以王夫之、黄宗羲、顾炎武为代表的一批文人，以建瓴高屋之势，对宋明理学大加鞭笞，有意修正心学末流的弊端，开启尚实之风；而以傅山、钱澄之等为代表的文人则醉心古典文学，将屈、庄之学应用于立身处世。诸多学者将目光投注于子学研究，既冲破宋明以来重经、重理的束缚，又开拓新的研究领域。

就《楚辞》研究看，明代后期，汪瑗等人受"师心说"的影响，大胆质疑，给《楚辞》学扩展出新的空间；明清之际，李陈玉、贺贻孙、黄文焕等多继承东林的"诗骚注我"的遗风，多忠奸之论、兴亡之感；钱澄之、王夫之等则以安邦治国为目的，着眼于实际，使《楚辞》学研究逐渐走上朴学的道路。

在这样的时代和文化背景下，贺贻孙的《骚筏》顺应而生。一方面注《楚辞》专意抽绎文中深意、作者之旨，不重旧注，成一家之言，这可以说是明代"师心说"的余绪。但另一方面，贺贻孙《骚筏》多针对现实而发。经历了明清易代的现实，作者更关注现实问题。明亡清起的时代变革迅急。明亡前朝廷邪恶排陷正直，奸佞残害忠良，士人慑于秉政者之危势，或迷恋爵禄，往往受人羁绊，为人所用，甚至趋附显贵，甘为权门之鹰犬。鼎革之际，士人为功名官职所诱惑，不能保守气节，腆颜出仕，亦所在皆有。故贺贻孙的愤懑比以往的研究者更为强烈。他借注《楚辞》来反思明亡的原因，所以《骚筏》中将斥责的锋芒严厉地指向昏君与奸臣。他还借注《楚辞》来叹自身之悲苦，发末世之哀鸣。这样就更有现实意义。《骚筏》用了大量笔墨来论述君子、小人之辨，描画小人"偷乐""工巧"之嘴脸，这些分析主要针对社会现实而发。这实际是借注《楚辞》来发泄对现实的不满，有一定的现实意义，为清代《楚辞》学研究以"经世致用"为指导思想搭建了桥梁。当然，这种"过渡"并非学术发展顺其自然的结果，而是受王朝政治更迭现实的促动。这种"过渡"既不充实也不自然，但它毕竟反映文风、学风的转变。

（二）反映了明代《楚辞》研究由注向评的趋势

《楚辞》研究史十分漫长，从汉代王逸《楚辞章句》开始到明代，《楚辞》评注的范式基本确立，即先原文，后字词训诂、作者点评，形成统一的格局，即"注""音""校""评"。到了晚明，这一范式发生变化，《楚辞》研究由以往的"注"渐转向"评"。文学品评的因素也随着名家评点的涌入而日益增强。

汪瑗的《楚辞集解》是这种过渡的开始。《楚辞集解》中，作者只录屈原作品原文，注解时多申以己意，他注解时能做到融通各家之说，最后以己意断之，初步显现《楚辞》研究由注向评转变的倾向。后来东林中人的《楚辞》学，包括何乔远的《释骚》、赵南星的《离骚经订注》、刘永澄的《离骚经纂注》，都以阐发作品大义为主，义理、训诂之学各有所长。其中刘永澄的《离骚经纂注》以君子、小人之论为主旨来品评《离骚》，以阐述己意为重点，与汪瑗《楚辞集解》比，此书更肆意于己见。黄文焕的《楚辞听直》则结品评、笺注于一，笺中有品，品中有笺，《楚辞听直》是明代注评类著作的代表。陆时雍的《楚辞疏》开篇先解题，然后呈原文，其中结合注音、旧诂以及自我之言综合阐发自身观点。李陈玉的《楚辞笺注》，不拘泥于词语训诂，而重在内心感悟，其妙处在能揭示《楚辞》的内在寓意。贺贻孙与李陈玉生活年代相仿，又为挚友，故在注《楚辞》时所表达的思想以及注《楚辞》所用的形式，二人最为相似。但与李陈玉著《楚辞笺注》不同，贺贻孙的《骚筏》多了一份对现实的关注，对君臣之道、亡国之叹多了几分现实的思考。《骚筏》也吸收了上述作品品评《楚辞》的特别之处，如刘永澄在《离骚经纂注》中的"君子与小人之论"以及陆时雍《楚辞疏》中评《楚辞》的艺术观感等。最终，在上述一系列作品的基础上，《七十二家评楚辞》是明确地将"注""评"从形式上分离开的《楚辞》评点集汇类著作，作者蒋之翘完成了这一使命，使明代《楚辞》研究由注向评转变。《骚筏》这一类作品是其中重要的一环，具有不可忽略的作用和价值。

二、《骚筏》的缺点

贺氏《骚筏》对《楚辞》的品评虽然有很多独到之处，但也有一些不当之处。李中华《楚辞学史》就提到"有时故意张扬辞采，夸饰文墨，耸动视听"①。评价有过激，但确实指出《骚筏》存在的问题。《骚筏》的这些不足之处在一定程度上影响了其光彩。

（一）对《天问》的评价不高

《骚筏》中最让人遗憾的，是对《天问》的评价不高。贺氏讲评《楚辞》，只录部分原文，《天问》则全文略去，评语也不长。贺氏并不肯定《天问》的价值，虽认为"然自是宇宙间一种奇文"，但完全理解错《天问》的结构和脉络：

> 《天问》一篇，灵均碎金也。无首无尾，无伦无次，无断无案，倏而问此，倏而问彼，倏而问可解，倏而问不可解。②

众所周知，《天问》艺术上有鲜明的特色，全文"参差利落，圆转活脱"，以宏伟奔放的气势表达了深沉的思考以及诗人活跃的想像，"它的语言风格比屈原的其他诗文更多地吸取了先秦散文的特点，但仍保持着诗歌语言的特殊结构和节奏，用韵也相当整齐严格"③。贺氏将《天问》解成结构零乱、无次无序，随情绪迸发的杂文，显然不合该文实际。他说：

> 《离骚》与《九歌》《九辩》难拟，《天问》易拟。以《天问》中有古事可搜求，拟书满案，即可成篇也。惟其易学所以不及诸篇。④

贺氏认为后世文人多仿写《天问》，《天问》比较容易模仿，因为简单所以其价

---

① 李中华、朱炳祥：《楚辞学史》，武汉出版社1996年版，第173页。
②④（清）贺贻孙：《骚筏》，《四库未收书辑刊·第10辑·第13册》，北京出版社2000年版，第7页。
③ 金开诚、董洪利、高路明：《屈原集校注》，中华书局2011年版，第292页。

值不及屈原其他篇目。这显然未认识到《天问》的价值。《天问》全篇以提问的方式构成，涉及的范围也极广，屈原通过提问表现强烈的愿望，即按照事物的本来面貌去求得对自然界和社会历史的真实了解，为此他敢于怀疑甚至批评奴隶社会中形成的哲学、政治、伦理、道德等传统观念，特别是批评"天命论"，"这种富有战斗性的朴素唯物主义倾向，是同他在政治上的革新主张和斗争行动有着密切联系的"[1]。贺氏未认识到《天问》的真正价值，大概与《天问》难以解读有一定关系，这也是明末空疏学风的表现。

（二）过于雄快，亦不免于太尽之患也

贺氏强调对《楚辞》原文进行整体理解，主张通过直觉领悟体会作者之心理感情与文章词句。因此《骚筏》通篇很少对《楚辞》展开具体的字词训诂，而提倡整体感悟。所谓"筏"，有引领读者越过文字之流，而从大意上掌握《楚辞》之意。《四库全书总目》认为贺贻孙的文章"特一气挥写，过于雄快，亦不免于太尽之患也"[2]，这个评价似乎更适用于《骚筏》。贺氏提倡的整体感悟法，虽在一定程度上有助于深入把握《楚辞》的思想与文意，但以这种整体感悟来解读作品，容易忽视具体材料的引证与文本的客观考释，对文意的解读有时过于求心，主观性太强。有时似乎情绪一拥而起不受控制，下笔过于随性。如《骚筏》全书中，"酸鼻""痛哭"等字眼不在少数。如评《卜居》"送往劳来斯无穷乎"句：

> 以"无穷"二字为苦海便堪捧腹，富贵以偷生之上，加"从容"二字，更觉丑态厌人。"事妇人"已可笑矣，"促訾栗斯，喔咿嚅唲"，或以语媚，或以身媚，或以柔声巧笑媚，备诸丑态于妇人之前，岂不绝倒，一圆熟耳。[3]

这样简短的一段评论中出现"捧腹""丑态""厌人"等字眼，这样的评论，《骚筏》中不在少数。贺贻孙评《楚辞》时出现此类问题，一是受明末心学影响，出现"空泛""务虚"之风，难免"诗骚注我"，这也与贺贻孙本人治学思想有关。贺贻孙一生不以治学为重，其著述是为了"自娱"，著书立说乃是其宣泄个人情绪

---

[1] 金开诚、董洪利、高路明：《屈原集校注》，中华书局2011年版，第292页。
[2] （清）永瑢等编：《四库全书总目提要·下册·卷一八一》，中华书局1965年版，第1637页。
[3] （清）贺贻孙：《骚筏》，《四库未收书辑刊·第10辑·第13册》，北京出版社2000年版，第17页。

的工具，故文辞言语中不免浅俗的、口语化的表达，这也在一定程度上影响《骚筏》的美感。

（三）其他问题

徐志啸在《论贺贻孙〈骚筏〉》中涉及《骚筏》不足时说："这其中自然是由于历史和时代的局限，使他所阐发的有关屈原和《楚辞》的有些语词掺杂着我们今天看来显然属于历史遗留的偏见痕迹。"[①]

贺氏对《九歌》篇目及创作时间也提出了看法：

> 《九歌》共十一首，或曰《湘君》《湘夫人》共祭一坛；《国殇》《礼魂》共祭一坛，此外《东皇太乙》《云中君》《大司命》《少司命》《东君》《河伯》《山鬼》各一坛。每祭即有乐章，共九祭，故曰《九歌》；或曰《山鬼》《国殇》《礼魂》共为祭主，而《东皇太乙》《云中君》《湘君》《湘夫人》《大司命》《少司命》《东君》《河伯》各一祭主，是为《九歌》。二说皆可采。[②]

贺氏拘泥于"九"之数，或合并《湘君》《湘夫人》为一篇，《国殇》《礼魂》为一篇；或将《山鬼》《国殇》《礼魂》合并为一篇，以求符合九之数。旧注多以此法来释《九歌》，这也是贺氏尊旧注的表现。但其实《九歌》只是歌舞形式的名称，并不确指九篇。贺氏此种划分，确不可信。

贺氏在《九章》总评中说"《九歌》于放逐之暇点缀乐章，以寄忠爱"[③]。旧说多认为《九歌》是屈原遭到放逐之后所作，贺氏也赞同此说。但从《九歌》本身表达的思想感情看，并无已放的痕迹，且以被放逐者的身份修改歌词，也难以为巫师所接受。因此《九歌》当是屈原在楚怀王朝任职三闾大夫，掌管宗族事务时加工修改的[④]。

关于《离骚》是否有死意及《怀沙》是否屈原绝命辞等问题，贺氏也多有提及。贺氏认为屈原在创作《离骚》时已有死意：

---

① 徐志啸：《论贺贻孙〈骚筏〉》，《晋阳学刊》2010年第3期。
② （清）贺贻孙：《骚筏》，《四库未收书辑刊·第10辑·第13册》，北京出版社2000年版，第7页。
③ （清）贺贻孙：《骚筏》，《四库未收书辑刊·第10辑·第13册》，北京出版社2000年版，第11页。
④ 金开诚、董洪利、高路明：《屈原集校注·九歌的性质与作用》，中华书局2011年版，第185页。

即此便有死意。盖君子之与小人,当其得志,则放之、流之,不欲与同中国。及其失意,则死以避之,不忍与共终古,噫,可谓严矣。①

又如:

此数语是屈子绝命词,非真有天上可往也。"折琼枝以为羞兮,精琼靡以为粮",死犹不忘芳洁也。"为余驾飞龙兮"至"聊假日以娱乐"二十八句,写天上游趣,殊觉热闹,然亦是铺张死趣,可谓甘死如饴矣。②

贺氏认为屈原在创作《离骚》时便已有死意。旧注也多以此说。而现代研究成果几乎一致表明《离骚》作于怀王朝被谗、见疏之后,其时离顷襄王朝屈原自沉甚远。贺氏此说误。

又,《怀沙》一篇是否屈原绝命辞,贺氏如此说:

屈子他文多婉恻,独《怀沙》稍露愤激不平之气。盖向犹冀君之一悟,俗之一返,至此《怀沙》自沉无可复望矣。③

贺氏认为《怀沙》就是屈子的绝命辞。这与司马迁在《史记》中收录《怀沙》并言"乃作《怀沙》之赋……遂自沉汨罗以死"有很大关系。自汉至宋朱熹之前,没有人怀疑《怀沙》是屈原绝命辞。朱熹提出不同观点,认为:《怀沙》虽有死不可让之说,但犹未有决然之计也,是以其词虽切而犹未失其常度。"现代《楚辞》研究大家游国恩、姜亮夫也都认为《怀沙》并非屈原绝命辞,只是表明其时屈原死意已决。贺氏只因司马迁收录《怀沙》并有"遂自沉汨罗"之说,便认定《怀沙》是屈原绝命辞,《怀沙》以下不得有作,这种看法也未免武断。

尽管《骚筏》有一些不足之处,但其整体仍然瑕不掩瑜。这些不足之处是次要的,其取得的成就却不言而喻。

---

① (清)贺贻孙:《骚筏》,《四库未收书辑刊·第10辑·第13册》,北京出版社2000年版,第5页。
② (清)贺贻孙:《骚筏》,《四库未收书辑刊·第10辑·第13册》,北京出版社2000年版,第6~7页。
③ (清)贺贻孙:《骚筏》,《四库未收书辑刊·第10辑·第13册》,北京出版社2000年版,第14页。

第三章 《诗筏》及诗歌创作

贺贻孙的诗论著作为《诗筏》[1]，其中概念繁多，许多诗学概念来自前人，如"英分雄分""清""厚""蕴藉""化境""不怨之怨""性灵"。本章将《诗筏》主要主张摘取出来并结合贺贻孙诗歌创作，分析贺贻孙是如何将诗论运用到其诗歌创作中的。其中重点分析贺贻孙诗歌的题材内容以及艺术特色。在诗歌题材内容一节中，除了分析的五类诗歌外，贺贻孙还有些诗，用戏谑、自嘲的态度调侃生活，如《和叶苍平并蒂桃诗时苍平方续东床之选以此请之》《戏和梅道人歌馆惜艳诗》《某先生隐居纳姬索诗催妆戏作博笑》《早甚鞭龙不验戏嘲》《丁亥春乱兵大掠，愈仓促奔山衣囊劫整，闻家人号寒声戏成律》。贺贻孙以戏嘲、调侃的语气表达无奈情绪与对自我的开解。与同时期其他明遗民的诗歌相比，这种态度并不多见，"历尽劫难仍保留生活情趣的遗民在明遗民中并不普遍"[2]。对这一点，周作人就曾评价贺贻孙诗为"悲惨事的滑稽写法"，觉得很有力量，他说："这回看水田居的诗得见那几首村谣，很是佩服，这一半固然由于著者的见识，一半也因为是明末清初在公安竟陵之后，否则亦未必可能也。"[3] 朱则杰在《清诗史》中谈到："清初遗民诗的主题，概而言之，主要是抒写家国之感，表现民族气节，反映民生疾苦。"[4] 贺贻孙是遗民诗人，在这些共同的主题之外，他还有一些充满生活情趣的诗，表现了诗人乐观积极的生活态度。对贺贻孙这样有着特殊时代背景的遗民来说，面临残酷的战乱与严重的天灾，还能以诙谐的态度赋诗，时刻保持诗意的心，将对生活的感悟与细微琐

---

[1] 笔者所见《诗筏》原书为中国国家图书馆藏清道光二十六年（1846）本，为水田居丛刊本。一函七册，分别为《水田居激书》三册、《诗筏》一册、《骚筏》一册、《水田居存诗》三册。《诗筏》四周单边，白口，无鱼尾，版中上为书名，下为页数，每半页九行，每行二十四字，共七十八页。先为贺贻孙自写《诗筏自序》，每半页五行，每行十二字，有竖线隔开，共两页。后有"永新贺贻孙识"，有印章"贺贻孙"，后有朱红色评论字体，末为"丁酉二月花朝后丽楼主人记"。文中页上空白处有红色批注。书末有印章"北京图书馆藏"。后郭绍虞《清诗话续编》据原刊本校订收录。

[2] 万杰：《个人主义者眼中的遗民——论周作人与中国遗民文化之一》，《江西教育学院学报》（社会科学版）2004年第4期。

[3] 周作人：《秉烛后谈》，河北教育出版社2002年版，第29页。

[4] 朱则杰：《清诗史》，江苏古籍出版社2000年版，第82页。

节入诗，似乎处境的窘态与生活的艰辛被"戏""谑""笑"等字冲淡了，这在明遗民诗人群体中是不多见的，值得我们关注和研究。

第一节 《诗筏》的文学主张

《诗筏》是贺贻孙诗歌理论的代表作。郭绍虞评价十二种清诗话为"颇有真知灼见，足资参考"，收入其《清诗话续编》的就有贺贻孙的《诗筏》。贺贻孙不仅工于诗文创作，亦有理论建树，他将自己理解的作诗之法运用在诗文的创作中。其坎坷的身世与深厚的民族感情，对诗作与诗学观都产生了决定性影响。《诗筏》与《骚筏》一样，都有"直以渡迷之宝筏自许"之意。"筏"就是一个工具，过河渡船之意。《诗筏》即通过作者的指导从而领略诗歌之旨，到达诗歌创作佳境的彼岸。"贺贻孙的诗学思想建立在对明代及其以前的诸多诗论进行反省与讨论的基础之上"[①]。本节对《诗筏》诗学的主张进行概括，将尽量避开前人已反复研究的话题。

一、诗文有神，方可远行

"诗文有神，方可远行"[②]是《诗筏》的理论性纲领。贺贻孙论诗提倡诗歌要有自己的灵魂，方能流传久远。他所谓的"神"，与前人所谓"神"不尽相同，指人的生气及创作的灵感。诗歌具备灵魂需要很多条件，如段落无迹可寻、自然、不求其工、不作应酬之诗文、合于性情有感而发……贺氏非常推崇屈原与宋玉的作品，认为后人作诗优秀者仅仅只得屈宋之神而已，况且大多数诗歌创作者还远不及此。贺贻孙亦非常推崇《古诗十九首》，说：

> 段落无迹，离合无端，单复无缝，此屈、宋之神也。惟《古诗十九首》仿佛有之。[③]

[①] 李祥伟：《走向"经典"之路——〈古诗十九首〉阐释史研究》，暨南大学出版社2011年版，第187页。

[②] （清）贺贻孙撰：《诗筏》，郭绍虞编：《清诗话续编》，上海古籍出版社1983年版，第136页。

[③] （清）贺贻孙撰：《诗筏》，郭绍虞编：《清诗话续编》，上海古籍出版社1983年版，第137页。

第三章 《诗筏》及诗歌创作

《古诗十九首》的语言朴素自然,描写生动真切,有浑然天成的艺术风格。贺贻孙非常推崇,故他反对诗歌创作中"言不出帷薄,事不离井巷,竭终身之力,旖旎婉娈,与花间莺燕,争工拙于形似",提倡作诗应无迹可寻,无缝可接,达到草蛇灰线、蛛丝马迹的境界,于行云流水之中一气呵成,才为佳作。一切贵在自然、顺畅。反之,刻意为之、蹈袭、模仿所得的作品往往没有灵气,即无"神"。贺氏说:

不为酬应而作则神清,不为谄渎而作则品贵,不为迫胁而作则气沉。[1]

贺贻孙曾作《戒作应酬诗文启》,坚决反对作应酬诗文,认为那是"役我性灵,充人筐篚,委文心于粪秽,视老身如贱庸"的没出息之作。也拒绝为清廷"颂圣",也绝不阿谀当局。足见贺贻孙对应酬诗文的反感。贺氏不仅强调不作应酬之作,更提出作诗当自有品格、态度——不谄媚、不受胁迫,不为特定目的与原因而刻意创作。这样的作品才能"神清""品贵""气沉"。这样的作品也才有"神",有灵魂,有流传长久的基础。为此,贺氏接着又论述"诗眼",说:

诗有眼,犹弈有眼也……凿中央之窍则混沌死,凿字句之眼则诗歌死。[2]

强调作诗不应凿字句,凿字句则诗歌毫无生气,诗歌无"神"而必"死"。

贺氏还认为作诗要能达到自然,这也是诗文有神的必要条件:

诗之近自然者,入想必须痛切;近沉深者,出手又似自然。[3]

自然,即要求诗人创作不造作,不刻意模仿,若想得自然之作,则思想内容要深沉、痛切。同样,思考得深沉,文字却不能佶屈聱牙,要自然而然,这才是创作的精髓。

诗文有神,方可远行,这是贺贻孙关于诗歌创作的具体要求。只有达到这些要求,诗歌才有真正的生命力和活力,流传才更久远。

---

[1] (清)贺贻孙撰:《诗筏》,郭绍虞编:《清诗话续编》,上海古籍出版社1983年版,第137页。
[2][3] (清)贺贻孙撰:《诗筏》,郭绍虞编:《清诗话续编》,上海古籍出版社1983年版,第138页。

二、作诗当自写性灵

贺贻孙提倡"作诗当自写性灵",这继承自公安与竟陵二派提倡的"性灵观"。与这两派不同在于,贺贻孙重视诗的本质在于抒写悲愤不平之气,这也是贺氏"作诗当自写性灵"的内涵之一。在这一点上,贺贻孙又继承屈原的"发愤抒情"。《惜诵》中,屈原在中国诗史上第一次使用"抒情"一词,虽然屈原未以文学评论的形式来阐述自己对文学创作的看法,但其"发愤抒情"说的确对后来的司马迁、韩愈等人的"发愤著书"、"不平则鸣"说都产生巨大的影响。贺贻孙亦认为,文学作品之所以具有打动人心的作用,即在于它的真实,而要表达真实,就要将诗人内心的郁郁不平之气发抒至作品中,这就是贺氏的诗要抒写悲愤不平之情,即"作诗当自写性灵"的第一个含义。

"作诗当自写性灵"的内涵之二,是"自写"。"天然本色"是"自写"的重要内涵。这里面包含两点。一方面,所谓"本色",指诗人要抒发真情实感,自然而发,表现为不粉饰、不做作。他指出《敕勒歌》"天然豪迈",然后又说"以此推之,作诗贵在本色"。《敕勒歌》之所以"本色",在于语言明白如话,诗中抒情写景皆"即目""直寻",宛如"天籁",极为自然,艺术概括力极强。如元好问所称赞的"穹庐一曲本天然"。贺贻孙十分欣赏这种自然。他曾在《陶、邵、陈三先生诗选序》中借庄子"天籁"说来阐发其"天然本色"的思想:

> 《诗》之有"风",由来尚矣。十五国中,忠臣孝子,劳人思妇之所作,背曰"风人"。风之感物,莫如天籁。天籁之发,非风非窽,无意而感,自然而鸟可已者,天也。诗人之天亦如是已矣。今夫天之与我,岂有二哉?莫适为天,谁别为我?凡我诗人之聪明,皆天之似鼻似口者也;凡我诗人之讽刺,皆天之叱咤叫嚎者也;凡我诗人之心思肺肠,啼笑瘖歌者,皆天上唱喁唱于刁刁调调者也;任天而发,吹万不同,听其自取,而真诗存焉……吾乃知言诗者之贵天也。人无所不至,惟天不容伪。[①]

这段话大体是说,"风之感物"的"天籁"正如诗"天然本色"的表现一样。诗人在客体引发主观感情后,顺其自然地抒发而有"真诗","无意而感,自然而鸟可

[①] (清)贺贻孙:《水田居文集》,《四库全书存目丛书·集部·第208册》,齐鲁书社1997年版,第83页。

己者"，故无须雕肝琢肾、矫揉造作。贺氏认为陶渊明的诗本色自然，最得天籁之趣："和而不流，独而能群，其为诗也。悠然有会，命笔成篇，取适已意，不为名誉，倘所谓天籁者耶？"这是贺氏所谓"天然本色"的最高境界，与"含蓄蕴藉"说相辅相成。另一方面，贺贻孙所说的"天然本色"还要求语言风格自然质朴而洁净。贺贻孙曾借生活中的一则趣事来阐发此观点：

> 记昔年有田中丞者，招余同龙仲房泛舟曲水，有妓以仲房画扇乞余题。余戏书云："才子花怜惜，佳人水护持。"妓颇读书，问："所谓'水护持'者，得非用飞燕随风入水，翠缨结裙故事乎？"余曰："非也。但将汝脂黛兰麝及汝腔调习气，和身抛向水中，洗濯净尽，露出天然本色，方称佳人。是谓'水护持'也。"妓含笑点首。今日学诗者，亦须抛向水中洗濯，露出天然本色，方可言诗人。①

诗人借助女性的"脂黛兰麝"来比喻诗人作诗表面覆盖的东西，那些掩盖"天然本色"面目之物，既指语言风格的浓艳雕琢，又指陈旧的格调。要达到天然本色、质朴洁净的语言风格，就要将这些东西"洗濯净洁"。贺贻孙非常欣赏王维的诗，认为王维诗"洁""全"，自然质朴，一是其诗"冰雪为魂"，本质洁，胸襟又脱俗超凡；二是语言风格自然本色，洁、丽而不艳，不必人工粉饰，"薰衣颒面"。大凡诗文情真意切，有真情实感，在语言上往往以质朴自然取胜，不求工而自工。

第二节　诗歌的题材内容

"明代诗歌在世人心目中地位甚低，作之者多是应酬之用"②，这种情况在明清之际发生变化。明末以来，先是内忧外患，继之国破家亡，致使士人们忧时悯乱之意，家国兴亡之感，伤亲吊友之情，哀怨激愤，郁焉于中。在这种情况下，诗歌成了表达情感最佳的形式。故明清之际的诗歌与社会政治的关系非常密切，而社会大动荡以及个人灾难在诗歌中得到广泛而深刻的表现。贺贻孙的诗歌即是最好的印

---

① （清）贺贻孙撰：《诗筏》，郭绍虞编：《清诗话续编》，上海古籍出版社1983年版，第196页。

② 张健：《清代诗学研究》，北京大学出版社1999年版，第24页。

证。贺贻孙有诗集《水田居存诗》。另据罗天祥《贺贻孙考》："贺贻孙还有很多诗文散见于《厚田贺氏诗文集》和附近乡村各姓氏的谱牒中。"①《水田居存诗》共收诗747首。由贺贻孙好友李陈玉选辑编成并作序。后于同治八年（1869），由永新知县谌瑞云付梓。贺贻孙留存的700多首诗歌中，涉及的题材内容非常宽广。本节将贺贻孙诗歌按题材内容分为"纪实诗""交游诗""山水田园诗""咏物诗"以及"哀悼诗"。

一、纪实诗

贺贻孙有大量纪实题材的诗歌。其中绝大多数创作于明亡后，诗人以遗民的身份，创作了许多表达内心感受的诗作，这些作品都是对现实的直接反映。其中有表现对于故国的悲痛之情的作品，亦有表现百姓流离失所、民不聊生的作品。张兵在《论清初遗民诗群创作的主题取向》中说："共同的时代苦难、相似的人生处境与处世态度又使遗民诗歌在主题取向上呈现出一些共同的特征。"②他将这些共同的特征分为：感念乱离，系心民瘼；眷怀故国，志在恢复；流连山水，寄情怡性以及亲情与友情。贺贻孙身为明遗民，其诗歌创作也主要围绕这些主题展开，其中数量最多的是抒发家国之感、百姓之苦的诗歌，用情也最真，展现深厚的情感内蕴。这也正如前文提到的，贺氏《诗筏》倡导的"作诗当自写性灵"的第一层内涵，即诗歌抒写悲愤不平之气。

贺贻孙大量的诗作中，充满了对亡国之痛、故国之悲以及对民众疾苦的深切关怀。如《甲申写怨》八首，记录了顺治元年（1644）明亡之际诗人的悲痛之心与所见所闻。试看其三：

> 无端感慨不须多，每听清歌唤奈何。
> 八股文章专社稷，诸公拜跪奉山河。
> 龙门血落随红雨，鹤梦惊面隐白坡。
> 野老争传先帝事，难堪忍泪独编摩。③

---

① 罗天祥：《贺贻孙考》，江西人民出版社1998年版，第104页。
② 张兵：《论清初遗民诗群创作的主题取向》，《西北师大学报》（社会科学版）2000年第2期。
③ （清）贺贻孙：《水田居存诗》，《清代诗文集汇编·第21册》，上海古籍出版社2010年版，第328页。

这首诗歌风格低沉，通过表达对亡国之痛的深刻感受，展现了诗人对时代变迁的沉痛反思，也是个人情感的真挚流露。诗人感叹道"八股文章专社稷，诸公拜跪奉山河"，顺治二年（1645）五月十四日，清军将领多铎率领清军包围弘光朝的都城南京。第二天，弘光朝礼部尚书钱谦益，与大学士王铎、守备赵之龙等达官显贵一道，打开南京城门，捧着舆图册籍，出郊跪降[①]。贺贻孙讽刺了钱谦益这般丧失节操，服务于清廷的二朝文人，同时对血雨腥风的屈辱历史表现出无可奈何之态。"野老争传先帝事，难堪忍泪独编摩"更是表达了如贺贻孙这样不仕二朝的文人对先帝功绩的敬仰和对逝去时代的怀念之情。

《甲申写怨》其六、其七分别作：

> 荒凉极目路难投，意气谁倾万户侯。
> 故友谈心偏落落，新欢对面转悠悠。
> 鸦衔人肉飞常缓，雁落弦声影未休。
> 纵遇剡中崔子好，不堪李白更淹留。

> 芳草王孙怨别离，颠连独上万山陲。
> 自闻羌笛伤歌扇，只对秋光诵楚词。
> 残烛枕边家在梦，纱笼影里发垂丝。
> 高皇世世皆隆准，忍向江头听子规。[②]

百姓颠沛流离，处于水深火热之苦，这是贺贻孙诗歌表达最为沉痛的一个方面，真所谓字字血泪。这几首再现了清朝政府对当时百姓的戕害。顺治元年（1644），贺贻孙于仓忙中逃亡，途中看到荒凉、悲惨的一幕幕，尤以"鸦衔人肉飞常缓，雁落弦声影未休"让人触目惊心。在其七中，诗人充分利用想像力，以崇祯帝的视角，再现了甲申年崇祯帝于景山自缢之事。芳草萋萋，曾掌管一个国家的帝王，如今却穷途末路，迫不得已之下选择自缢。远处传来阵阵羌笛声，显得如此哀

---

① （清）顾公燮：《丹午笔记》，江苏古籍出版社1985年版，第145页。其"南都变略"条云："十五日，官兵屯驻天坛、神乐观等处。大军俱营于句容、丹阳间。有勋臣朱国弼、赵之龙、焦梦熊、徐久爵等，文臣王铎、蔡奕琛、李沾、钱谦益等三十余人，出迎于郊，留营中赐宴。"

② （清）贺贻孙：《水田居存诗》，《清代诗文集汇编·第21册》，上海古籍出版社2010年版，第329页。

伤，杜鹃的啼声也愈发悲凉。曾经辉煌的时代即将被取而代之，崇祯帝的内心，悲痛到无法言说。崇祯帝于景山自缢的消息给百姓以沉痛的打击，与贺贻孙交好的师长刘同升，闻讯恸哭吐血后不治而亡。

《甲申山中写怀寄征君徐巨源十二首》其二：

> 四望皆烟火，何人许勒铭。
> 龙髯林下泣，鸟道雾中经。
> 地僻天难诉，山深梦易扃。
> 神京君莫问，消息不堪听。①

战火连连，烽烟四起，国家存亡之际，却缺乏能够挑起大梁、为国建功立业、抵御异族入侵的大将。不愿相信京都被占领的消息，却不得不面对国破家亡的凄惨景象。诗人寓情于景，将大自然的景观与内心的悲伤感情结合起来，赋予树林、花鸟、天地、山河感情，这些景物好像都因得知京城沦陷的消息而悲伤哭泣。

又如《野哭》：

> 哭声连夜近，焚纸又招魂。
> 何事人烟薄，都为鬼火昏。
> 归鸦失故苑，嘶马绕空村。
> 我亦愁人侣，伤心早闭门。②

《野哭》描绘战争给百姓带来的凄惨场景。诗人运用了许多意象，哭声、焚纸、招魂、归鸦等，描绘了一幅凄凉、忧伤的景象。这些意象又组成了一幅凄惨的画面，不停听到人们的哭声，人们焚纸招亡魂，归来的乌鸦失去住所，马匹嘶叫着绕村飞奔……诗人感情低沉，描绘了一幅国破家亡、妻离子散、百姓无家可归的场景。

再如五言古诗《杂兴》其四：

---

① （清）贺贻孙：《水田居存诗》，《清代诗文集汇编·第21册》，上海古籍出版社2010年版，第311页。
② （清）贺贻孙：《水田居存诗》，《清代诗文集汇编·第21册》，上海古籍出版社2010年版，第312页。

第三章 《诗筏》及诗歌创作

> 甘瓜嫌苦蒂，香兰斥素根。满月尽知己，皮相一何繁。
> 托身既已固，爱憎安足论。既怀爱者意，亦思憎者恩。
> 感彼胯下辱，深于念王孙。脉脉英雄志，萧萧壮士魂。
> 寥寥四海内，渺渺与谁存。我欲叩紫宫，天高不可扪。①

这首诗展现了苍凉、无奈的心态。诗中大量使用叠词，"脉脉""萧萧""寥寥""渺渺"表达了哀伤之感，末句"我欲叩紫宫，天高不可扪"，以紫宫喻皇都，表达对亡国的无奈，感叹大明王朝不复存在。

明朝覆灭，清朝取而代之。随之而来的是清朝对百姓实行文化迫害以及屠杀政策，这些都使诗人感受到易代之际百姓才是真正的受难者。正如徐世昌《晚晴簃诗汇》评："子翼生明季，长构乱离，备尝艰苦，集中有'丙戌避乱茶陵''庚寅山中度岁''壬辰被兵折臂''戊戌易僧装'诸题。顺治初，江右甫定，又有金声桓、王得仁之乱，居民深受兵祸。其诗郁涩苑结，多蹙蹙不自得之语，则所遭之境使然也。"②诗人眼见人民陷于水火之中，生活艰难，生命处在危殆之中而自己却无可奈何，唯有借诗歌记录下了这一幕幕。这些诗或描写生活困苦，举步维艰的生存状态，或表现动荡的环境对人的迫害。

如《七月行》：

> 七月贵人夜爨玉，八月富儿面如削。
> 入山不见禹余粮，平原烧尽野无绿。
> 瓦屋萧索断晓炊，依稀惟闻老孀哭。
> 乌鸦绕树啄人肠，夜月游魂影相逐。
> 游魂相逐随荒草，彭蠡波深孽龙老。
> 花发铁树剑光摇，湖西战马随风扫。
> 风扫湖西日欲妆，十八滩高水逆流。
> 杼轴莫辞贪彻骨，将军醉饱不知秋。③

---

① （清）贺贻孙：《水田居存诗》，《清代诗文集汇编·第 21 册》，上海古籍出版社 2010 年版，第 278 页。
② （清）徐世昌编，闻石点校：《晚晴簃诗汇》，中华书局 1990 年版，第 536 页。
③ （清）贺贻孙：《水田居存诗》，《清代诗文集汇编·第 21 册》，上海古籍出版社 2010 年版，第 297 页。

诗中描绘了一幅荒凉景象，平原望去都是荒芜，被烧得没有一点绿色，生产遭受严重的破坏。萧瑟的屋里没有炊烟，还隐约听见有老妇啼哭，乌鸦啄人肠，游魂影相逐……诗人描述的这幅阴森恐怖的凄惨场面，具有强烈的艺术感染力。诗人堆叠了大量意象："平原""瓦屋""老孀""乌鸦""人肠""游魂"，又配以许多动词"烧尽""断""哭""绕""啄""逐"，展现生灵涂炭、田园荒芜的景象。这一切与最末一句"将军醉饱不知秋"形成鲜明对比，深刻地揭示造成这种惨状的根源。

如《丁亥避乱》：

> 昔去余鼯鼠，兹行鼠亦空。
> 柴门烧并尽，败业扫尤穷。
> 野鬼呼寒月，老孀哭夜风。
> 衣冠皆暴客，谁与论英雄。①

这首诗写于顺治四年（1647），当时清兵到处扫荡，诗人于仓忙中再次逃入深山。诗人使用了很多意象，营造萧瑟、悲凉的氛围，如"败叶""野鬼""老孀""哭"。最后一句"衣冠皆暴客，谁与论英雄"，细细品起来格外有趣，都是"暴徒"，又都是"客人"，一语双关，将清朝入侵视为强盗到别人家做客，诗人排斥清廷态度非常明显。

另外一首《兵至大掠，狼狈入山，夜梦有示以"万幕依山摇地肺"之句，遂用其语为诗》也写于顺治四年（1647）：

> 侥幸余生喜更猜，前村白骨早成堆。
> 夕阳人散寒鸦后，秋草风传战马来。
> 万幕依山摇地肺，五云入梦忆天台。
> 何堪再羡陶元亮，垂柳门前路不回。②

---

① （清）贺贻孙：《水田居存诗》，《清代诗文集汇编·第21册》，上海古籍出版社2010年版，第313页。
② （清）贺贻孙：《水田居存诗》，《清代诗文集汇编·第21册》，上海古籍出版社2010年版，第332页。

诗人躲避清兵，躲入深山，清兵突然搜山，诗人再次于仓忙中逃窜。战争还在扩大，"白骨成堆"都已是见怪不怪的景象，所到之处，民不聊生。诗人将自己的深厚感情融汇到生动的叙事之中，面对此情此景，诗人无法再羡慕陶潜般的悠然自得，也不再有"采菊东篱下"的悠然心态。

再如《红稻行》：

> 红稻无苗白稻枯，狮潭欲涸饱鹈鹕。
> 桔槔者谁妇与姑，男儿异乡避征输。
> 将军旧是豪家奴，百钱买米万钱酥。
> 千群駃騠餍官租，占城王粒弃沟渠。
> 兵燹烧残盗贼初，蒙贼哀怜官不如。
> 山中老父尪且癯，自言丰岁绝欢娱。
> 去年稻熟贵如珠，今年有田不敢锄。
> 纵有汗邪充军需，何曾一饱及妻孥。①

贺贻孙诗歌有很强的写实精神。百姓食不果腹，又遭清兵屠杀与迫害，诗中写到，老人家又瘦又瘸，却还自我安慰今年是丰收年。无声中进行了强烈的讽刺。这首诗写因为战乱导致稻田荒芜，百姓流离失所，无暇顾及田地的现实情况。其中"百钱买米万钱酥"再现了真实的场景。

这些表现人民生灵涂炭的诗句中，也有一些反映诗人自己的生存状态的。贺贻孙曾在给贺吴生作的《龙溪族侄季子诗序》中谈及贺吴生明亡后的生存状态："以困顿诸生、饥寒深隐、奔窜流离于戎马间，忧谗畏讥以终其身。"②这样何尝不是说自己。贺贻孙有诗《苦寒行怀弟子布子家》：

> 出亦复苦寒，入亦复苦寒。
> 盗贼满道路，使我衣裳单。
> 芒鞋露短胫，发乱不可冠。
> 囊箧一敝絮，积雨行路难。

---

① （清）贺贻孙：《水田居存诗》，《清代诗文集汇编·第21册》，上海古籍出版社2010年版，第296页。
② （清）贺贻孙：《水田居文集》，《四库全书存目丛书·集部·第208册》，齐鲁书社1997年版，第115页。

> 相依惟虎穴，病骨若蹒跚。
> 同辈数十人，共坐各长叹①
> ……

诗歌紧扣题目"苦寒"，使用对仗的手法，无论出还是入，皆是苦寒。清兵入侵导致自己隐入山林，过着艰苦的生活。清兵无处不在，道路又积雨难行，如此阴冷的天气自己却衣不遮体，食不果腹，而周围野兽频出，人们时刻处于害怕紧张之中。如此动荡、险恶的生存环境，同行的人皆感叹生之不易。诗歌写出动乱时代绝大多数人的生存境遇。

还有《避乱山中雪寒无衣》：

> 母线儿衣老不癯，雪中补褐泪如珠。
> 临风更剪湘江水，倒着腰间紫凤图。②

从诗题即可知，诗歌描述自己苦楚不堪的生活。母亲给瘦弱不堪的儿子缝补衣物，在这样寒冷的季节里母亲一边补衣一边泪雨涟涟。诗人生活困苦不堪，生存艰难，年迈的老母也跟随自己遭罪。

贺贻孙这一类纪实题材的诗，体现了在《诗筏》中提倡的"作诗当自写性灵"的第一个方面，即重视诗的本质在于抒写悲愤不平。诗要有所感而发，要抒发自我内心的不平之感、愤懑愁苦之情，不应做无病呻吟之状。这些纪实诗，皆为有感而发，都因为现实触发诗人的情思，诗人或抒发家国之感，或悲叹民生之苦，或诉说自我际遇。由此来看，贺贻孙将诗歌理论很好地运用到创作中来。

二、交游诗

古人以诗交友，以诗言志，常常把诗歌作为结识朋友的手段。贺贻孙说"余所交友朋多矣"。反映了他通过诗歌广泛交流，拥有众多的诗友。所以贺贻孙有很多交游诗。青年时期憧憬的友情都积极向上，共赴举业。历经国变，在经历人

---

① （清）贺贻孙：《水田居存诗》，《清代诗文集汇编·第21册》，上海古籍出版社2010年版，第283页。

② （清）贺贻孙：《水田居存诗》，《清代诗文集汇编·第21册》，上海古籍出版社2010年版，第367页。

情的冷漠后方知此时患难与共的友情来之不易。与友人交往的过程中，贺贻孙创作了一些表达友情的诗歌。这些诗歌不仅包括了与朋友间的酬唱赠答之作，也涵盖了表达深厚友情、砥砺气节的作品。如《秋叶吟和明府管德园先生九首》，其三：

> 人惜落花英，我恋落叶响。
> 不有肃杀意，焉知秋风爽。
> 秋风自淅沥，听者自慷慨。
> 悲秋从何来，中怀独潆濴。
> 所以宋玉心，每作灵均想。
> 古人不可作，孤情聊一往。
> 却憎后来人，虚声递相倣。[①]

管正传（生卒年不详），字元心，号德园。明崇祯四年（1631）任永新县令，任职三年，全邑面貌焕然一新。贺贻孙对其胆识和为民办事的精神表示敬佩。常与其诗文唱和。这首诗是诗人明亡前的作品，充满了积极昂扬的情感。在这首诗中贺贻孙提出了不可一味摹拟学习古人，强调诗是性情的自然流露，非人力之强为，主张我手写我心。

贺贻孙还有首《闻管德园先生下狱感作》：

> 才人宰百里，颠倒多磨磘。
> 缄口如含药，缩项似忍冻。
> 奔走小儿前，崎岖五斗俸。
> 我公宝耻之，甘棠随手种。
> 琴水已流膏，余沫及章贡。
> 雄风惊藩臬，爽气骇僚众。
> 妖庙鬼不灵，潢池兵罕弄。
> 会稽难自啼，蛳蛆蛰莫动。
> 苍龙发圉池，金勒默相控。

[①]（清）贺贻孙：《水田居存诗》，《清代诗文集汇编·第21册》，上海古籍出版社2010年版，第280页。

时有奇文出，国门始一哄。
豪放落叶吟，飘忽采桑颂。
俯视余子篇，秋蝇鸣斧瓮。
忽被猰狗来，狂噬秋山洞。
遂令蒙厚诬，父老不敢讼。
我抱世道忧，非为斯人恸。
蔓草乃凌松，皂雕复催凤。
高名天所尤，庸福人所重。
峨眉冠天下，效颦愧难共。
相与聚谣诼，杀之绝其种。
京都盛簪裾，耳目各蔽壅。
才难空咨嗟，所贵非所用。
恸哭今何人，怜才或屈宋。①

贺贻孙在得知管德园遭受牢狱之灾的消息后，有感而发创作了这首诗。诗中深刻地反映了他对当时社会的深切忧虑：明朝末年，官场腐败，权宦专政，民众生活在水深火热之中，每日忧心忡忡。在这种压抑的氛围下，人们普遍选择沉默，担心言多必失，引发祸端。这种恐惧和不安的情绪，使得即便面对管德园的不幸遭遇，也鲜有人敢于公开声援，形成了一种令人唏嘘的集体沉默。诗句"我抱世道忧，非为斯人恸"，即表达这种人人自危的心态。"相与聚谣诼，杀之绝其种"是强烈的讽刺，小人相处在一起造谣生事，甚至不惜迫害其灭门。同时也对人才不被重用，反而被诬陷之状表达了悲哀之情，感叹道"恸哭今何人，怜才或屈宋"。

在《答刘太守二首》其二中：

我有金镂管，书空欲成字。
字字含清怨，难堪俗人视。②

虽无处可考刘太守究竟为何人，但诗人向刘太守表达了自己著书立说的态度，

---

① （清）贺贻孙：《水田居存诗》，《清代诗文集汇编·第21册》，上海古籍出版社2010年版，第282～283页。

② （清）贺贻孙：《水田居存诗》，《清代诗文集汇编·第21册》，上海古籍出版社2010年版，第282页。

即为了一吐心中不畅。"字字含清怨,难堪俗人视"指所作诗文都蕴含着内心的怨愤,多哀怨之音,难为一般人所懂,表达了内心的苦闷和无奈。

如《阅黄苍舒集即赠》:

> 恩仇非两时,生杀总一手。
> 君看天下人,何人非善友。
> 昔君仗义气,云梦吞八九。
> 杀君既不能,拜君亦不受。
> 卖赋不须钱,骂生非因酒。
> 一朝罹网罗,杜门学雌守。
> 仰天对影叹,逢人抱面走。
> 仓皇与到时,濡翰若挥帚。
> 猿狖尽悲啼,虎豹亦哮吼。
> 不因感愤深,宁见钟情厚。
> 多谢谮君者,恩深同父母。
> 蓄君以道德,赠君以不朽。[①]

黄学元,字苍舒,号嗛咻,江西永新人。是诗人的至交好友。他们日常交往密切,诗歌互答,学问相互切磋,这不仅加深了两人之间的情感纽带,也使得他们之间的诗文唱和、赠答频繁。在这些交流中,既有柔情似水的细腻情感,也有大气磅礴的豪情壮志;既有娓娓道来的叙述,也有深情款款的真挚表达。这首诗赞扬了黄苍舒不畏权贵,不苟世俗的品性,佩服其仗义与胆识,并称其文具有"不因感愤深,宁见钟情厚"的特点。贺贻孙还有诗《答黄苍舒》《春事次黄苍舒韵》《黄苍舒、尹无界过宅酗饮,归后赠以二十四韵》等。

又如《浮玉即事寄友》:

> 凉声只在晚蝉中,偶上高楼忆酒翁。
> 隔岸犬噪茅舍雨,穿篱蝶醉菊苗风。

[①] (清)贺贻孙:《水田居存诗》,《清代诗文集汇编·第21册》,上海古籍出版社2010年版,第279页。

>僧闲那可逃租税，鸟慧终须闭竹笼。
>欲觅仙源吾倦矣，夕阳阁外看飞蓬。①

这首诗写得一气呵成。于转凉傍晚的蝉鸣声中，诗人回忆起昔日老友，回忆起一起品酒论诗的美好日子，而今早已是物是人非。"僧闲那可逃租税，鸟慧终须闭竹笼"，说明即使连僧人也无法逃避沉重的赋税，保全自我的方式怕是要向聪明的鸟儿学习，闭笼不出了。经历了国破家亡的悲痛后，诗人的心境也早已不同，早已没有了当初悠然自得的心境。

贺贻孙的交游诗中，有些作品以其平实质朴的风格著称，它们以平易近人的语言，传达了真挚的情感。这种风格体现了贺贻孙强调的"作诗当自写性灵"的理念，其中"自写"不仅是他倡导的"天然本色"说的核心，也是他诗歌创作的重要内涵。

再如《寓寒江怀叶苍平》：

>几日桃花下，风流忆笔庵。
>只今春后酒，独向竹间酌。
>波落鱼鳞紫，山摇鸟尾蓝。
>思君时有句，对面竟谁谈。②

叶擎霄（生卒年不详），字苍平，号邹山。江西永新人。与贺贻孙为忘年交。是贺贻孙在明亡后为数不多的好友之一，两人常在一起畅聊生活，切磋诗文。在这首诗中，诗人于淡淡的叙述中表达对好友的怀念。其中有"思君时有句，对面竟谁谈"句，堪称经典。因为太思念好友了，竟忽略坐在对面的朋友。贺贻孙与叶苍平常常诗文唱和，贺贻孙还有《赋得落叶入怀和叶苍平》，中有"一身轻似叶，漂泊又逢君"句③，表达在动荡不安的时局中相遇不易；还有诗《答叶苍平花下燃膏诗》《秋日感怀和家季子、叶苍平韵》以及调侃叶苍平续东床之婿的《和叶苍平并蒂桃诗，时苍平方续东床之选，以此谑之》等。

---

① （清）贺贻孙：《水田居存诗》，《清代诗文集汇编·第21册》，上海古籍出版社2010年版，第328页。

② （清）贺贻孙：《水田居存诗》，《清代诗文集汇编·第21册》，上海古籍出版社2010年版，第314页。

③ （清）贺贻孙：《水田居存诗》，《清代诗文集汇编·第21册》，上海古籍出版社2010年版，第317页。

三、山水田园诗

山水田园诗以描写自然风光、农村景物及安逸恬淡的隐居生活见长。这类诗以山水田园为审美对象,把细腻的笔触投向自然界,借以表现诗人对自然的热爱以及对现实的不满。贺贻孙明亡后一直过着隐居生活,他以和平淡然的态度面对生活,创作了大量山水田园诗。谢国桢在《明末清初的学风》中称:"我认为明末志士和那些不与清朝合作,清朝统治者所称道的'胜国遗民',他们不是世俗所称谓的'遗老遗少'之流,他们胸怀是开阔的,志气是昂扬的,并且还赋有自信不疑的乐观情绪。"[1]贺贻孙就是这样一位积极乐观的志士,在动荡不安的环境中,他保持着积极的态度,用美好的眼光看待世间的万物,历尽劫难后仍保留着对美好生活的向往。

贺贻孙一生行走的地方并不多,大多数都在江西省内。但贺贻孙热爱家乡,对桑梓的山山水水、一草一木都有爱恋之情。他曾到访过禾山甘露寺、皇雩山、影帆阁、南华山、砻西、梅田洞、青狮山、麻蜀滩等名胜。无论出于求学、游玩还是生计的需要,贺贻孙在所到之处都留下了他的诗篇,这些作品丰富了他的诗歌创作。这些诗歌涵盖了诗人多彩的生活经历和对人情世故的深刻洞察,而且情感真挚,表达自然,具有较高的审美价值和文学韵味。

如《碧波岩次韵》:

> 山色遂连天,惊涛一鸟旋。
> 欲知泉落处,即在水源边。
> 岸夹波声远,岩剡日影悬。
> 老僧深树里,破竹引涓涓。[2]

贺贻孙经常与同邑友人游览名山胜景,增长知识。碧波岩是永新县邑东南二十里的南华山名胜。碧波岩溪水自岩石之巅沿山谷岩石东西弯曲,从悬崖上泻下,形成碧波缥缈之胜景,故得名。诗人于前两联即写出了碧波岩山峦青翠,峭岩峻壁,水湾溪曲的景致。这首诗写得一气呵成,尾联"老僧深树里,破竹引涓涓"使人浮想联翩,读起来颇有陶潜《归园田居》诗的意境。

---

[1] 谢国桢:《明末清初的学风》,上海书店出版社2004年版,第11~12页。
[2] (清)贺贻孙:《水田居存诗》,《清代诗文集汇编·第21册》,上海古籍出版社2010年版,第310页。

贺贻孙有诗《甘露寺题壁》二首，试看其一：

> 天上荒凉莫寄愁，人间知己更悠悠。
> 小才漫喜逢明主，结好终须托謇修。
> 袍弃郁轮空过夏，赋成穷鸟屡伤秋。
> 匡庐隐去吾无恨，但恨须眉债未酬。①

甘露寺位于江西省永新县西约十余公里的龙门镇禾山脚下。贺贻孙于天启五年（1625）入禾山甘露寺读书，潜心学习，过着苦读生活。这首诗正是他在这段学习期间所创作的作品。此时的诗人恃才傲物，意气风发，过着吟风弄月，流连光景的生活。首联使用了互文，"天上荒凉莫寄愁，人间知己更悠悠"，可知诗人此时并不太关心政治，更关心交友与舞文弄墨，故风格较轻松。

又如《千峰窝》：

> 邺仙未老已投闲，目极千峰只一湾。
> 蛟蜃无家秋水碧，鹧鸪有恨夕阳斑。
> 梦环青锁云中树，人醉黄花雨后山。
> 此景不堪频把玩，燕台佳气几时还。②

顺治八年（1651），贺贻孙与邑人过青狮山听月庵。贺贻孙好友李陈玉避地在此，因周围群山环绕，便将自己的居所命名为"千峰窝"。诗人借所吟咏之景观来抒发怀抱，与友人皆中年之龄，本应心存"齐家治国平天下"之志，却迫于国变而隐居于此，过着"悠闲"的日子。"此景不堪频把玩，燕台佳气几时还"，说明此时诗人内心还抱有遗憾，尚未得到重用国家却已覆灭，内心仍有不甘。

如《自禾川历庐陵十八险滩》：

> 瞒天翠嶂暗摇橹，十八滩头如挝鼓。
> 山长不断千寻烟，浪吼欲翻百丈雨。

---

① （清）贺贻孙：《水田居存诗》，《清代诗文集汇编·第21册》，上海古籍出版社2010年版，第330页。

② （清）贺贻孙：《水田居存诗》，《清代诗文集汇编·第21册》，上海古籍出版社2010年版，第337页。

第三章 《诗筏》及诗歌创作

> 雨翻烟断帆影开,风水相吞来复阻。
> 石隙中间斗蛟螭,天公为愁河伯怒。
> 昨闻五月滩欲焦,日炙鳖裙游沸釜。
> 只今水增四五尺,秃鹙病饥淘河苦。
> ……
> 缩水涨水彼胡为?中有毒龙知不知。①

诗人因生活拮据而乘船前往西昌求馆教书,途中作此诗。诗人奔走险川大山的经历,给他的诗歌注入了雄浑豪迈的色彩。这首诗中,诗人充分发挥想象,用打鼓声来形容十八滩的怒吼声,格外惊人耳目,也增强了诗歌的力度和气势。诗中写"山长不断千寻烟,浪吼欲翻百丈雨",将远处长长的朦胧的山形容为烟,既形象又生动,给人很强的画面感。同时运用对比手法,将"昨闻"与"只今"相对照,深化了对十八滩险峻景象的描绘,避免了单一维度的叙述,使得描写更为生动和深刻。整首诗采用夸张想象、比喻、对比等手法,刻画出十八滩的气势,体现其诗雄浑奔放的特点。

再如《游皇雩山二十四韵》:

> 香泉分窦出,灏气为水开。
> 侧浪翻飞早,浮光驻日才。
> 老虬藏澍雨,墨蜧秘朱胎。
> 萍绿深于渚,烟青薄似煤。
> 断桥无蚁路,积草有蛇堆。
> 鸟醉春依柳,山空晚放槐。
> 群峰各返照,七穴共轰雷。
> 谢母名犹著,萧公安在哉。
> 碑残双赑屃,庙冷一莓苔。
> 野马奔难已,神鸢梦屡回。②

顺治三年(1646),贺贻孙避难于湖南茶陵。皇雩山即位于茶陵县。皇雩山山

---

① (清)贺贻孙:《水田居存诗》,《清代诗文集汇编·第21册》,上海古籍出版社2010年版,第299页。
② (清)贺贻孙:《水田居存诗》,《清代诗文集汇编·第21册》,上海古籍出版社2010年版,第349页。

幽泉奇，素来多被文人吟咏，宋孝宗也曾作《题皇雩山图》。在这首诗中，诗人将皇雩山的险怪气势写得一气呵成，手法上则采用五言排律，连用二十四韵。诗人借咏叹昔日鼎盛的皇雩山古迹来感慨如今的衰败"谢母名犹著，萧公安在哉"，寄托哀思。

诗人的那些表现山居野趣的诗歌，写得简单而富有诗趣，读来别有一番趣味，如《秋日山家即事》其二：

> 四山秋复秋，莫辨秋山树。
> 人在秋声中，秋声归何处。①

《寒林园》（其一）（其二）：

> 冬山政如睡，白鸟凌风上。
> 叶落不闻声，谷寒风自响。
>
> 枯木断崖间，不见人家住。
> 自有住山人，风雨无寻处。②

《秋水渔》：

> 醉眠秋水内，此趣几人知。
> 竿影风吹劲，何曾动钓丝。③

这些诗歌读来轻松自如，却深藏丰富内涵，韵味悠长。诗人常采用白描等技巧，将自己的情感与大自然景观融为一体，既展现了他悠然自得的心境，也彰显了其诗艺的精湛。

---

① （清）贺贻孙：《水田居存诗》，《清代诗文集汇编·第 21 册》，上海古籍出版社 2010 年版，第 354 页。

② （清）贺贻孙：《水田居存诗》，《清代诗文集汇编·第 21 册》，上海古籍出版社 2010 年版，第 356 页。

③ （清）贺贻孙：《水田居存诗》，《清代诗文集汇编·第 21 册》，上海古籍出版社 2010 年版，第 352 页。

如《山家》：

> 人在水声中，山家趣不穷。
> 鱼行潭影绿，花落树头红。
> 茅屋随峰侧，竹檐与溜通。
> 洞天会有梦，到此得无同。①

这样的诗歌，颇有情致。诗人在首联就道出"山家趣无穷"的特点，如鱼儿自由地在深潭中游动，花儿娴静地飘落到枝头，茅屋与山峰相映成趣，雨水顺着水槽滴落至屋檐上……看似平常的一切，在诗人眼中却是一幅生机盎然的山居图，一切都那么地栩栩如生。诗人自得自适之情尽显诗中。尽管诗人一生坎坷曲折，但他能够随遇而安，保持纯真的性情，才能达到如此物我两忘之境。

如《村居》：

> 谁知烦暑处，有梦与幽寻。
> 开牖双峰见，到门一水深。
> 半生严冷意，六月苦寒吟。
> 莫负今宵酒，长松在席阴。②

首联即揭明作诗的季节——烦热的暑期。然而，正是在这样的季节，诗人可以与梦境幽会，这本身便是一种别样的美好体验。打开窗户便能看见山峰，身处仙境，使人身心愉悦。一句"半生严冷意，六月苦寒吟"将读者拉回现实。诗歌尾联抒发诗人超脱尘世，闲适自在的情怀。诗人营造出空旷、清新、恬淡的意境。诗人处于若隐若现的境界，同时赋予诗歌朦胧美。

贺贻孙还创作出很多表现日常平淡生活的作品，如《秋日山家即事》《落花》《不雨》《小雨》《连日雪甚，即景偶成》《乱后无笔》《无纸》。试看《连日雪甚，即景偶成》：

> 五六花皆点敝帷，芳情澹影共征征。

---

① （清）贺贻孙：《水田居存诗》，《清代诗文集汇编·第21册》，上海古籍出版社2010年版，第314页。

② （清）贺贻孙：《水田居存诗》，《清代诗文集汇编·第21册》，上海古籍出版社2010年版，第310页。

> 砂盆唾满凝红玉，瓦鼎烟长出白扉。
> 避冻双凫依树哎，冲篱一犬负冰归。
> 黑貂卖去七年矣，陌上晴泥待晓晖。①

诗人擅长捕捉生活中的细微之处，将日常琐事转化为诗意的表达。这首诗便是在连续多日的降雪后所作，诗人通过描绘因连日积雪而变得寒冷的天气，巧妙地运用了"凫鸟"和"犬"等动物意象，通过它们的行为反映出天气的严寒，从而增强对寒冷氛围的感知。最后一句"黑貂卖去七年矣，陌上晴泥待晓晖"为点睛之笔，说明诗人在这样寒冷的季节，生活也并不如意，将情与景很好地融合。

再如《积雪》其一：

> 前村高士宅，洗鼎待烧茶。
> 有客浇三白，无人扫六花。
> 桥平僧失路，松隐鹤迷家。
> 赢得儿童笑，敲冰向市夸。②

贺贻孙天性童真，他曾说自己"余赋性懒惰，年迨弱冠，犹有童心"，这首诗充满童趣，在诗人眼中，白雪皑皑的世界呈现出不一样的面貌。诗歌使用白描手法，在这样的下雪天，有名望的人家正在洗烧茶用的鼎，客人们也尽兴畅饮，无人急于扫雪。因积雪太深，僧人迷失在雪桥里，仙鹤也迷路于积雪掩盖的松林里。此情此景引得孩子们发出天真烂漫的嘲笑，纷纷敲破冰雪向路人们炫耀……诗歌营造出一派和谐的场面，一系列动词，"洗""烧""浇""扫""失""迷""赢""笑""敲""夸"又富有生趣。整首诗风格恬静淡雅，语言质朴自然。

贺贻孙还有一些诗歌，表现在隐居期间对日常生活的体验与感悟。贺贻孙一生未仕，长期与普通百姓生活在一起，故善于描写普通人生活中的小细节，诗歌中也不乏生活中的寻常事。如《寓龙门剥笋晚食，偶得家千仞寄和竹诗，因赋以赠》一诗：

> 腹饥不肯煮，爱笋胜于玉。

---

① （清）贺贻孙：《水田居存诗》，《清代诗文集汇编·第21册》，上海古籍出版社2010年版，第346页。
② （清）贺贻孙：《水田居存诗》，《清代诗文集汇编·第21册》，上海古籍出版社2010年版，第322页。

尝恐凌霄姿，充作盘中肉。①

诗人由剥笋的生活细节有感而发，表达了对竹笋的怜爱之情。"尝恐凌霄姿，充作盘中肉"也从另一个侧面说明了诗人生活资源匮乏，只能拿笋充肉。

再如《蓏菜腌后甚辣，经风久则不辣矣，感而赋之》：

野蔌何堪佐早饔，咸酸渍后桂姜蒙。
到头能辣知谁似，才得春风便不同。②

腌咸菜，日常生活中极其微小的琐事，诗人也以此入诗。野蔌，指野生的小草，这里指蓏菜，经过腌制后，味道咸酸，加上桂皮和姜的调味，更加香辣。然而，随着时间的推移，蓏菜的辣味逐渐减弱，不再像刚腌制时那样辣味十足。

这些表现日常生活之作的诗歌，是贺贻孙对公安派以日常生活入诗的继承。诗人用心灵感悟生活，取平淡的生活细节来入诗，这与公安派诗人信手拈出，随意的写作态度颇为相似。也正应了贺贻孙诗论强调的"自写"，用本色的语言表现诗人自己的生活。这些诗歌也是诗人将诗歌理论与创作运用得恰到好处的代表之一。

四、咏物诗

咏物诗是诗人借吟咏自然或事物，来寄寓心志，表达内心世界。诗人所吟咏的对象，也并不是简单的客观景物，而是意化了的物象。咏物诗名为咏物，实为托物言志，借物抒情。优秀的咏物诗不仅生动地描绘了所咏之物，更巧妙地融入了诗人的人格特质和思想情感，使作品具有了更深层次的内涵。历代文人大都喜借咏物寄托怀抱，贺贻孙也不例外。贺贻孙创作了众多咏物诗，这些作品寄寓了他个人的高尚品质。在主题上主要分为三类：咏植物、咏动物以及咏生活中的物品。其中咏植物的，诗人使用的意象主要有桃花、梨花、杜鹃花、蔷薇、红叶、山兰、山茶花、竹、菊、玉簪花、芙蓉、香橙、橘等。诗人借咏物来表达思想感情，将诗人不便说出的愤懑、忧虑等情感以往还迂曲的手法，借咏物的方式诉说出来。

在古人的笔下，菊花常常被视为高尚气节的象征。因此自古诗人都留下吟菊、咏菊、颂菊、赏菊的传世佳句。如白居易有"耐寒唯有东篱菊，金粟初开晓更清"

---

① （清）贺贻孙：《水田居存诗》，《清代诗文集汇编·第21册》，上海古籍出版社2010年版，第287页。

② （清）贺贻孙：《水田居存诗》，《清代诗文集汇编·第21册》，上海古籍出版社2010年版，第361页。

(《咏菊》),黄巢有"飒飒西风满院栽,蕊寒香冷蝶难来"(《题菊花》),陆游有"菊花如志士,过时有余香"(《晚菊》),杨万里有"菊花白择风霜国,不是春光外菊花"(《咏菊》)。文人雅士常通过咏颂菊花来表达自己追求高清品性的愿望。贺贻孙也创作了许多与菊有关的诗歌,他自己曾说:"非爱秋菊色,非爱涧水声。所愿长贫贱,可以挫我名。四海方播荡,豺虎政骄横。谁以霜中桀,甘为粪上英。"诗人并非爱秋菊,爱溪水涧涧,只是四海之内都如豺狼虎豹,不得不隐匿于山林,隐姓埋名,将雄心壮志、忧国忧民之心抛至一边,借菊来诉衷情,表气节。诗人创作了一系列与菊有关的诗歌,如《墨菊》《红菊》《紫菊》《白菊》《篱菊》。试看《篱菊》:

> 伤心彭泽酒,独醉野人篱。
> 世味淡如此,秋怀冷自知。
> 云怡高枕梦,月落小春姿。
> 摈弃聊同尔,幽香又若为。[①]

陶渊明《饮酒其五》"采菊东篱下,悠然见南山"后,篱菊被用以为典实。篱菊乃篱边的菊花。诗人赞赏篱菊在阴冷的秋天却依然能凌霜挺立、孤傲无群,一副与世无争的姿态。这首诗,诗人借篱菊象征自我高洁的品质,表达了一种不随波逐流、不与世俗同流合污的精神追求。"世味淡如此,秋怀冷自知"衬托出诗人品性的纯洁高尚。诗人通过描绘篱菊的品质,隐喻了自己在清朝社会中所坚持的高尚品质,借物寄情。诸如此类还有"亦是陶家种,孤情更黯然"(《墨菊》)、"高秋人已澹,白菊又萧森"(《白菊》)。

诗人创作了大量以竹为主题的作品,通过这些作品来表达自己追求高洁品质和不屈不挠精神的情操。竹有冬季不凋零,四季常绿的特征,在寒冷的冬季始终保持勃勃生机,文人向来喜爱借竹来象征人的品节高尚。贺贻孙有《竹粉》《竹影》《新竹》《金凤竹》《斑竹》等。如《竹粉》其二:

> 劲节如同李子坚,搔首弄粉岂求怜。
> 天然洁白来空翠,不与时人斗丽娟。[②]

---

① (清)贺贻孙:《水田居存诗》,《清代诗文集汇编·第21册》,上海古籍出版社2010年版,第321页。
② (清)贺贻孙:《水田居存诗》,《清代诗文集汇编·第21册》,上海古籍出版社2010年版,第366页。

诗人赞扬竹坚韧有节的特点，而竹刚正有节的特点正象征着诗人坚贞不屈的民族气节。诗歌塑造竹天然淡雅的特点，与诗人朴实无华、与世无争的性情正好相匹配。诗人不愿接受清政府的招抚与友人的接济就如同竹不愿成为被怜悯的对象一样。此诗实际是借竹自喻，表达诗人的人生态度以及不与时人争奇斗艳的情操。

另一首《斑竹》则是借"斑竹"来凭吊故国：

> 数点苍梧血泪痕，至今犹自洒龙孙。
> 堪怪连昌千倾碧，琅玕不忍马嵬魂。①

"斑竹"指杆有紫褐色斑块与斑点，分枝亦有紫褐色斑点的竹子，是著名的观赏竹。历来因为娥皇、女英涕泪于竹从而化为斑竹的故事引得文人墨客争相题咏。贺贻孙这首《斑竹》，先说明斑竹上泪痕点点，至今犹如此。后借杨贵妃马嵬自缢之事说明，曾经如何辉煌最终都是无济于事。对于明王朝的覆灭，贺贻孙内心始终愁绪满怀。

再如《秋兰》：

> 幸不随衰草，敢云种在门。
> 托根深有故，遇赏寂无言。
> 魂动凉风笛，香浇夜月盆。
> 幽怀谁是友，晚与菊花论。②

贺贻孙一生未仕，明亡后更是选择隐居山林的生活，除些许挚友，再少与外界联系。作诗写文也是"自娱"而已。其笔下的秋兰以孤芳自赏的高洁品质，与贺贻孙的心性不谋而合。诗中不仅展现了诗人不随波逐流的个性，也隐含他一心不仕二朝的决心。诗的结尾更是表明与他相交的人都是"志同道合"之辈。

这些咏物诗所吟咏之物不事雕琢，清丽脱俗，读之给人清新脱俗之感。

贺贻孙还创作了大量咏动物的诗，其中运用了鹦鹉、蜂、蛙、病犬、山豸、燕、鸬鹚、鹧鸪、蜻蜓、猿、猴、螺等意象，这些作品中，诗人不仅表达了对自然

---

① （清）贺贻孙：《水田居存诗》，《清代诗文集汇编·第21册》，上海古籍出版社2010年版，第363页。
② （清）贺贻孙：《水田居存诗》，《清代诗文集汇编·第21册》，上海古籍出版社2010年版，第320页。

界生物的细腻观察，更通过这些动物寄寓了自己对社会和生活的深刻感慨与思考。

如《鹦鹉》：

>　　祢衡曾赋汝，文字即风波。
>　　入幕终如寄，开笼可奈何。
>　　相怜徒有饱，招忌岂无他。
>　　方悟全身者，能言不肯多。[①]

清代对文人的控制更加严重，"文字狱"更是使士人岌岌可危，如履薄冰。诗中"文字即风波"就概括说明当时的背景环境，"方悟全身者，能言不肯多"意为即使能言善辩、也要小心言多必失。在这种环境下，唯有谨小慎微才能苟活于世。诗人劝告世人要时刻警惕祸从口出，保持谨慎的言行。

如《蛙》：

>　　微躯骄水族，倡和漫成音。
>　　不信江天阔，难忘井浍深。
>　　烟连春草跃，月落夜深沉。
>　　亦似逢人诉，愁多莫兴听。[②]

清朝确立统治之后，贺贻孙便选择常年隐居山野的生活，后为躲避清廷的招揽，更是隐姓埋名。这首诗借蛙来喻诗人现在的生存状态，如同青蛙般只能微曲着身子苟活于世，同时无法割舍对过去生活的回忆，隐喻身在新朝心存旧朝的悲伤。"亦似逢人诉，愁多莫兴听"则揭明内心的这种愁苦无人倾诉。

又如《鸬鹚》：

>　　水鸟巢何处，吐雏弄影驯。
>　　贪残虽有性，饥饱半由人。

[①]（清）贺贻孙：《水田居存诗》，《清代诗文集汇编·第21册》，上海古籍出版社2010年版，第311页。

[②]（清）贺贻孙：《水田居存诗》，《清代诗文集汇编·第21册》，上海古籍出版社2010年版，第313页。

> 沙上眠乌鬼，舟中换紫鳞。
> 春锄应笑汝，终日逐波臣。①

鸬鹚即鱼鹰，善于潜水，羽毛湿透后须在阳光下晒干后才能飞翔。这首诗讽刺鸬鹚善于伪装自己，没有定性，善于随波逐流的品性，"春锄应笑汝，终日逐波臣"借以说明这样没有品格的人被其他人所不齿与讥笑。讽刺了明清易代之际，许多文人丧失品格，随俗浮沉。

再如《坠蝉》：

> 蝉以洁无累，凌风亦易危。
> 居高原有患，孤性岂能移。
> 绥薄随枯叶，声残出断枝。
> 凄清惟自取，不敢慕人知。②

蝉志存高远，虽然面对狂风有坠亡之患，却依然孤性不移。即使环境已风刀霜剑，却依然不改变涅而不缁的本性，暗指诗人于艰危的社会环境中仍洁身自好，守志不阿。

再如《燕》：

> 谁知兵后燕，犹伴故人飞。
> 得草怜风落，衔泥羡雨肥。
> 朱门无可往，白社且相依。
> 冷落情偏重，秋深不忍归。③

燕子在诗中被塑造成忠诚的伴侣，在那个动乱的环境中，只有燕子还一如既往伴随前朝的遗老遗少。"朱门无可往，白社且相依"，通过对偶的手法，说明昔日显赫的高门士族没什么可留恋的，唯有那些隐居山野的遗民们互相关照、互相慰藉才能在乱世中找到一丝温暖与安慰。

---

①③ （清）贺贻孙：《水田居存诗》，《清代诗文集汇编·第21册》，上海古籍出版社2010年版，第314页。

② （清）贺贻孙：《水田居存诗》，《清代诗文集汇编·第21册》，上海古籍出版社2010年版，第320页。

贺贻孙其他咏生活之物的，以渔网、颓垣、扫帚等为主，多抒写诗人对生活的感受，有的也是浅显的文字游戏。

如《聚竹枝作帚》：

> 仍有空青色，撑天不复期。
> 剪除犹可任，束缚最难支。
> 花落伤心后，月明扫影时。
> 西风尘又起，凭仗尔何为。①

诗人用竹枝作扫帚，又将这一过程的观察感悟入诗。看到竹枝上残留的青色，感叹它再也没有耸入云霄的机会，竹枝的生命已结束，只能任人剪裁、摆布，即使如此，竹枝坚韧的天性都难以束缚，以此暗示诗人坚贞的品性。诗人赋予竹枝生命。看似简单的事物背后，是诗人对生活的用心感受。

再如《颓垣》：

> 颓垣春色故园通，况遇愁中与病中。
> 自有香茶催谷雨，只凭好鸟报春风。
> 烟深驾引荼蘼碧，日落樵归踟蹰红。
> 却怪花神留不住，先将芳信到邻丛。②

诗题名曰"颓垣"，即将这首诗的总体风格定在苍凉、荒芜的基调上。尽管春色再撩人，也不过是颓垣之景，何况这样的景色还遇到诗人愁潘病沈。这样的心境下，颓垣的春色似乎都无法留住了。景与情结合得恰到好处。"先将芳信到邻丛"又与首句前后呼应。

这些咏物诗生动地展现了诗人坚守的节操：不盲目追随潮流，不追逐权势，而是言行谨慎，保持自身清白，维护人格的独立性。诗风诙谐风趣，充满想象力，诗人擅于运用拟人、夸张、比喻等手法，颇具轻松的调侃意味，使诗歌语句生动机趣。

---

① （清）贺贻孙：《水田居存诗》，《清代诗文集汇编·第21册》，上海古籍出版社2010年版，第321页。

② （清）贺贻孙：《水田居存诗》，《清代诗文集汇编·第21册》，上海古籍出版社2010年版，第348页。

五、哀悼诗

屈原在《九歌·少司命》中写道"悲莫悲兮生别离,乐莫乐兮新相知",道出人生最痛莫过于生离死别。贺贻孙诗歌中还有一部分比较具有特色的作品,那就是他怀有深切情感的哀悼诗。特别是那些悼念亲友的诗篇,它们是最动人心弦的部分,展现了诗人情感世界的另一层面。

如贺贻孙有《端午日哭亡姊庄烈君》四首,如其一:

> 吾姊秉先志,贞心皎如水。
> 投江轻一身,千骑尽披靡。
> 百折气不回,宁为中原鬼。
> 有弟弃诸生,艰危惜一死。
> 逃窜山与谷,蒙耻事笔纸。
> 年年逢此日,投诗汨罗里。
> 今晨复何事,酒黍酬吾姊。
> 湘江咫尺路,吾姊与屈子。
> 纫兰以佩之,男儿应如此。
> 轻时拜尔墓,青草已累累。
> 我哭政吞声,风雨犹未已。

其四:

> 脱珥为置妾,视儿犹骨血。
> 今日见渭阳,头角崭然出。
> 诵姊义方语,掩面声唧唧。
> 童仆二三人,鹑衣泪滴沥。
> 各道生前事,意气犹矜激。
> 初服固如此,平日志已决。
> 姊死神不灭,波涛怒如立。
> 至今羊埠路,边马不敢勒。[①]

[①]（清）贺贻孙:《水田居存诗》,《清代诗文集汇编·第21册》,上海古籍出版社2010年版,第287~288页。

顺治六年（1649），清兵包围永新沙陂村，抢劫掠夺，无恶不作，贺贻孙姐姐贺艾"正色责其无礼，慷慨求死。贼怒，击以刀脊，不死，缚而牵之以行"[①]，后贺艾趁其不备，奋身投江，沉水而死。死后族人私谥"庄烈君"。清兵入侵导致亲人离世，这也加重贺贻孙对清廷的痛恨。每逢姐姐死难忌日，其墓"青草已累累"时，贺贻孙追思悼念其姊，寄托哀思。康熙十年（1671）端午，贺贻孙写了这组诗，颂扬姐姐英勇无畏的品质，赞其"宁为中原鬼"也不愿成为阶下囚，赞扬姐姐生死无畏的品行。贺贻孙还为其姊撰写了《亡姊庄烈君行述》。

贺贻孙生有二子，次子贺稚圭于康熙十五年（1676）因病去世。贺稚圭的离世对贺贻孙打击非常大。贺贻孙自明亡后就携家人过着隐居生活，至五十岁才生稚圭，贺贻孙对这个儿子的到来异常开心。隐居山中二十年，看到稚圭能识字读书，学习诗文，虽苦犹乐。稚圭又天资聪颖，才高气锐，却不成想仅二十三岁就离世，这对古稀之年的贺贻孙可谓致命打击，贺贻孙悲痛欲绝。稚圭亡后，贺贻孙搜集其遗诗三百余首，辑成《眠云馆诗集》[②]。于声泪俱下中撰写了《亡儿稚圭行述》。儿亡后，贺贻孙偶过砮山，回忆起康熙十三年（1674）稚圭过此地时梦中的诗句，"江声不断春山色，流出溪中一派青"遂作诗《过砮山》：

砮山砮水上高滩，忆儿凄凄梦语酸。
最是诗文情易感，遂令血泪老难干。
帆悬峭石孤舟落，浪击空明片月寒。
尽作吟魂栖泊处，不堪回首再磐桓。[③]

"忆儿凄凄梦语酸"这样刻骨铭心的句子，连梦中呓语也觉酸鼻。诗人情绪低落，因触景生情而悲伤不已。"最是诗文情易感，遂命血泪老难干"，如今白发人送黑发人，诗人悲痛至极，不可言宣。贺稚圭的去世是贺贻孙一生最沉重的打击。

贺贻孙还有诗《避兵龙溪杂兴，寄弟子家》，其四云：

---

① 罗天祥：《贺贻孙考·亡姊庄烈君行述》，江西人民出版社1998年版，第182页。
② 现附于贺贻孙《水田居存诗》后，由好友叶擎宵作序。
③ （清）贺贻孙：《水田居存诗》，《清代诗文集汇编·第21册》，上海古籍出版社2010年版，第348页。

第三章 《诗筏》及诗歌创作

> 肝肠碎裂是花朝，日暮翻轻影寂寥。
> 檐溜双双随泪滴，香烟渺渺想人遥。
> 寒愁扫叶供炉火，老病扶僧过短桥。
> 魂去空门招不得，眠云宿草梦无聊。[①]

贺稚圭生于花朝日，所以他自匾其室曰"眠云"。这首诗是贺贻孙晚年所作，花朝日睹物思人，想起亡儿便觉肝肠寸断，想必这位历经劫难的老人早已是泪眼模糊。诗中使用的意象"碎裂""寂寥""泪滴"都让人能深深体会到诗人内心的痛楚。历经家国之变而又老年丧子，人生的悲痛莫过于此。

这些对亲人的哀悼诗，是贺贻孙诗歌重要组成部分，数量虽然不多，却是其情感与生活的另一种展示，通过对这些诗歌的分析，可以还原一个有血有肉的真实的贺贻孙。

在《秋怀》其十，诗人诉说了隐居这些年，对人情冷漠的感慨：

> 浮名能误人，意气竟谁借。
> 阅世淡始深，论交倦方暇。
> 平生贵游人，尽同秋花谢。
> 欲著绝交书，犹恐为世诧。
> 闭户六七年，今始免弹射。[②]

正因阅尽世事沧桑，见惯人情世态，方知此时还保持联络的朋友更加不易，故倍加珍惜。在贺贻孙哀悼诗中，还有一些哀悼友朋的诗歌，大都写于贺贻孙晚年。时诗人已步入暮年，友朋也渐渐离世，诗人常常怀念与朋友们曾风华正茂意气风发的日子，现如今却早已是物是人非，时过境迁。这些哀挽之作，写得沉痛感人。如《哭刘安世》《哭朱昭远》等。

试看《哭朱昭远》：

> 廿年握别各西东，每哭周郎与尔同。
> 老泪频伤鸿雁侣，新书又断鲤鱼风。

[①] （清）贺贻孙：《水田居存诗》，《清代诗文集汇编·第21册》，上海古籍出版社2010年版，第346页。

[②] （清）贺贻孙：《水田居存诗》，《清代诗文集汇编·第21册》，上海古籍出版社2010年版，第286页。

> 空怜才子为朝槿,只伴吟魂泣夜虫。
> 苜蓿怀中香不已,生刍何日上龙楯。①

周郎即周白山,亦为诗人好友。昔日的两位好友,如今都阴阳相隔。想鸿雁传书也无法实现,有了新的作品也无从寄托,只能飘散在秋风中。诗人为两位好友惋惜,将他们比喻为木槿。只能夜半钟声时,独自悲泣以悼念昔日好友。诗人哭吊亡友,悲不可止。

再看《挽歌为黄苍舒作》:

> 忆昔与君为古处,梨花十韵字无数。
> 电光过眼七年矣,犹是梨花对风雨。
> 君之意气尽酸楚,藜羹自炊灶自补。
> 短裙破袜露两股,熟视公侯若无睹。
> 高谈雄辩惊涛侣,奸回听之色如土。
> 文字祸人不可贾,幽魂至今愁狭獝。
> 翼骚天怪灵均伍,冯夷吞声老蛟怒。
> 陇西夭死囚鬼语,君今六十死尤苦。
> 蛸网在堂客在户,哭声不闻儿与女。
> 吁嗟乎!身后之名自千古。②

康熙十五年(1676),诗人好友黄苍舒去世,贺贻孙为其作挽歌。贺贻孙与黄苍舒们共同经历了挥斥方遒、激扬文字的读书时代,在明朝灭亡清朝入侵后携手并肩,建立战友一般的情感。诗人回忆起朝夕相处的日子,如今一晃已七年过去,又到了梨花带雨的时节,却节同时异。诗人最后说黄苍舒"哭声不闻儿与女,身后之名自千古"。这首诗写得一气呵成,酣畅淋漓,七言古诗写得如此连贯,可见诗人在古诗上确实下了功夫。

---

① (清)贺贻孙:《水田居存诗》,《清代诗文集汇编·第21册》,上海古籍出版社2010年版,第346页。

② (清)贺贻孙:《水田居存诗》,《清代诗文集汇编·第21册》,上海古籍出版社2010年版,第296页。

第三节 诗歌的艺术特色

周焕卿在《清初遗民词人群体研究》一书中谈道："贺贻孙词颇多苍茫萧疏之气，时露故国之思。其诗亦如此，皆见亡国之痛。"[1]诗人于生命后期经历山河破碎、国破家亡和流离颠沛的苦难生活，这些经历使他的忧愁变得更加深沉广大，情感亦变得更加真挚和强烈。诗风也趋于成熟，以怪奇雄劲、慷慨悲愤为主，带有浓厚的现实主义色彩。同时，诗歌语言清晰明了，风格独特，运用了富有个性的意象。

一、怪奇雄劲、慷慨悲愤，具有浓厚现实主义色彩的诗风

贺贻孙的诗歌风格以怪奇雄劲、慷慨悲愤为主，同时有浓厚的现实主义色彩。他的诗作通常表达对社会现实的关注和对人民疾苦的同情，注重真性情吐露，有很强的写实精神。

（一）怪奇雄劲、慷慨悲愤之风

明亡清起的社会现实，使贺贻孙的思想发生深刻的变化。由于深入现实社会，在实践中认识理解了人世间的许多真伪，其作品的思想性和艺术性都有了很大提高。他的诗作中常常可以看到豪放的描写和慷慨激昂的情感表达，这些作品深刻反映了对时局的忧虑，对国家和人民命运的关切。

如《兵志大掠，狼狈入山，夜梦有示以"万幕依山摇地肺"之句，遂用其语为诗》：

> 侥幸余生喜更猜，前村白骨早成堆。
> 夕阳人散寒鸦后，秋草风传战马来。
> 万幕依山摇地肺，五云入梦忆天台。
> 何堪再羡陶元亮，垂柳门前路不回。[2]

诗人在明亡清起的社会变荡中幸运地存活下来，但战争的残酷使村庄里堆满无

---

[1] 周焕卿：《清初遗民词人群体研究》，上海古籍出版社2008年版，第96页。
[2] （清）贺贻孙：《水田居存诗》，《清代诗文集汇编·第21册》，上海古籍出版社2010年版，第332页。

辜者的白骨。夕阳西下，人们散尽，寒鸦掠过，秋草随风摇曳，似乎还能听到战马的嘶鸣声。诗歌不仅描述了战争的景象也展现了战争的规模之大。无数的帐篷在山地间摇曳，战争的阴霾笼罩着整个天地。"何堪再羡陶元亮，垂柳门前路不回"，表达了作者对陶渊明那种超然物外生活的向往，同时也流露出对未来的迷茫和无奈。作者羡慕陶渊明能够远离尘世的纷扰，但"垂柳门前路不回"则透露出一种无法回头的哀愁，意味着作者深知自己无法像陶渊明那样过着悠然轻松的田园生活，过去的生活已成追忆，未来的道路模糊不清。整首诗通过战争的残酷场景与对陶渊明式田园生活的向往进行对比，不仅表达了作者对战争带来的破坏和对逝去和平岁月的哀思，也反映了作者在动荡时代的困惑于探寻。整首诗寓悲愤于豪放，语言明快，风格雄浑沉郁，读时觉得有勃郁不平之气跃然纸上。

顺治元年（1644），贺贻孙写了很多记录战争中所见所闻的诗歌，常常表达对人民疾苦的同情和关怀，如《甲申山中写怀寄征君徐巨源十二首》其二：

> 四望皆烟火，何人许勒铭。
> 龙髯林下泣，鸟道雾中经。
> 地僻天难诉，山深梦易扃。
> 神京君莫问，消息不堪听。[①]

这首诗状写烟火缭绕的景象，战火连连，烽烟四起，国家存亡之际，却没有能够顶起大梁，为国建功立事、抵御异族入侵的大将来负其责，悲剧的发生可想而知。这首诗抒发了诗人对国家破败不堪，民不聊生的无奈和悲凉。

又如《甲申写怨》其六：

> 荒凉极目路难投，意气谁倾万户侯。
> 故友谈心偏落落，新欢对面转悠悠。
> 鸦衔人肉飞常缓，雁落弦声影未休。
> 纵遇剡中崔子好，不堪李白更淹留。[②]

---

① （清）贺贻孙：《水田居存诗》，《清代诗文集汇编·第21册》，上海古籍出版社2010年版，第311页。

② （清）贺贻孙：《水田居存诗》，《清代诗文集汇编·第21册》，上海古籍出版社2010年版，第328页。

诗歌以生动的笔触勾勒出战争带来的荒芜与凄凉，深刻地传达了诗人对那些饱受战乱之苦、生活在极端困境中的百姓的深切同情。特别是诗句"鸦衔人肉飞常缓，雁落弦声影未休"，以其震撼人心的描写，让人深感战争的惨烈和生命的脆弱。

再如《野哭》：

> 哭声连夜近，焚纸又招魂。
> 何事人烟薄，都为鬼火昏。
> 归鸦失故苑，嘶马绕空村。
> 我亦愁人侣，伤心早闭门。[1]

兵火之后，国破家亡，妻离子散，百姓无家可归，贺贻孙以真挚的感情和深刻的洞察力，表达了对人民的同情和关怀，这些作品往往都一以悲愤贯之而倾吐而下。

贺贻孙相当一部分诗歌浸透着抑郁不平之气。尤其后期的作品，无论叙事议论，描情写景，一以悲愤出之。永新知县谌瑞云曰："夫拔地刺天，飞瀑泄云，凸凹蜿蜒，轧𪢮辒嶵，蟠龙蛇而蹲虎豹者，永新之七十一峰也。水石怒搏，盘涡喷薄，跳珠溅玉，腾蛟斗螭，走雷霆而惊风雨者，永新之十八险滩也。天以山水之灵钟于先生，先生含精孕异，泄其奇于文章，更以余蕴旁溢为诗，故兀傲似昌黎，诡异似长吉，而伤时感事、慷慨激昂时出入少陵。"[2] 由此可知贺贻孙雄浑奔放的诗风与永新险怪的自然山水之间有着割舍不断的关系。试看《紫电行》：

> 霹雳烧空空已老，紫光又逐列缺照。
> 不知红绡飞多少，投壶玉女才一笑。
> 人间金石摩欲燃，何况大冶生怪烟。
> 地气相激能几时，天上青鬃亦杨鞭。
> 蜀道淋铃怨乖龙，金陵王气尘已蒙。
> 太平电光不炫目，更向风雨哭神宗。[3]

---

[1] （清）贺贻孙：《水田居存诗》，《清代诗文集汇编·第21册》，上海古籍出版社2010年版，第312页。

[2] （清）贺贻孙：《水田居存诗·永新贺子翼先生诗集序》，《清代诗文集汇编·第21册》，上海古籍出版社2010年版，第276页。

[3] （清）贺贻孙：《水田居存诗》，《清代诗文集汇编·第21册》，上海古籍出版社2010年版，第298页。

这首诗以其"吹沙崩石""掣雷走电"般的笔力,深刻表达了诗人对国家沦亡的沉痛哀伤之情。诗中运用了"霹雳""紫光""电"等强烈意象,形象地描绘了世事的无常和变换,折射出诗人心中难以平息的激愤情绪。特别是最后一句"金陵王气尘已蒙",隐喻了明朝的覆灭,暗示着一个旧时代的结束和新时代的开启。而"更向风雨哭神宗"则进一步深化了诗人对往昔辉煌的追忆和对现实残酷的悲怆,使人深切感受到诗人内心的无尽哀痛与无奈。

再看《入山》五首,其四、其五分别作:

入山莫弹剑,弹剑鬼神愁。
一片寒光铁,对面不知仇。

入山莫好客,客至每招尤。
独坐招明月,一秋复一秋。①

这一组诗看似语极明快,但勃郁不平之气洋溢在字里行间。

诗人善于运用明快的意象,诸如"剑""雷""电"等,以取得震慑或警示的效果。诗人也善于描写、刻画激愤忠义的侠士、壮士以及刚烈的节妇、贞女等形象,这些均有利于怪奇雄劲诗风的形成。其《诗筏》说:"古诗无法之法更难,七言古须具轰雷掣电之才,排山倒海之气"②。

(二)情感真切,具有浓厚的现实主义色彩

贺贻孙生活在动荡不安的时代,其诗作反映了社会的种种问题——战争、灾难、贫困,他用细腻的描写和深刻的洞察力展现社会的真实面貌,具有浓厚的现实主义色彩。其人胸怀坦荡,为人正直、忠烈。这种个性也影响了创作。其诗作抒发真情实感,专注于写真情、述真我,而不做无病呻吟之态。

首先,贺贻孙的诗歌有"诗史"的特征:真实展现朝代更迭之际的历史画面。贺贻孙生于万历年间,长于崇祯朝,又经历顺治、康熙两朝,其诗歌是对明末清初历史的真实记载。如《贼遁,作歌纪之,并吊二将》《七月行》《甲申写怨》《丙戌

---

① (清)贺贻孙:《水田居存诗》,《清代诗文集汇编·第21册》,上海古籍出版社2010年版,第354页。

② (清)贺贻孙撰,郭绍虞编:《诗筏》,《清诗话续编》,上海古籍出版社1983年版,第164页。

仲春，避乱茶陵即事》《丁亥避乱》《丁亥春乱兵大掠，余仓促奔山，衣囊却罄，闻家人号寒声戏成一律》《兵至大掠，狼狈入山，夜梦有示以"万幕依山摇地肺"之句，遂用其语为诗》，他通过细腻的描写和生动的形象，将社会现实直观呈现在读者面前，这些诗有一定的史料价值，可以"补史"，是易代之际文人创作所共有的现象，具有一定的普遍性。

其次，贺贻孙的诗歌反映现实生活，闪烁着现实主义的光芒。贺贻孙提倡写真诗，其很多诗作都反映现实生活，非常贴近生活。他关心穷苦百姓，也关心当地的政治民生，他不仅与清廉之官有联系，而且与下层的百姓联系也非常密切。他的诗，有对清廉之官的赞美，也有对百姓生活困苦的忧虑，有描写天灾人祸的，也有感叹家园山村凋敝的。如《秋叶吟和明府管德园先生九首》《题邑候黎愧曾先生小影》，都是与清廉之官交往的唱和；《苦寒行怀弟子布子家》《贫妇行》《兵至大掠，狼狈入山，夜梦有示以"万幕依山摇地肺"之句，遂用其语为诗》《秋夜》等都描写百姓因清兵入侵导致生活困苦的惨境；《野哭》刻画了无家可归，妻离子散的悲凉场景；《辛亥八月，暑似三伏，时不雨已五十余日矣》《不雨》都讲述天灾对百姓生活的影响；《闻管德园先生下狱感作》抒发对清廉之官管元心遭遇不平的痛惜之情。

最后，贺贻孙晚年过着隐居山野的生活，与前期生活相较，生活面较狭窄。诗人多关注自我的日常生活，或诉说清贫生活中的悲欢离合，或聚焦平素的交际生活，再或通过寻常的景物与普通的生活片段来表达自我情感。这些表达自我感受的作品大多围绕其生活轨迹，有很多平易之作，述平常之情，感情往往真挚、感人。如《游禾山龙溪》《题佛手橘图》《题冬树图》《送叶苍平赴章贡广文之任》《怀萧伯玉春浮园》《村落》《避乱山中见李闻孙》《秋山樵》《秋山渔》《九月十四夜月》《九月十五夜月》《九月十六夜月》《九月十七夜月》，都抒写日常的生活。

贺贻孙的诗风怪奇雄劲、慷慨悲愤。他生活在动荡不安的时代，目睹朝代更迭带给人民的种种不公与苦难，他用诗歌表达对现实的深刻关注和批判，充满现实主义精神。

二、语言明快直白、自然质朴、诙谐幽默

贺贻孙诗歌的语言直截了当，简洁明了，自然流畅，不做作，真实而朴实，给人亲切感，又充满诙谐与幽默，在引起人们笑声的同时引人深思。

（一）明快直白

李陈玉在《水田居存诗》序中说："今读其诗，想其杜门山居，幽郁无聊，兴会所触，濡墨挥毫时，前不见古人，后不见来者，自失自歌，自怨自悲，一吐生平之愤懑侘傺，必畅所欲言而后已。"[①] 贺贻孙作诗是为了一泄内心的抑郁不平之气，所以其语言追求明快直白。

如《入山》五首之一、之二、之三分别为：

入山莫咏诗，诗成每独悲。
但携花间集，常如得意时。

入山莫饮酒，酒后尝恸哭。
不如啜苦茶，时时一捧腹。

入山莫窥镜，窥镜心自怜。
掩面对月影，相逢矜少年。[②]

这组诗采用了统一而精炼的结构，"莫"字的运用，使语言简洁而有力，同时在字里行间，蕴含着诗人对过往的深切怀念和对现实的无奈感慨，三首诗分别以"咏诗""饮酒""窥镜"为切入点，以一种含蓄而深刻的方式，抒发了诗人对逝去时光的追忆和对现实境遇的感慨。诗人在诗中表达了难以排遣的亡国之痛、家国之悲，情感真挚而深沉。

贺贻孙的诗歌有语言明快直白的特点，明显受公安、竟陵两派的影响，尤其是受公安派诗人清新轻俊，不避俚俗的语言的影响。贺贻孙继承这种风格，认为诗中可偶加戏谑笑语，间杂俗话俚语。其《山中戏效袁公安体》四首就效仿袁宏道诗：

村女何所为，终朝爱窥井。
不愁面上黄，翻怪男儿瘫。

西子与无盐，镜里照无定。
谁似月中娥，浑身皆是镜。

[①] （清）贺贻孙：《水田居存诗》，《清代诗文集汇编·第21册》，上海古籍出版社2010年版，第275页。

[②] （清）贺贻孙：《水田居存诗》，《清代诗文集汇编·第21册》，上海古籍出版社2010年版，第353页。

> 惯熟自生厌，岂必真衰老。
> 数见优钵花，即同伊兰草。
>
> 故人心已寒，新人心正热。
> 不若无心时，新故两不立。①

这四首诗用调侃、戏谑的笔触，嘲戏女子复杂的内心世界与所面临的无奈境遇。多使用白描的手法，直白又富有机趣。

又如《禾山古松歌》：

> 古松屡经人天护，霜雪斧斤两不妒。
> 悬萝挂薜当风立，耳根谡谡青龙怒。
> 禾山之侧水如雷，水声松声夜相催。
> ……
> 百花红时犹堪傲，青青岂待岁寒知。
> 当年辛苦何人种，历遍繁华无处用。
> 轮扁过此应踟蹰，闲看松间鹤影动。②

公安派诗人用语不避俚俗，贺贻孙这首诗中同样如此，"当年辛苦何人种，历遍繁华无处用"等诗句明显口语化，不避俗，不求雅，故诗歌通俗畅达，浅显易懂。

公安派与竟陵派都推崇民歌，贺贻孙也擅长从民歌中吸取养分。贺贻孙创作了许多近于民歌风格的诗作，不避俚俗。贺贻孙笔下还有大量类似的诗歌，在此不一一列举。周作人非常肯定贺贻孙的《村谣》，推崇其中诙谐直白的打油诗："写民间疾苦别出一种手法……论理（这些打油诗）应该为文坛所不齿，一边的正宗嫌他欠高雅不能载道，一边的正宗恨他太幽默不能革命，其实据我看来却是最有力。"③这一评价可谓中肯有力。

---

① （清）贺贻孙：《水田居存诗》，《清代诗文集汇编·第21册》，上海古籍出版社2010年版，第355页。

② （清）贺贻孙：《水田居文集》，《四库全书存目丛书·集部·第208册》，齐鲁书社1997年版，第295页。

③ 周作人著，钟叔河编订：《知堂书话》（下），中国人民大学出版社2004年版，第806～809页。

（二）自然质朴

贺贻孙诗论主张"作诗当自写性灵"，其中一方面就是"天然本色"。"本色"是情感方面的要求，即为求真实，要求语言自然质朴而洁净。如《杂兴》其九：

> 蒲以韧自伐，柏以劲自危。
> 物性虽云异，祸福各有宜。
> 举世皆悠悠，安识是与非。
> 委蛇以自免，忧患亦随之。
> 我心如磐石，岂肯受人移。
> 不求后人谅，但畏后人疑。
> 行已清浊间，梦魂尚忸怩。
> 乡下既无取，公孙何足师。

其十：

> 劳不息恶木，渴不饮盗泉。
> 所以慷慨士，不肯受人怜。
> 白刃随其后，黄金诱我前。
> 一身且不惜，富贵安足牵。
> 丈夫重义气，要令侠骨坚。
> 捐身终非尚，捐名乃为贤。
> 死者则已矣，生者谁与全。
> 叹息程婴辈，一死不徒然。[①]

这组组诗《杂兴》共十一首，其中不乏质朴之作，如"托身既已固，爱憎安足论""我心如磐石，岂肯受人移"等。这组诗以朴实的语言，用白描的手法，表达了对故国深沉的眷恋以及自身追求洁身自好的高尚情操。

[①] （清）贺贻孙：《水田居存诗》，《清代诗文集汇编·第21册》，上海古籍出版社2010年版，第279页。

再如《龙仲房席中留赠二首》：

> 穷愁更与换金龟，自许风流众不知。
> 才抱焦桐弹夜雨，又匀素兰写秋思。
> 花间一曲香零乱，颊上三毛影护持。
> 但喜相逢无俗客，何妨醉倒卧东篱。[1]

龙仲房乃贺贻孙年轻时结交的好友，不幸英年早逝。这首诗应该写于其创作早期，是明亡前的作品。诗写得较轻松，有"少年不识愁滋味"却强言愁的味道，语言简单、质朴，最后一句诗人以"但喜相逢无俗客，何妨醉倒卧东篱"作为点睛之笔，明确表达了他在早期结交朋友时，是出于率真性情而非其他目的。

其系列山居诗颇有陶渊明田园诗的风范，诗风清新自然质朴。如《秋日山家即事》二十四首：

> 鸡唱石岩中，犬眠积叶上。
> 连宵风雨多，虫吟递相仿。（其一）
>
> 泉声细似滴，鸟道疾如箭。
> 时有秋花香，香深花不见。（其三）
>
> 枕上捉黄蝶，衾中放白云。
> 千年山与水，消受只陶君。（其十一）
>
> 寒烟一片碧，能令此山深。
> 流水从中断，源泉不易寻。（其二十三）[2]

组诗以自然景物为主题，鸡、犬、鸟、虫、黄蝶、风雨、泉水、白云、山等都是生活中的常见物，共同勾勒出一幅宁静、清新、恬淡的田园风光。诗歌的语言朴素而生活化，不用典故，不加彩饰，形象鲜明，使诗歌意境直白而又不庸俗。

这一类诗句随处可见，如"一身轻似叶，漂泊又逢君"（《赋得落叶入怀和叶苍

---

[1] （清）贺贻孙：《水田居存诗》，《清代诗文集汇编·第21册》，上海古籍出版社2010年版，第326页。

[2] （清）贺贻孙：《水田居存诗》，《清代诗文集汇编·第21册》，上海古籍出版社2010年版，第254～255页。

平》），"若以名相慕，终非至性人。我公淡无欲，怡然见天真"（《寿济吾兄三首》其二），"平生贵游人，尽同秋花谢"（《秋怀》其十），"半生忧患中，未能穷易一书。风霜不负人，我自负大块"（《步入龙门》其四），"赢得一身轻似叶，年年漂泊随风雨"（《贫妇行》），"目前无隐处，花鸟怪多言"（《赠僧》），"鸟深云外树，人瘦雨中花"（《春晚旅兴》），"欲觅仙源吾倦矣，夕阳阁外看飞蓬"（《浮玉即事寄友》），举不胜举。

（三）诙谐幽默

贺诗语言还有一个显著的特色——诙谐幽默。诗人常以幽默的状态来面对生活中的苦难，以此化解心中的郁结。他的许多诗作，都风趣诙谐。贺诗中，"戏""谑""笑""俏"等字眼随处可见，如"闲来笑看魔天舞，惭愧参军第一人"（《秋日感怀和家季子叶苍平韵》），"当时才子休相俏，亦有夔夔斗墨华"（《庚寅山中度岁》），想象桃梅争春"却因梅子妒，故许柳丝绕"（《桃花》），笑问促织"借问老天孙，冰丝得几许"（《秋日山家即事其十六》）以及讽刺鸬鹚"春锄应笑汝，终日逐波臣"（《鸬鹚》）等。诗人想象力丰富，擅于使用夸张、拟人等修辞手法，以轻松的调侃语气，发抒作者内心所感，使诗歌语句生动机趣。

三、独特的意象塑造

贺贻孙诗歌中大量使用与"秋"有关的意象。据著者统计，仅题目中出现"秋"字的诗歌就达30首之多，诗中出现与"秋"字有关的意象更是多达120首，其中塑造了"秋菊""秋叶""秋江""秋月""秋畦""秋夜""秋烟""秋山""秋鸿""秋怀""秋声""秋思""秋光""秋花""秋云""秋人""秋灯""秋郊""秋意""秋容"等与秋有关的意象。贺诗中这种悲秋的情怀非常值得注意。

刘禹锡谓"自古逢秋悲寂寥"，古代文人普遍有悲秋情怀，"悲秋"成为我国古典文学创作中最重要的主题。受情怀的刺激与影响，文人在秋天抒发情怀，秋草、秋木、秋山、秋水、秋风、秋月、秋鸟、秋虫等会或多或少地浸润上愁苦情思。宋玉在《九辩》中无意间开启悲秋先河，那只是偶然的文化现象，然而，随后涌现出的各式各样的悲秋佳作，却逐渐形成了一种显著的文化趋势，这表明悲秋已经成为一种深入人心的文化现象。文人往往借"悲秋"来抒发自我的情怀，诸如感时伤怀、仕途失意、去国怀乡及情感落寞等。贺贻孙也曾说"满腹悲故遇秋而悲"是

"必不可已"[1]。毫无疑问，贺贻孙创作了大量以悲秋为主题的诗歌，绝大多数创作于明亡后。明亡前，诗人虽忧愁国家黑暗不堪，苦于金榜未题名，却始终国在、家在，生活稳定，安乐。明亡后，国家已不复存在，亲人与朋友也于混乱中渐渐离世，诗人携家人过上颠沛流离、饥寒交迫的生活。国家易主、社会动荡、生存环境恶劣，致使诗人内心时时处于悲凉的氛围中，故"满腹悲故遇秋而悲"，如《秋夜》：

……
何处发秋兴，卷林风雨惊。
四面皆寒山，百虫尽凄清。
夜永空堂静，坐听落叶鸣。
余亦如荒草，因之泪欲盈。
胸中有秋意，落笔作秋声。
骚些寄愁怨，风雅亦不平。
灵均不可作，宋玉谁兄弟。
何堪拟才子，但恐累浮名。
水落寒泉见，天空雁影横。
孤怀无可语，中宵百感生。[2]

此诗应作明亡之后，诗人形单影只，于秋夜伤怀。"四面皆寒山，百虫尽凄清"可知生存环境异常艰苦，在这样的环境中，深夜静坐听落叶声，感慨自己也如这落叶一般，孤苦无依，人如荒草，心盈满泪。于这样的秋夜里发悲秋之声，"骚些寄愁怨，风雅亦不平。灵均不可作，宋玉谁兄弟"，孤独的情怀无处诉说，百感丛生于这秋夜之中而生。诗人使用了众多秋的意象，如"秋意""秋声""秋怨"等，寂寥，孤独之感读之而出。

又如《秋怀》十二首其一：

秋至暑知归，悲心寄毫素。
有秋无不思，而我独迟暮。

---

[1] （清）贺贻孙：《骚筏》，《四库未收书辑刊·第10辑·第13册》，北京出版社2000年版，第17页。

[2] （清）贺贻孙：《水田居存诗》，《清代诗文集汇编·第21册》，上海古籍出版社2010年版，第284页。

> 白露犹昔时，青山非我故。
> 鸿雁自北来，回翔失中路。
> 哀彼江南客，嚓呖不可诉。①

这组诗都以秋为题，作者心悲，秋天的萧条萧杀正好应此情此景。在这首诗中，我们好似看到一幅画。一位孤独的老人，在入秋的早晨，满怀愁绪地感叹时光一去不复返，鸿雁千里来传书，却迷失在归去的路途中。这组诗中有"长抱悲秋心，徘徊泪沾臆"（其二），"秋菊与秋妇，含情各自伤。悠悠香色外，独与澹光藏"（其五），"秋色从何至，苍然庭树间。树间有明月，相看泪斑斑"（其十一）等诗句，都因见萧瑟秋景而起伤感之绪。秋天特有的苍凉凄清的景象，触动诗人的伤感，勾起哀伤的情绪。

也有一些以秋为题材的诗歌写得轻松欢快，如《秋日山家即事》其二、其十四：

> 四山秋复秋，莫辨秋山树。
> 人在秋声中，秋声归何处。
>
> 秋月松间照，秋风松上发。
> 松枝斫尽时，何处无风月。②

以秋为题材，句句言秋，没有悲秋的沉重，反而轻快、自然，秋的意象也较简单，诗歌风格平淡、清丽。

从贺贻孙这类以悲秋为主题的诗歌上可窥见，清代前中期③文学的感伤情怀在明末清初即已有所体现。明清易代之际给社会带来翻天覆地的变化，朝代的更迭、社会的动荡、经济的破坏、文化思想领域的震动，致使感伤主义文学渐渐弥漫开来。一些作家无意识地在作品中表现凄凉、哀痛、迷惘、无望的易代感伤。这种感伤，既来自社会历史的变化，也受作家自我的身世遭遇的影响。发展至清乾嘉时期，感伤主义虽表面呈现繁荣兴旺，实际隐含着浓厚的感伤色彩。如《儒林外史》《红楼梦》等作品以及纳兰性德的词皆如此。

---

① （清）贺贻孙：《水田居存诗》，《清代诗文集汇编·第21册》，上海古籍出版社2010年版，第284页。

② （清）贺贻孙：《水田居存诗》，《清代诗文集汇编·第21册》，上海古籍出版社2010年版，第354～355页。

③ 本书此处对清代文学的分期采用游国恩《中国文学史》的分期。

第四章 《水田居文集》——散文创作

《水田居文集》是贺贻孙的散文集。康熙十六年(1677)秋月，贺贻孙为之作"文集自序"。第一、二卷是史论，共六十二篇。其中第一卷有二十六篇，第二卷有三十六篇，由长子稚恭任原编，同邑戚族公梓。第三卷收文四十三篇，其中有序四十篇，策三篇，由长子稚恭、仲子稚圭、季子稚庄以及孙元俨、元凯、元靖等汇次，同邑戚族公梓。第四卷收文四十四篇，其中记二十篇、传九篇、赋五篇、启五篇、疏四篇、颂一篇；第五卷收文五十六篇，其中书二十二篇、墓志铭八篇、辨六篇、纪事六篇、行述六篇、祭文五篇、说三篇，由孙元文，曾孙步云梧、步堂懋求镌；步高校；同邑戚族公梓。《水田居文集》一至五卷，共收文二百零五篇。

本章将其散文分为序跋、尺牍、传、记、论说、祭文，墓志，行述来评述。其序跋、尺牍、传、记、论说表现出较高的艺术水平，很多作品深刻反映了贺贻孙的文学思想。其散文的特点可概括为风格上的"悲壮慷慨""长于议论"以及篇幅"短小精悍"。明清异代之际的古文家中，贺贻孙的散文具有较高的审美与文学价值，惜学界目前涉及此方面的研究还较为薄弱。

第一节　多类型散文创作

贺贻孙擅长写古文，有家学渊源。其父贺康载年少家贫，其岳父龙鼎曾授《秦汉文十册》于他，贺康载后又将此书转授给贺贻孙，贺贻孙著《水田居文集》五卷，其中两卷都是史论，这和他从小的古文阅读积累密不可分。《清史列传》称："九岁能文，称神童……初工诗，继撰史论，识者拟之苏轼。"贺贻孙的散文，不论叙事写人、说理议论，还是描景状物，都条理畅达，结构精致入妙，笔墨简洁，内容充实。其中佳作，议论必推阐入深，说理必纵横恣肆，写景则如临其境，写人则如见其人，都有较高的艺术水平。

一、序跋

陈少棠说："晚明文人写序跋作品甚多，大抵因为那个时候文风特盛，且书籍印刷技术日益进步和普及，出版诗文集比较容易，一般称得上文人的几乎都各有文集，于是大家互相请托写序跋，也有藉此发表文学理论，以收互相切磋品评之效。"① 贺贻孙的序跋作品尤多，《水田居文集》中有四十篇，占全集的五分之一，成就也最高。其序跋内容各异，章法结构和语言风格也各不相同。这些序主要为诗文集序以及社友、同人、朋友间应酬性的寿序、贺序，以叙事、议论为主，表达作者自己的文学思想和人生感触。

这些序文的内容大致可以分为三类：一是阐述文学观点，二是展现对社会、政治以及风俗民情的深入思考，三是用于庆祝寿辰的寿贺序。

（一）对文学观点的阐发

这部分内容最多，较多存于为他人撰写的诗文集序中。如《陶、绍、陈三先生诗选序》，贺贻孙阐述自己对于真诗的看法，提倡论诗尚自然，把诗人称为风人，真诗就是出乎天籁的自然之作：

> 《诗》之有"风"，由来尚矣。十五国中，忠臣孝子，劳人思妇之所作，皆曰"风人"。风之感物，莫如天籁。天籁之发，非风非窍。无意而感，自然而焉。②

接着又说诗人自然而感与天地之间的关系：

> 凡我诗人之聪明，皆天之似鼻、似口者也；凡我诗人之讽刺，皆天之叱咤、叫嚎者也；凡我诗人之心思、肺肠、啼笑、瘄歌，皆天之唱喁唱于、刁刁调调者也。任天而发，吹万不同，听其自取，而真诗存焉。得其趣者，其陶靖节先生乎。③

诗人的灵感来自天地间的声音和形象，诗人吸收这些灵感自然而然而创作出诗歌来。贺贻孙提倡"真诗"，而要写真诗，就要顺其自然，随感而发，以达天籁。贺氏认为，称得上天籁的，除陶渊明外"有邵尧夫，陈白沙两先生"，"皆有陶风，然而稍涉于理矣。陶诗与三百篇惟不言理，故理至焉。邵、陶言理之诗，非诗人之诗也"。④ 诗本言情，情深而理寓。作诗太过于功利，就陷入理浓而情淡的境地。写诗以陶诗"采菊东篱下，悠然见南山"浑然不觉的境地为最佳。

---

① 陈少棠：《晚明小品论析》，香港波文书局1981年版，第28页。
②③④ （清）贺贻孙：《水田居文集》，《四库全书存目丛书·集部·第208册》，齐鲁书社1997年版，第83页。

又如《诗余自序》：

> 兵焚后，得焚余若干首。今取视之，悲愤之中偶涉柔艳。柔艳乃所以为悲愤也，以须眉而作儿女呢喃，岂无故而然哉！李太白云："五岳起方寸，隐然讵可乎？"今人文章不及古人，只缘方寸太平耳。风雅诸什，自今诵之以为和平，若在作者之旨，其初皆不平也！使其平焉，美刺讽诫何由生？而兴、观、群、怨何由起哉？鸟以怒而飞，树以怒而生，风水交怒而相鼓荡，不平焉乃平也。观余《诗余》者，知余之不平之平，则余之悲愤尚未可已也。①

贺贻孙认为今人之文不如古人，是因为今人作文"方寸太平"，没有特色，也没有独立的观点。贺贻孙提倡文章要以抒发作者的悲愤、不平之气为主旨。

又如其《徐巨源制艺序》：

> 二十年来，豫章诸公，乃为古学以振之……呜呼盛哉。夫古文有古文之律令，所谓开阖操纵是也；时文有时文之律令，亦所谓开阖操纵是也。若夫程之以排偶，拘之以功令，系籍之以圣贤之名理，则为时文难，而以古文合时文尤难。②

贺氏认为古今之文有差别，学古不应泥古，不顾文体本身的限制而一意孤行，创作出的文章就如四不像，没有文章的生气。贺贻孙的这些序文写得很有见地，从各方面表达了他的文学思想。

（二）展现对社会、政治以及风俗民情的思考

如《代贺明管先生奏绩序》《贤贤录序》《固安县六论注解序》《戒溺女编序》等。在《代贺明管先生奏绩序》中，贺贻孙提出治民的方略：

> 善治百姓者，惟其时而已矣。先时而治之，若挈裘而振领也。③

---

① （清）贺贻孙：《水田居文集》，《四库全书存目丛书·集部·第208册》，齐鲁书社1997年版，第115页。
② （清）贺贻孙：《水田居文集》，《四库全书存目丛书·集部·第208册》，齐鲁书社1997年版，第112页。
③ （清）贺贻孙：《水田居文集》，《四库全书存目丛书·集部·第208册》，齐鲁书社1997年版，第81页。

贺氏认为，善于治理百姓的人，往往善于利用时节的变幻，如农耕时节，充分让百姓务农，农闲时刻则可进行教育。这样才能抓住治理的根本。在《固安县六论注解序》中，作者还用乐与耻、善与恶正反两个方面的内在联系来进一步叙述治民之理：

> 善治民者，不用民之乐为善也，而用其耻为恶。用民之乐为善，举国不得一焉；用其耻为恶，则丘里可共治也。上失其道，民之不乐为善久矣。①

贺氏对勤政为民，治理国家都有深刻的思考。

《贤贤录序》中，贺氏论述了古代乡贤去世后，会被祭祀于社，现在的乡贤祭祠则是这种传统的延续。唐宋时进行祭祀的人不多，近三百年来，天下各郡县都建立许多祠堂，数量之多让人不禁思考——究竟有多少贤者呢？文章揭露了当时的风俗鄙陋：

> 古乡先生殁而祭于社，今之乡贤祠是也。唐宋之间，祀者寥寥，近三百年，天下郡邑瞽宗之地，鱼比鳞次。是何贤者之多？②

然后又论述什么样的人才应该被称为"贤贤"：

> 一贯人耳，生能使人推贤以加爵，殁能使人因爵以序贤。亲在则能使其亲因子而贵亲，殁又能使其亲因子而贤——贵人之门，无往而不能贤焉，是宜今日贤者之多也。③

贺氏认为贤人在世时能够被推举为"贤"而获得爵位，在其去世后，其家庭也能够因其贤德而得到提拔和尊重，他的家人也能因此受益，因此才出现"人之门，无往而不能贤焉，是宜今日贤者之多也"的情况。

《戒溺女编序》针对社会陋俗而写——当时社会婚嫁之事花费高额，很多人家生女不敢报，于是将女溺死。贺氏认为解决问题的根本是"节婚嫁之仪，减酒食之

---

① ② ③ （清）贺贻孙：《水田居文集》，《四库全书存目丛书·集部·第208册》，齐鲁书社1997年版，第105页。

费，使贪者无惮"①，即通过节俭办婚嫁仪式，减少婚宴的繁华，避免过度奢侈和铺张浪费，从而阻断人们的贪婪心理。贺贻孙既能看到问题的弊端，也能提出可行的解决之道。后学评其文为"名言醒世，顽石亦化"。

从这些序文可以看出，贺贻孙虽生在封建时代，其思想有一定的局限性，但其思想较为开明，其忧国忧民的"性情"和文章气势也可于此领略一二。

（三）用于庆祝寿辰的寿贺序

这些寿贺序，尽力挖掘突出寿主的独特之处，由寿主而自然论及其子，进而论及孝道、交友、出处等大义，由具体事情而推向广大的事理，避免泛泛而谈。

如《胡博先七十序》，开篇讲"余所交朋友多矣"，转而又讲：

> 未尝有与余谈及心性者，独胡博先，以潜心内典，偶一谈之。②

只此一句，便足以表明作者与胡博先为"志同道合"之友，并强调了他们交往的过程，进而又说：

> 博先于心性之学，谈之已久，则其于仁，亦在夫孜孜焉、亹亹焉，熟之而已。立命于极，凝命于天，敦复以自考，视屡以旋元，勿忘勿助，以俟其熟。③

贺贻孙对《周易》研究颇深，著有《易触》一书。常与好友李陈玉、胡博先谈论易学。这篇序文中，贺贻孙详细描述了胡博先如何通过反复思考和深入研究，逐渐领悟了《易经》的深奥之处。其中"立命于极，凝命于天"表达了胡博先参透了极端之理，并理解了天地间的道义。而"复以自考，视屡以旋元，勿忘勿助"则强调了胡博先通过不断地自我反省和内心审视，将这些领悟融入到修身养性的过程中。

《代邑人寿黎大母张宜人序》借寿黎士弘母亲肯定黎士弘任永新的功绩，认为

---

① （清）贺贻孙：《水田居文集》，《四库全书存目丛书·集部·第208册》，齐鲁书社1997年版，第107页。
② （清）贺贻孙：《水田居文集》，《四库全书存目丛书·集部·第208册》，齐鲁书社1997年版，第100页。
③ （清）贺贻孙：《水田居文集》，《四库全书存目丛书·集部·第208册》，齐鲁书社1997年版，第101页。

黎士弘的成功在于家中有慈母的谆谆教诲，母亲教育他要洁身自好，宽厚仁爱，言谆谆，行谨慎，从未放松。有了母亲的关怀和教诲，黎士弘才能视民如己出：

> ……天不绝人。惠以黎公受命之初，大母恤我瘴人，"洁己宽仁"，谆谆不置，黎公奉命忾然。念永新最困者，繁征也，溢费也，与夫割脂于保正、吸髓于漕屯也。①

贺贻孙的这篇寿贺序写得情真意切，足以感人。因与黎士弘为好友，彼此欣赏，因此将黎母也视为自己的母亲一般。

贺贻孙的寿序不落俗套，祝寿本身仅是他要阐述的深层事理的触发点，由此出发而抒亲情，叙友情，发道义，因文赋形，因形赋义，显示出极强的文章驾驭能力。

贺贻孙还为一些社团写了序，数量不多，但亦有助于后人了解这些社团、社事。如《黎社制艺序》：

> 吾邑自先君子与伯父长孺公，及金右辰、贺可上、贺中白、尹长思、周非熊、刘开美、萧升叔、刘岫毓诸先生纠一时名士为社，海内望风而靡。当时号文章渊薮，必曰永新。既而又有"俟云"诸社，云蒸霞起。今诸君子又呼号英杰二十余人，为"黎社"。呜呼！吾邑制举业至此，可谓盛哉。②

黎社是同邑社团，约有二十人，其序揭明了永新文人结社的情况，仅"当时号文章渊薮，必曰永新"一句，可知永新结社的影响力。江右文人所结之社在晚明异常活跃，贺贻孙的文章从侧面印证这一点。

二、尺　牍

尺牍体散文是古人散文创作的一大领域，与其他题材相较，少了应酬性质，多了许多真情实感。内容多姿多彩，可以表达文学思想，带上序体文的特点；也可以发表政论，带上政论文的特色；亦可以相互剖析文风，再或者可以描述远行、壮

---

① （清）贺贻孙：《水田居文集》，《四库全书存目丛书·集部·第208册》，齐鲁书社1997年版，第108页。
② （清）贺贻孙：《水田居文集》，《四库全书存目丛书·集部·第208册》，齐鲁书社1997年版，第91页。

游，而带有游记体的特色。这些题材内容借助书信的形式来传达。掐头去尾，完全是独立的论说文或优美的散文。其写作形式和艺术手法也不拘一格，变换多样，文章长可洋洋洒洒数万言，短可至几句话，全凭作者以匪夷所思的天才妙笔纵横捭阖，左突右骋。

贺贻孙与友人书信，谈想法较多，多谈论文学，所以少做作而多真诚，真实地反映了贺贻孙的想法和思想。

如《与汪映夏书》，说：

> 今之后生，竟为猥薄、凡近之词，障弊灵性，习俗移人，深可厌恶。欲就其临文时正之，莫如从其读书时正之。当读书时，屏思绝虑，取历科大家得意之文，与经史、秦汉唐宋之书，置心静坐，咀其精华，穷其灵变，综其条贯，相其会通，举要钩新，寻微入奥。如捕龙蛇、搏虎豹，力与角胜而不敢休；如游雁荡、入武夷，身与曲折而不能去；如养由基射七札，观其弯弓注矢时，一身精力透出七札之外，虽至六札半不止。①

文中谈论了时人作文的陋习，不注重灵性，跟风易俗，没有自己的想法。是文提出，读书学习要静心静坐，捧古人典籍咀其精华，得其精髓。贺贻孙还提出要重性灵，要尊古。提倡在行事和读书著述时应不断提出新见解。

在《与友人论文书三》分析"制艺"的渊源来路：

> 制艺，犹古文也。其相题、审脉、排比、格调，虽有不同，然其正反、开合、往复转变者，法也——古文有之，制艺亦有之也。其正反之相生，开合之循变、往复之不测、转变之无迹者，巧也——古文有之，制艺亦有之也。②

贺氏分析认为制艺与古文有许多相通之处。在《与友人论文书四》中，他又详细论述了"厚、秀、远、幽"等美学概念，并有非常详细的阐述。最后说"以吾之手就吾之性，以吾之才就吾之学，引而伸之，触类而通"。

在与其子的书信中，贺贻孙较多谈及作诗的方法，如《示儿一》：

---

① （清）贺贻孙：《水田居文集》，《四库全书存目丛书·集部·第208册》，齐鲁书社1997年版，第169页。
② （清）贺贻孙：《水田居文集》，《四库全书存目丛书·集部·第208册》，齐鲁书社1997年版，第165页。

> "作诗乃极苦之境，极难之事……作诗贵有悟门，悟门不在他求，日取'三百篇'及汉唐人佳诗，反复吟咏，自能悟入。"①

贺贻孙认为作诗并不是轻而易举的事，要有"悟门"，要反复阅读古人的诗文，达到"读书百遍其义自见"，才真正悟到作诗之法。然后又说：

> 时值国变，三灾并起，百忧咸集，饥寒流离，逼出性灵，方能自立堂奥，永叔所谓"穷而后工"者，其在此时乎！及平心静气，取古诗与吾诗比勘，惭愧又起。②

贺氏认为自己的"性灵"是被时代逼出来的，遭遇国破家亡，天灾人祸的时代，诗人常常处于痛苦而又无可奈何之中，只能借助诗歌来抒发内心之感。

《答友人论文一》与《答友人论文二》这两篇文章中，贺贻孙与友人深入讨论了"假与真"的问题，在《答友人论文一》中贺氏说：

> 得复札云："场中文宜假不宜真"……天下之事，假难而真易，真属天机，假因人力。以人力而夺天机，是岂容易能之乎……吾友龙仲房，少以画牛得名。尝裸逐牛队学其开角磨痒，啮草眠云之势，居然牛也。人皆知剧场非真境，画牛非真牛矣。而不知优人不真则戏不成，画牛不真则似不显。天下极假之事，必以极真之功力为之……乃知善学为假者，皆从真正功夫得来。③

贺贻孙认为假难而真易，提倡真。说"不佞不必去假以存真，足下亦何必崇假而灭真"④。贺贻孙的文学观来自公安派，提倡"去伪存真"，提倡"真"文学，正如其后学评价所谓"文章之动人，总以真字"。

---

①② （清）贺贻孙：《水田居文集》，《四库全书存目丛书·集部·第208册》，齐鲁书社1997年版，第170页。

③ （清）贺贻孙：《水田居文集》，《四库全书存目丛书·集部·第208册》，齐鲁书社1997年版，第175页。

④ （清）贺贻孙：《水田居文集》，《四库全书存目丛书·集部·第208册》，齐鲁书社1997年版，第176页。

这些书信充分展现了贺贻孙的思想观点，对研究其文学观念具有重要价值。

贺贻孙与友人倾诉思念、互问讯息的书信，写得款款深情，语重心长。如《复李贞行》，展现了对同社中人的深厚感情。康熙四年（1665），贺贻孙下西昌求馆不遂而归，一心念着去见昔日同社好友："往西昌求馆不遂，而归舟过螺川，未见同社，深用耿耿。忽接手书，奖慰备至。"① 再如《复程天修》言："今先君先祖殁，不肖多病之躯，骤膺大故，老母幼弟相依为命。家务外事补苴支吾，日不暇给。概造物之薄我、苦我、劳我，遂若此其极也。"② 信中向好友诉说了家庭困境和个人痛苦——先君和先祖的去世，自己身体多病，承担重大的家庭责任，需要照顾年迈的母亲和年幼的弟弟，还要处理家务和外事，生活非常艰难。整篇文章充满对生活的苦难和辛劳的抱怨和感叹，也就是对挚友才会诉说这些家庭琐事。

三、传、记

贺贻孙的传、记文加起来有三十篇，虽不算多，但都很见功力、很见精神。其传中时时可以感受到愤世嫉俗的心，贺氏借助自己的笔来谴责人间的不平。在这些作品中的人物，都有着不同的际遇。有动荡不安的社会里怀才不遇的，如《僧雪裘传》中的李仕魁、《陈南箕传》中的陈南箕；有兵荒马乱中英勇顽强却不幸遇难的女性，如《列女传》《刘朱二列妇传》中的官田女刘氏、瑶坊女毛氏；再或者是表达对善者的尊敬、歌颂，对恶者的鞭挞、谴责，如《髯侠传》《丐盗两义侠传》中的髯侠、丐温。这些人物都活灵活现，且都有可贵的品质，有的风流倜傥，乐于助人，有的学识渊博，正气凛然，有的贤淑贞烈，不畏强暴，有的仁爱士卒，勇冠三军。但朝代更迭之际，动荡的世道中，这些人物都被毁灭了。贺贻孙旨在通过对这些人物命运的思考探讨明朝灭亡的原因，表现对于历史的深刻反思。

贺贻孙的人物传记中，写得最好的要数《僧雪裘传》：

> 僧雪裘不知何方人，亦不自言姓名。国变后，所过题壁，称"雪裘子"，遂呼之为"雪裘"。雪裘不诵经，不持戒，瓢笠萧然，独行踽踽于江楚闽粤间……饮必极醉，醉必大骂，骂已，必抚胸恸哭。所寓多在寺村，与近寺儒生，樽酒谈文，

---

① （清）贺贻孙：《水田居文集》，《四库全书存目丛书·集部·第208册》，齐鲁书社1997年版，第174页。
② （清）贺贻孙：《水田居文集》，《四库全书存目丛书·集部·第208册》，齐鲁书社1997年版，第173页。

终夕不倦。及拂其枕席则皆泪痕也。好为七言律诗，搜奇抉奥，喜用险韵……有持其《覆瓮诗》示余者。余诵之终卷，不知其所感何事，所指何人，但见其悲酸沉痛，如猩啼，如猿嚎，如怒涛崩石，如凄风惨雨，知为英雄失路，抢地呼天无可奈何之辞也。①

贺贻孙笔下的雪裘，原名李仕魁，扬州兴化人，崇祯十五年（1642）举人，鲁王监国，时授翰林院官。明亡，托浮屠以自隐。作者先是写雪裘身世、姓名之谜，继而写其生活中的狂妄不羁、桀骜不驯，但也状述其独自一人时"枕席则皆泪痕"的细节，继而又说雪裘诗文有愤愤不平之气……种种都为下文讲述雪裘的身世埋了伏笔。后写明亡前雪裘为陈子龙好友、郭天门门生，因明亡而隐居村寺，隐姓埋名，过着半僧半儒半侠的生活。雪裘的一生是悲惨和隐秘的，他内心深藏着对家国的悲痛，却选择了隐姓埋名。他以一位洒脱的士僧形象，行走在生活的边缘。孙静庵《明遗民录》中的李仕魁即从贺贻孙《僧雪裘传》而来。

贺贻孙的传都短小，《颜山农先生传》是最长的一篇，也不过一千五百字左右。虽然短小，但叙事简洁清楚：

余闻之邑长者云，先生事父母最孝，亲殁庐墓，泣血三年，未尝见齿。虽耄，逢父母生忌，祭必哀。②

颜山农，名钧，江西吉安人。"直到颜何一派，情形便不同了。他们已经真成为'狂禅'，而为李卓吾的先驱了"③。颜山农是明代王学泰州学派的传人。贺贻孙的这篇文章即记载了颜山农为人淳厚，孝顺父母，也记载了罗汝芳问教于颜山农的故事，颜山农动之以情，晓之以理，通过举例子，摆事实施教的过程：

子所为者，乃制欲非体仁也。欲知病在肢体，制欲之病乃在心矣。心病不治，死矣。子不闻放心之说乎？人有沉疴者，心怔怔焉。求秦越人决脉，既

---

① （清）贺贻孙：《水田居文集》，《四库全书存目丛书·集部·第208册》，齐鲁书社1997年版，第146页。
② （清）贺贻孙：《水田居文集》，《四库全书存目丛书·集部·第208册》，齐鲁书社1997年版，第142页。
③ 嵇文甫：《晚明思想史论》，东方出版社2013年版，第51页。

诊，曰："放心，尔无事矣。"其人素信越人之神也，闻言不待，针砭而病霍然。[①]

这段话记述颜山农与罗汝芳的交往过程。颜山农著书立说，大旨是要扫尽传统、道理、格套，将戒慎、恐惧、工夫亦抛掷一旁，勇往直前，放手去做。在颜山农立说著述详情已无从考证的情况下，这可一窥其立说概要。《颜山农先生传》中搜集了许多关于颜山农的"琐事轶闻"，描写了他的诸多品质，如善良、孝顺、乐于助人，也写他对晚辈的谆谆教诲，后学门生对他的爱戴，塑造出一个尊敬长辈、孝顺父母、爱护后进的人物形象。该文使用对话体，通过种种细节描写，使读者全方位地了解颜山农以及人物性格发展变化的过程。充分展示了贺氏作为古文家的文学功底。

贺贻孙的记体散文分为记事性散文与游记体散文。其中记事性散文或是记录一次有纪念意义的活动，如祭祀建宅、建庙等，如《乡贤祠记》《西来庵为汉寿亭侯关公蓝殿造像记》《拟重建贺氏宗祠九修族谱记》《春星草堂记》《游遁圃记》；或是记出游，如《文溪映雪庵记》《游梅田洞记》《垂花崖仙洞记》。

记事性散文《游遁圃记》与《砚邻记》是游好友萧伯升家庭院后所作，赞赏庭院美好；康熙九年（1670），黎士弘在廨侧购堂五楹，题名"春星草堂"，贺贻孙因与黎士弘交好，故特作《春星草堂记》以贺，"额曰'春星草堂'，而榜其楹曰'静坐'，曰'读书'"，文中谈论"静坐"与"读书"的关系，认为虽然只是简单的匾题，却可看出黎士弘将读书与治民看成同等重要之事。

贺贻孙的游记文，如《游梅田洞记》《垂花崖仙洞记》《影帆阁记》《砻山二滩记》《青狮山听月庵记》，大都为故乡山水增色，所写为永新境内山水名胜、历史古迹。最有代表性的是《影帆阁记》，作品寄寓甚深。该文首先写建阁的历史和登临其上的观瞻：

> 余既为龙去泥记"水月阁"矣。既而阁材败于白蚁，乃上徙数十武，购良材新之，其址加辟焉。读书阁上，仍以阁后奉大士，更名曰"影帆"。余以戊申腊朔，与季子、僧护、苍平至阁上。阁临江浒，旁多杂树，与水荡摇：树青日紫，霜白水碧；树霜丽日，鸟弄残枝，五色汇焉。鸟冻怯飞，举砾投之，扑刺而出，冲波拂云，致足快也。须臾，风气水动，有四五小舟，呼风并进，悉

[①]（清）贺贻孙：《水田居文集》，《四库全书存目丛书·集部·第208册》，齐鲁书社1997年版，第142页。

挂蒲帆。高者盈樯，卑亦片席，鹢首龙尾，衔雪曳练。余乃叹曰："此影帆之名所由起也。"①

作者通过描绘风帆和影子的快慢变化，暗喻了人在生活、学问中不同阶段的状态。全文洋溢着哲学的思考和丰富的抽象比喻：

虽然，影之与帆，待风而行耳，宁有定哉？余尝渡章水，涉鄱湖矣，顺风使帆，一日夜行走五百里，帆劲舟敏，影不留行，如劈箭飞空，虽鸿鹄不能逐也。及至高滩峻石，悬舟逆水，影石相守，篙师杂出，手口并作，终日举帆，不离故影。乃知帆影疾则大骤，徐则大延。而兹阁之下，其影悠扬，不疾不徐。去泥父子读书之乐，尽在是矣！更有进焉者，其在惠施之言乎？惠施曰："飞鸟之影，未尝动也。"天下岂有鸟动而影静者哉？又曰："矢疾于镞。"天下岂有矢疾而镞徐者哉？今此阁也，帆其动耶？影其静耶；舟其疾耶，帆其徐耶。谁识其然，谁识其不然？去泥于此，其独有不言而喻者乎？如以为偏辞而未举也，方将招才辩之士，于此阁中，谈文晰义，以极"鸡足""臧耳"之说，则影帆固稷下之始哉？②

《影帆阁记》，通过写影与帆、动与静等现象阐明哲学上事物对立统一的关系。文章夹叙夹议，反复辩证哲理，把静与动既区别开来，又联系起来，进行辩证的论说。这是其散文中的佳作。

贺贻孙的游记散文造语精工，境界优美自然，但在有些地方却显得幽深孤峭、晦涩难懂。如《游梅田洞记》《垂花崖仙洞记》，类似竟陵之文。很多游记文创作于青年时期，对自然风物、地理环境的兴趣很浓，反映了涉世未深的年轻作家的情怀。也正因如此，对社会人生的感受不深，侧重于叙述描写，兴寄较少。

四、论 说

贺贻孙创作了大量论说性散文，其中以史论最为突出。清同治《永新县志》载：

晚年家益落，布衣蔬食，毫无愠色，惟以著作自娱云。所著有《易触》

---

①② （清）贺贻孙：《水田居文集》，《四库全书存目丛书·集部·第208册》，齐鲁书社1997年版，第138页。

《诗触》《诗筏》《骚筏》《史论》《激书》《掌录》《水田居诗文集》。[1]

其中的《史论》即是《水田居文集》中的第一、二卷,都是论历史名人的文章。因其首先单独梓行,或许取此之故,《永新县志》误作另一书。

贺贻孙擅长读史,长于论史。《水田居文集》前两卷"史论"部分总共论了近七十位历史文物。《续修四库提要·水田居全集提要》称:"所著《史论》多为发前人所未发,笔意浩瀚,仿佛苏家。"[2]贺贻孙在评论历史人物时采用了独特的模式:他首先阐述自己对事件的观点或对人物性格的评价,接着从人物性格的角度进行深入分析,之后通过与当代或不同历史时期的人物进行横向或纵向的比较,最终给出全面的评价。比如在《蜀先主论》的开篇写道"善取天下者,不在能取,而在能守,能守乃所以能取也"[3],接着列举西汉的刘邦和东汉的光武帝刘秀因守而成功的例子来印证其开篇的观点;《诸葛亮论》的开篇讲:"小才所以不及大才者,小才躁而大才静也,小智所以不及大智者,小智伪而大智诚也。才智不与躁、伪邻,而躁、伪者往自托于才智,非才智之罪,而用才智之罪也。人能用其才智于静与诚之间,即天地鬼神,犹且弗远,而况于人乎?"[4]贺氏评述了何为才与智,接着表达他对诸葛亮的看法,他并不评论诸葛亮的功绩,而说"辅弱主十有二年,专制独断"却不出问题,源于诸葛亮把才智中的"静"和"诚"运用得当。贺氏还把诸葛亮跟同时代的张昭、周瑜以及荀彧进行分析和对比,认为"其才智非不与亮相敌也",充分肯定了诸葛亮的才智。同时,对于辅臣的处世哲学,他也发表了看法,他认为除了君主各不相同的先决原因以外,自身"静""诚""忠"等品质,是作为臣子非常关键的方面。这种思维还体现在《范增论》《张良论》《陈平论》以及《晁错论》中,说明贺贻孙对历史有深入的思考。

贺贻孙在评论历史人物时,尤其注重从人物的性格特点进行分析。以韩信为例,他在《韩信论一》和《韩信论二》中,用较长的篇幅表达了对韩信的感慨。他认为韩信是英雄,开篇即说"从古英雄之服天下者,不服其人,而服其自然之天,

---

[1] (清)萧玉春修、李炜等纂:《中国方志丛书·江西省·永新县志·四》,成文出版社1983年版,第1318页。

[2] 中国科学院图书馆整理:《续修四库提要·水田居全集提要·第30册》,齐鲁书社1996年版,第303页。

[3] (清)贺贻孙:《水田居文集》,《四库全书存目丛书·集部·第208册》,齐鲁书社1997年版,第453页。

[4] (清)贺贻孙:《水田居文集》,《四库全书存目丛书·集部·第208册》,齐鲁书社1997年版,第454页。

骤膺非常之位而已"①，真正的英雄能顺应天命，能够在非常之位保持镇定和自然。他将韩信受封为将与春秋时管仲被任命为齐国相国相提并论。对比韩信拜将和管仲拜相的过程后说"以功名而享富贵者，非可挟之以要富贵也，挟之以要富贵不惟不足以享富贵"②，认为韩信始终无法抛去对功名利禄的追求，韩信的死与他对功名富贵的执着有关，但在评论的最后，贺贻孙又提出韩信之死可能是刘邦"鸟尽弓藏"政策的结果。对韩信这样历史上备受争议的人，其评论尽量客观。

贺贻孙的论说文也存在一定的毛病，如常引述他人论点，主观性不强，高谈阔论的同时难免故作高深。杜华平、朱倩的论文《论贺贻孙学术著作的文章家习气》说："以致在一切言说中，贺贻孙都不惜使出古文家的架势，营造氛围，造足气势。主观情感及与之相伴的气势，有时不知不觉间代替了逻辑判断和理性分析。夸大失实、甚而至于强词夺理，或者高谈阔论，而难免故弄玄虚。"③

贺贻孙的史论文体散文在这方面的毛病比较突出。

五、祭文、墓志、行述

贺贻孙文集中这类文体不少。贺贻孙写祭文与行述，情感都很真挚，能明显感受到其悲痛之情。贺贻孙所作的墓志铭，大部分平淡平庸，受限于文体，故常流于形式，或泛泛介绍逝者的生平、家事、仕途、功绩，点缀一生中较有亮色的事迹，或为逝者讳的缘故，只展现丰功伟绩，而不能体现丰富、完整、独特的个性。但其这一类作品有饱满的热情，平易流畅的文字中透出蓬勃之情，有些文章写得让人为之动容。

祭文中写得较好的要算《祭大金吾李绳武文》。李绳武是贺贻孙非常尊敬的长辈李邦华的孙子，其好友李闻孙之子，却英年早逝。贺贻孙于文中感叹李绳武的孝道，又钦佩其才华，却憾于"抱恨早亡"，想起自己同为正当年去世的次子稚圭，悲伤之情溢于言表：

> 余圭儿先君而殇，才难之叹，地老天荒。伸楮无言，痛绝肝肠。三年杳矣，片字莫将，矧能忍恸，诔君举觞，惟是同忧相恤，同才兼伤。而翁未艾，

---

① （清）贺贻孙：《水田居文集》，《四库全书存目丛书·集部·第208册》，齐鲁书社1997年版，第416页。

② （清）贺贻孙：《水田居文集》，《四库全书存目丛书·集部·第208册》，齐鲁书社1997年版，第417页。

③ 杜华平、朱倩：《论贺贻孙学术著作的文章家习气》，《江西师范大学学报》（哲学社会科学版）2008年第6期。

情文互长，哭子之诗，遂有二十六章。果使幽语相闻，必且魂魄心丧。而余以七十五岁待尽之叟，鸠杖莫举，鸡骨支床，诗不成句，泪不成浆。①

李闻孙写信告知失子之痛，引起贺贻孙对亡儿的思念之情。贺贻孙借为李绳武写祭文来悼念自己的儿子。表达对好友之子李绳武与圭儿过早离世的悲痛和哀思。贺贻孙用了很多词来表达自己的心情，比如"痛绝肝肠""幽语相闻""魂魄心丧"，这些词汇深刻地传达了他对子女的深切思念和悲痛之情。两位已入暮年的老人，双双失去挚爱的儿子，白发人送黑发人。为他们叙写生平，泪流渍墨，含泪以书，文章悲痛涕流，感人至深。

贺贻孙为龙仲房撰写墓志铭，因其与龙仲房为挚友，故行文少了一般墓志铭的套路。其文并不详尽描述龙仲房的一生事迹、功绩，而是简单概述龙仲房少而聪慧，终以技成入太学的事迹。后讲述龙仲房与王公贵族的交往，因其善于效仿他们，所以"贵公卿往往畏而憎焉"。这就为下文龙仲房与其子受难而无人施以援手埋下伏笔。最后述说国变后与龙仲房生活的改变：

偶出郭，过余旧宅，颓垣荒草，四顾无人，所遇皆赤帻带剑，狰狞可畏。而所谓宝玉阁及仲房故址，已成戎马刍牧之场。则不独其人不可得而见，即畴昔行乐之地，亦已荡然矣。嗟夫！嗟夫！生也不辰，遘兹多乱，使仲房以穷而死。而穷交如贻孙者，又力不能脱仲房于死，良可恸也！②

文章感叹生活变故太过，曾经欢乐的地方已荡然无存。感叹说像龙仲房这样的文人，最后竟穷困潦倒而亡，表达了对生活的无常和对其悲剧命运深深的悲伤和惋惜。然后说"当时仲房所客贵人，方尊贵用事，坐视不肯为一言"，前后呼应，写出乱世文人为了生存而被迫无奈的境地以及龙仲房多舛的命运。

贺贻孙为亲人撰写的行述都情真意切，如为其母撰写的《先妣龙宜人行述》，讲述了母亲对他的影响：

甲申燕京陷，乙酉江右继陷。欲入山肥遁，而忧三釜之养不逮也。泣而告母。母曰："汝勿忧。吾昔在汝父官舍，身处脂膏，且不自润，况今日乎？汝

---

① （清）贺贻孙：《水田居文集》，《四库全书存目丛书·集部·第208册》，齐鲁书社1997年版，第188页。
② 罗天祥：《贺贻孙考·龙仲房墓志铭》，江西人民出版社1998年版，第190页。

能守志，严栖泉饮，与汝同之，汝但初终勿变已。"贻孙受教唯唯，遂偕母入山。观闵受侮，饥寒流离，母谈笑如平日。①

明亡之际，贺贻孙欲逃入深山，又担心母亲跟随他过着颠沛流离的日子，母亲的知书明理使贺贻孙坚定了隐居的想法。文中娓娓道来，一个识大体、明事理、个性忠烈的母亲形象跃然纸上。接着又讲述了顺治八年（1651）贺贻孙被填贡榜、顺治十四年（1657）以博学弘词被荐，险些"折腰"的事。而此时贺母所行却非一般妇孺所能比：

母命家僮驱逐之，乡邻惊惧，母恬如也……母笑曰："儿若出山，他无所负，但负儿初入山时一恸耳。"遂手剪余发，授以僧赠衲衣，且命曰："汝今儒行僧服，以浮屠自匿，勿居兰若也。"②

母亲的谆谆教诲坚定了贺贻孙遁入山林，不仕清廷的决心。这篇行述行文流畅，内容充实，感情真挚，可谓佳作。

贺贻孙为亡子贺稚圭撰写的《亡儿稚圭行述》也是上乘之作。文中历数贺稚圭诗文的佳作，认为其若能活着，一定会成为有用之才：

其诗与文必能成一家之言，而今已矣。毁珠沉璧，恸将何极耶！赋性耿介，不肯阿谀取容，对家人无惰容，年虽少而遇事慷慨，刚方不挠，盖正直人也。③

作者晚年，身边的亲人渐渐离世，友朋也慢慢离开，相依为命的儿子又早于自己离世，内心寂寥、落寞之情充斥其中。这篇行述情感低沉，语言浅白，悲伤之气，笼罩全篇。

---

①② （清）贺贻孙：《水田居文集》，《四库全书存目丛书·集部·第208册》，齐鲁书社1997年版，第200页。

③ 中国国家图书馆藏康熙十六年（1677）丁巳《水田居文集》本，一函五卷。《水田居文集·卷五·行述》，第十七页。

第二节 散文的艺术特点

《四库全书总目》在评价贺贻孙散文的特点时,云:

> 《水田居士文集》五卷,国朝贺贻孙撰。贻孙有《诗触》已著录。是集有文无诗,所作皆跌宕自喜。其《与艾千子书》云:"文章贵在妙悟,而能悟者,必于古人文集之外,别有自得。"是虽针砭东乡之言,而贻孙所以自命者,亦大略可见。特一气挥写,过于雄快,亦不免于太尽之患也。①

四库馆臣在收录文章时,往往根据统治者需要来筛选,故《四库提要》向来对非正统的思想和文章持批评态度,这里所说还算有点好意。贺贻孙擅长作散文,其散文气势磅礴,确实有雄快、阳刚之美。即便是短小精悍的文章也往往寄寓深厚的感情和深沉的思考,给人以悲壮慷慨之感。这也是贺贻孙提倡的"文章要表达作者的悲愤之情"。《清人文集别录》分析贺贻孙文的评价认为:

> 其文规效前人,而不为前人矩矱所困,摆脱羁绊,自成一体,所谓入而能出也。《四库提要》病其"一气挥写,过于雄快,亦不免于太尽之患也"。不悟贻孙之文。气势磅礴,实有得于阳刚之美。又不可持阴柔之文以含蓄见长者论之也。②

贺贻孙的文风虽然受前人规范的影响,但也能够摆脱羁绊,自成一体,形成自己独特的风格。其文风雄浑有力,有阳刚之美,也不失含蓄之美。这种评价似乎更为客观。本文论述贺氏散文的特点,主要从风格"悲壮慷慨"、作文"长于议论"的特色以及"短小精悍"的篇幅来详细展开。

---

① (清)永瑢等撰:《四库全书总目·卷一八一》,中华书局1965年版,第1637页。
② 张舜徽:《清人文集别录·卷一·水田居文集五卷》,华中师范大学出版社2004年版,第28页。

一、风格"悲壮慷慨"

"明朝末年,国事日非,忠义之士,因时奋励,发为文章,颇有磅礴郁遏之气"①,身处危机重重的明末,积极用世的文人们,希望通过手中的笔传达出对社会的批判与自救的想法,他们的作品"表现出鲜明的现实批判精神和忠诚的伦理救世思想"②。寓悲愤于现实的文人们,已经无法飘然于事外,他们的散文表现出悲壮慷慨的艺术风格,贺贻孙的散文即突出地表现这种特点。贺贻孙的散文寓悲愤于豪放,读时觉得有一股勃郁不平之气。这在很大程度上与贺贻孙经历过明亡清起的社会现实有关。其中的《忠义潭记》《髯侠传》《僧雪裘传》《丐盗两义侠传》以及各种序、书都表现出匡时救国,济世安民的追求以及欲拯救文坛弊端的思想。如《忠义潭记》,讲述了宋末元初的忠义之事,歌颂了民族英雄文天祥以及他的次妹婿、邑人、淳祐十二年(1252)进士彭震龙与其友朋们。在宋元变易之际,起兵勤王。文天祥经历空坑之败后得震龙兵再振,后文天祥复败,震龙等婴城拒守。文中说:

> 永新震龙等皆被执,不屈死之。八姓豪杰义不降元,又不欲以头血染敌刃,率其族三千余人,同沉潭水而死。此"忠义"所由名也。③

作者颂扬了彭震龙帅八姓忠义,从文信国勤王之壮举。信国兵败,震龙犹固守永新抗元。同时谴责了初仕宋为大将,后降元引兵屠城,执杀震龙的同邑叛人刘槃。文章写得激扬愤慨,热血澎湃之情充斥其中。作者认为宋被元灭,是不共戴天之仇,其中隐喻明被清灭的现实,对清朝的痛恨之心昭然可见。

再如《谭烈妇八砖记》:

> 是时,谭妇赵氏,夫妇闻变,抱其三岁儿,随舅姑匿学宫。元兵至,杀舅姑及其夫,欲污赵氏。赵氏愤甚,抗声大骂。贼怒杀之,并刃其子,血流圣殿八砖,若妇人抱婴儿状。时至元十四年七月十九日也。有屠者伏梁上,出为人

---

① 陈少棠:《晚明小品论析》,波文书局1981年版,第2页。
② 傅璇琮等主编:《中国古代文学通论》(明代卷),辽宁人民出版社2005年版,第8页。
③ (清)贺贻孙:《水田居文集》,《四库全书存目丛书·集部·第208册》,齐鲁书社1997年版,第125页。

言甚悉。久之，有司谒学宫，见血砖，涤之不去；磨以砂石，又不去；复煅以猛火，乃更鲜明。其后，明季知县某以岁久砖坏，筑土和灰石以墁之，其厚三寸，须臾血痕出墁上，如前状……时已阅三朝四百余年矣。余乃睹八砖而忾然叹也。①

歌颂了谭烈妇正直、忠义、守节的品质，歌颂他们于国家鼎革之际将生死抛之身外的高尚情怀。作者在文末表达了自己对这段历史的感慨，这种跨越数百年的情感共鸣，显示了历史事件对人们心灵的深远影响。通过这段文字，我们不仅看到了历史的残酷，也看到了人性中的光辉和坚韧。

贺贻孙曾同友人连续写了四封信，深入分析和批评当时文坛存在的不正之风，在这些信件中，作者以饱满的热情和坚定态度表达了自己的愤慨之情。如《与友人论文书一》：

今之为举子业者，类然也。章句粗成，良师教之，载我驰驱，未及卒业，苦其难也……文以慊志，非以欺人也……读书明理，自为慊志之文。②

《与友人论文第二书》：

今之后生不读书，不明理，第取时文，庸陋酸腐者，朝哦夕讽，东涂西抹，鼠头易面，遂以此欺人。③

文中历数士人的窘境——人心功利，人人为举子业，作文粗制滥造、为文庸陋酸腐、有师承而无创新、没有独立的思想等。并于文中提出为文的目的——"文以慊志"，知晓读书最终是要"明理"。对那些不认真读书、不勤学好问、不努力上进、创作时不动脑思考、只知剽窃别人作品，给予严厉的斥责，认为他们丧失了基本的道德。贺贻孙的这几篇文，真可谓"文章千古事，得失寸心"。

---

① （清）贺贻孙：《水田居文集》，《四库全书存目丛书·集部·第208册》，齐鲁书社1997年版，第124页。
② （清）贺贻孙：《水田居文集》，《四库全书存目丛书·集部·第208册》，齐鲁书社1997年版，第163页。
③ （清）贺贻孙：《水田居文集》，《四库全书存目丛书·集部·第208册》，齐鲁书社1997年版，第164页。

二、长于议论

中晚明时，随着社会危机的逐渐加重，社会控制力的逐渐减弱，士人阶层的思想异常活跃。这一时期出现诸如王阳明、李贽、黄宗羲、王夫之、顾炎武等一批杰出的思想家。在这样的背景下，散文的创作呈现出一种潮流，即对个体生存与社会危机进行反思与批判。故这一时期的散文，大多议论纵发，擅长阐发新论。当然，这种议论纵发也有其弊病，即极易流为高谈阔论、空虚不实，因而遭到诟病。但同时也应注意，到了晚明，国家陷入内忧外患，推崇实学的有志之士大量发表议论，针对现实弊端提出批评的意见和改进的方法，表达对于历史和未来的思考，这些议论带着强烈的改良现实的用意以及忧患意识。此一时期，贺贻孙的散文即突出地表现出长于议论的特点，常常是雄辩滔滔，议论与文采交融，感情与理智并注，语言明快畅达，颇具文学价值。

贺贻孙长于议论的特点，首先表现在史论文的写作上。如《范蠡论》，作者于篇首先发表观点：

> 今夫能树非常之功者，必其能辞功者也；能力非常之名者，必其能辞名者也；能致非常之富者，必其能辞富者也。吾有功而争之，功虽多必损；吾有名而私之，名虽盛必衰；吾有富而专之，富虽厚必倾。夫富犹幅也，富盈，其幅必减之数也；功名犹光影也，功名耀，其光影必减之形也。有幅而不盈，故不减，有光影而不耀，故不减，范蠡知一些道矣。①

贺氏认为，能够取得非凡成就的人，必定能够克制对功名利禄的执着追求。他认为过分追求功名利禄会导致损耗，相反，若能超脱对功名利禄的追求，反而能够保全成就。贺氏引用范蠡的典故来说明这一点，继而讲范蠡投奔越国，助勾践兴越灭吴，功成名就后激流勇退，遨游于七十二峰之间，经商成巨富又散尽家财的事迹来印证开篇的道理。

在探讨帝王的伟业时，贺氏通过三篇文章，对汉高祖刘邦进行了全面而深入的评论。此外，他还将刘邦与汉武帝刘秀进行了对比分析。在《汉高帝论》中，他开篇先论述了一个观点：

---

① （清）贺贻孙：《水田居文集》，《四库全书存目丛书·集部·第208册》，齐鲁书社1997年版，第10页。

第四章 《水田居文集》——散文创作

> 自古守天下者，必重天下；而取天下者，必轻天下。何也？守天下者谓天下者，祖宗之天下也，以子孙守祖宗之天下，兢兢焉尺寸无假，所以明有统也。取天下则不然。崛起徒步之间，天下非吾所素有也，以非所素有者，吝惜而不与人，人其孰与我哉。①

他剖析了朝代的开创者和继承者的心态：守成者往往因继承而来故而倍加珍惜，而创业者则因天下非已所固有而能以更开放的心态去争取。这不仅是对治国理念的深刻洞察，也是对权力传承与个人奋斗的哲学思考。举汉景帝平复七国之乱守住汉朝的例子，认为取天下者，为英雄之主，要有过人的识量。在最后的《汉高光武合论》中，他对比君与臣的才华，总结其利弊：

> 人君之才，不及其臣者，贵于乐得其臣而用之；人君之才，过其臣者，贵使臣乐得其君而为之用。乐得其臣而用之，则臣之才皆君之才矣，故功名归之臣，而事业归之君。②

他认为汉高祖刘邦和汉光武帝刘秀是这两种典型的代表。刘邦的能力不如臣子，刘秀的能力要高于臣子。他还列举分析春秋时期齐桓公能力不如臣子管仲、晋文公能力高于辅臣狐偃、赵衰等的例子。最后总结说：这并不影响帝王的成功，反而让君臣各得其所，发挥其长。

贺贻孙的散文亦长于议论。如《二周古文合刻序》，为了好友周畴五及其侄子周白山合刻古文而作，观点颇为犀利：

> 文章之道，譬如画家气韵……熙朝以举业为时文，士子应举者，束于排比、格律，而解衣磅礴之致始亡矣。期间或有不羁之士，以其才思，旁出于序、记、书、论诸体，别其名曰"古文"。而科场事迫，岁月难给，父兄师友，动色相戒，以为舍本逐末，有妨进取。迨至登第，服官以后，英华果锐，消磨已尽，然后勉强应酬，以克筐箧饩牵之具，而解衣磅礴之致又亡矣。③

---

① （清）贺贻孙：《水田居文集》，《四库全书存目丛书·集部·第208册》，齐鲁书社1997年版，第411页。
② （清）贺贻孙：《水田居文集》，《四库全书存目丛书·集部·第208册》，齐鲁书社1997年版，第414页。
③ （清）贺贻孙：《水田居文集》，《四库全书存目丛书·集部·第208册》，齐鲁书社1997年版，第90页。

篇首先是讲述士人们为了举业而刻意为文，但受制于文章的格律、声调，使磅礴之气荡然无存。难得的"不羁之士"最终也碍于长辈友朋的劝说回归传统制举。后又言"周畴五偕其族白山不然，方为诸生，即发奋学古文，其文曲折、往复，力追唐宋"，历数二周作文的方法与风格，使二周作古文之意与以往士人为了举业作文形成鲜明对比，最后发表议论：

> 由此观之，两君特患时文不穷工而极变耳。果能穷工而极变，其视古文，岂果有二道哉？今其古文具在，然特一班耳。若其举业，久为都人所推，社事勃兴，意气蒸变，遇其解衣磅礴时，即余不敏，亦得攘臂振袂于其旁也。①

贺氏认为时文之所以受到诟病，是因为不够穷工而极变，未深入挖掘和精益求精。他认为，对文学进行深入挖掘和精益求精，就能够发现其中的不朽之美。贺氏表达了对于古文深厚内涵和不朽价值的赞美之情，批评时文的肤浅和功利性。文章夹叙夹议，从大处着眼，引申阐发。

再如《戒杀牛编序》，认为牛劳而人逸，不应杀牛：

> 自汉之赵过为搜粟都尉，始教民以牛代耕，五谷所需，皆出于牛。于是牛劳而人逸，牛戴犁而人加鞭。仁人君子以为既食其力，复食其肉，是可忍也孰不可忍，安得而不戒哉。②

贺氏先是论述了杀人偿命，是因人可以找人代讼，而杀牛却相安无事，是因为牛不能言，不能找人代讼。然后论述了牛劳人逸，不仅劳其力还要食其肉，太不"牛道"了。从杀牛者引出对"怨"与"德"的分辨，论述提高保护耕牛这一生产力的重要性。

《代贺明府管先生奏绩序》中作者夹叙夹议，深入探讨了治民之道。文章开篇即提出治民的关键在于把握时机："善治百姓者惟其时而已矣。先时而治之，若挈

---

① （清）贺贻孙：《水田居文集》，《四库全书存目丛书·集部·第208册》，齐鲁书社1997年版，第91页。
② （清）贺贻孙：《水田居文集》，《四库全书存目丛书·集部·第208册》，齐鲁书社1997年版，第108页。

裘而振领也。"然后叙述永新邑人的传统风习与自然地理环境,分析所承担的沉重税负:"永新土瘠赋重,其民志朴而思烦。朴固易与为治,而烦亦易与为乱。"①贺氏认为永新的土地贫瘠,百姓朴素而赋税繁重,民风朴素固然容易治理,若税负沉重使百姓不满,也可能导致社会动荡,这种深刻的洞察力,不仅体现了作者对民情的深入理解,也展示了其对治国理政的独到见解。

《和将兵策》谈如何治敌,贺氏认为胜敌的关键是兵将和,唯一心。若心如一人,指挥有方,则兵将勇,能克敌制胜。他说:"善将者,能合万众为一人,则战必克矣;善将将者,能合众将为一将,则战必克矣。"贺氏又用人们生病之理说明"和"的重要性:"凡人溢爱则毗阳,溢畏则毗阴,阴阳交毗,于是拘挛痿痹,痈疽臃肿,种种不和之病生焉。治兵者,亦犹是也。"②比喻生动,形象恰当。

在贺贻孙撰写的寿贺序中,其核心并不在于单纯地叙述寿主的生平事迹。相反,他通过深入的议论,揭示了寿主所具有的独特品质。贺贻孙的写作手法巧妙地将对寿主个人的赞美,扩展到对友谊、孝顺以及人生选择等更为普遍和深远的主题的探讨。他从具体的寿辰事件出发,逐步展开,触及到更为广泛的人生哲理。例如,在《代邑人寿黎大母张宜人序》中,这种由小见大、由个别到普遍的写作技巧表现得尤为明显。

贺贻孙的散文长于议论,通过摆事实、讲道理来论证观点,论述常常观点明确、论据充分、语言精练。精练的语言和充实的论据使得其文章深入人心,更容易理解和接受其观点。

三、篇幅短小精悍

与其他古文家相比,贺贻孙的文章以短小精悍而著称,最长的一篇为《先君奉政大夫兖州司马青园公行述》,不过两千五百字。其他较有代表性的,如《与徐巨源》一百七十六字、《甘露山房侧义自序》一百八十一字、《与季子》二百一十一字。他于明崇祯十五年(1642)赴省乡试,作《驳宦竖策》一文,才一千一百六十八字,其他文章一般都是五百字上下。文章虽然短小,但发他人所未发,内容充实、简短而有力。正如《续修四库提要·水田居全集提要》所言:"所著《史论》多为发前人

---

① (清)贺贻孙:《水田居文集》,《四库全书存目丛书·集部·第208册》,齐鲁书社1997年版,第81页。
② (清)贺贻孙:《水田居文集》,《四库全书存目丛书·集部·第208册》,齐鲁书社1997年版,第120页。

所未发，笔意浩瀚，仿佛苏家。他文则意制峭诡，往往山尽水穷，别有天地。而词气则沉浸浓郁，含英咀华，有欧阳子之遗风。"[1]贺贻孙常常探讨前人所未探讨的问题，笔意浩瀚，读之有苏轼的风范。其文章意境独特，峻峭而又巧妙，常常令人感觉如置身山尽水穷之境，另有天地。其《僧雪裘传》，仅仅八百字左右，将雪裘的一生撰写得悲惨淋漓，看其传如雪裘真人在眼前一般；《诗余自序》仅两百余字，却阐述了诗歌观"今人文章不及古人，只缘方寸太平耳"，遵从儒家温柔敦厚的诗教观，提倡诗言情；《与徐巨源》短短数字，表达了对好友的思念，同时提出其论《楚辞》的重要观点：古人不畏死，而畏老，不伤无年，而伤无名；在《与忠矣》中，区区两百字，阐述其学古的态度，即学古而不泥古，"佳诗落想超忽，但学古人诗，不宜遽学其自然者。学其自然，便不能自然矣"。贺氏的古文作品，常常以简练的语言、深刻的意境，给人以深刻的启迪和感悟。

---

[1] 中国科学院图书馆整理：《续修四库提要·水田居全集提要·第30册》，齐鲁书社1996年版，第303页。

第五章 贺贻孙文学思想

明清易代的社会动荡对贺贻孙的个人生活和思想产生了深远的影响,这种影响在其后期的诗文创作中得到了明显体现,作品中充满了对家国命运的哀愁和对民生疾苦的感慨。贺贻孙成长于晚明时期,深受李贽心学以及公安与竟陵文学流派的影响。在继承这些文学理论的同时,他的文学创作和思想展现出了与前人不同的特点,具有更加鲜明的时代特色和复杂性。即便同是讲性灵,贺贻孙的性灵观多了许多时代的特色。与贺贻孙同时代的许多仁人志士,他们有着与贺贻孙相似的经历、相同的价值观,他们结社为友,相互鼓励,互相切磋文学,在文学上互相影响、渗透。贺贻孙的文学思想,既受到前贤如李贽、公安派与竟陵派的影响,也受同社中人的积极影响。在明亡清起的社会背景下,贺贻孙最终形成有鲜明时代特色的文学思想,其内涵可概括为"主性灵""学古而不泥古""提倡民歌""文学要表达悲愤之情"以及"文学对自我生命之重要",这五点贯穿贺贻孙所有作品,是其文学创作的指导。当然,其文学思想远不止这几点,比如还有提倡"读书养气",反对"剽袭成声"等等。研究贺贻孙的文学思想,一方面有助于全面理解这位明清之际的重要文人,另一方面也能丰富明清之际江西文化的内涵。

第一节 贺贻孙文学思想的传承与交融

晚明心学大行其道,李贽可谓晚明思想界的"洪水猛兽",正如袁中道所言,"当卓吾子被逮后,稍稍禁锢其书,不数年后,盛传于世,若揭日月而行"[①],李贽对晚明社会(特别是对晚明士人)的影响确实不容忽视。嵇文甫在《晚明思想史论》中说:"这种狂禅潮流影响一般文人,如公安派、竟陵派以及明清间许多名士才子,都走这一路,在文学史上形成一个特殊时代。他们都尊重个性,喜欢狂放,带浪漫

---

① (明)袁中道:《李温陵外纪·卷三·跋李氏遗书》,《四库禁毁书丛刊补编·第25册》,北京出版社2005年版,第638~639页。

色彩。"①对贺贻孙影响颇大的公安派作家，其成员生活成长的时代正值李贽思想扩布天下之时。公安派领袖袁宏道生于隆庆二年（1568），在青年时期李贽无疑成为了他的精神领袖。袁氏兄弟曾四次访李贽②，亲自聆听教诲并与李贽惺惺相惜，成忘年之交。袁中道为袁宏道所写的《中郎先生行状》说："留三月余殷殷不舍，送之武昌而别。"李贽称赞袁宏道："盖谓其识力胆力皆迥绝于世，真英灵男子，可以担荷此一事耳。"公安派与焦竑、潘雪松、刘东星、梅国祯、丘长孺、无念、杨定见、陶望龄等常相互切磋谈论。而这些人又与李贽交好，李贽对公安派作家既有直接影响，又有交叉影响。李贽的思想以及文学都潜移默化地渗透进公安派作家的作品中。左东岭就李贽对公安派人生观的影响列举了三点：重视个性与自我享受、崇尚豪杰气质与侠义精神、无所执著乃自我解脱之道。左东岭认为李贽对公安三袁最大的影响并非文学思想，而是人生态度③。公安派领袖袁宏道曾说，自己在与李贽的交往过程中，其思想"如象截急流，雷开蛰户，浸浸乎未有涯也"④，可见李贽影响之深。概括而言，李贽对公安派文学思想的影响主要在两个方面：一是公安派继承李贽"文以自适"的观念，强调文学对自我生命之重要，强调文学对人生自我的不可或缺；二是继承李贽的"童心说"而发展出"性灵说"。但公安派的性灵说不是对李贽童心说的照搬，而有自己的创见。左东岭认为："然公安派之价值决不在将李贽文学自然表现论作出简单的理论重复，而在其将此理论主张真正体现于创作实践之中，从而形成其真实自然、酣畅淋漓之诗文风格。其核心即在于尽情坦露，无复遮掩。"⑤从总体上来说，"童心说"与"性灵说"一脉相承，从注重自我价值，到突出作家主观性情，再到提倡表达之流畅自然，二者均颇一致。

竟陵派的作品以情感细腻、修辞华丽、意境深远著称。这一派重视作家个人情性的流露，是公安派文学论调的延续。贺贻孙的文学风格更偏向公安派，强调情感真挚、质朴自然。但受竟陵派的影响，尤其是在修辞和意境方面。

贺贻孙学诗写文的过程中受公安派与竟陵派的影响，在儒家"温柔敦厚"传统的旗帜下推崇"性灵"论。受晚明文人结社热潮的影响，在同社中人的积极影响下，贺贻孙形成自己独具时代特色的文学思想。

---

① 嵇文甫：《晚明思想史论》，东方出版社2013年版，第70页。
② 据左东岭：《李贽与晚明文学思想》，人民文学出版社2010年版，第333页。
③ 左东岭：《李贽与晚明文学思想》，人民文学出版社2010年版，第262～264页。
④ （明）袁中道：《珂月斋集：卷十八》，上海古籍出版社1989年版，第756页。
⑤ 左东岭：《李贽与晚明文学思想》，人民文学出版社2010年版，第294页。

一、对公安派与竟陵派的传承

公安派和竟陵派是明代的两大文学流派。公安派主张文风质朴,注重情感真挚,倡导以古为新,强调对传统文化的继承和发扬。相对而言,竟陵派更加偏重于艺术性和文学技巧,注重文学的艺术表现和形式美。生活于晚明的贺贻孙,在不同程度上受公安派与竟陵派的影响。贺贻孙的散文创作受公安派的影响,其作品情感真挚,质朴自然。但贺贻孙生活的时代又与公安竟陵诸人不同,他的创作更带明清异代的特色。

(一)对公安派与竟陵派的传承

贺贻孙是江西人,江西的人文精神对其影响很深,其所著《诗筏》中的理论多取自宋代江西诗派之说。如江西诗派之首的黄庭坚尊陶渊明、杜甫,因为杜诗讲求"句眼"与"自然成章"。贺贻孙《诗筏》亦称赞陶渊明、杜甫和李白的诗,诗论亦持"本色"与"诗眼"之说。但影响贺贻孙更多的恐怕还是严羽的《沧浪诗话》和公安、竟陵两派的文学理论。严羽主张"诗贵含蓄""味外之味",这也是贺氏"神""气"的直接来源。晚明文学思潮纷繁复杂,公安与竟陵二派以标举"性灵"名闻遐迩。公安派提出"性灵说",打出"独抒性灵,不拘格套"的口号,可谓振聋发聩,为当时的诗文创作注入一股清新的空气,有力地涤荡了笼罩于晚明文坛的拟古阴霾。公安派强调表现真实的思想情感,反对"粉饰蹈袭"及人为约束。他们重视日常生活情趣,强调以生活琐事入诗,主张保持性灵的活泼,要求诗文表现真实情趣,反对义理之见与尘俗之虑。语言上不避俚俗,诙谐机趣。公安派主张以当代民歌作为"真"的文学典范,认为它们最能体现真实情感和生活气息。公安派的诗歌不模拟古人的形式风格,而是向民歌学习,诗歌语言及审美趣味上都有当代化的倾向。公安派之后,竟陵派接过"性灵"的旗子。以钟惺、谭元春为代表的竟陵诸人强调诗乃性情的自然流露,非人力所强为,提出重"真诗",重"性灵"。为救公安之弊,竟陵派进而将"灵性"引申为"幽深孤峭",提倡求古人之真诗,于古人诗中求性灵,摆脱形式上抄袭、摹拟古人的做法,要在精神上与古人保持一致,才能写出有性灵的诗。他们认为,诗文有义理,必须读书养气以求厚。公安派与竟陵派的文学主张,为晚明文坛注入新鲜的血液,在当时均产生相当大的影响。

成长于晚明的贺贻孙,深受公安派与竟陵派的影响。

一方面,贺贻孙十分喜爱、推崇公安竟陵二派的诗歌。他认为明代的诗歌至晚明而愈发成熟："唐人诗当推初盛，明诗当推中晚。"而晚明诗派中，又以公安与竟陵两派的诗歌为最佳。公安派诸人的诗有他欣赏的风流蕴藉：

> 选其（袁中郎）佳者，得百十余首，置之案头，时一咀嚼，如食山珍海错。[1]

贺贻孙常说，要想得到古人作诗文的精髓，就要捧其诗文集反复咀嚼，得其精华。贺氏将袁中郎的诗歌置于案头，无事时拿来"咀嚼"，他甚是欣赏袁中郎，将其与古人相提并论。贺贻孙也很欣赏竟陵派诗歌清、淡的诗风，赞许竟陵派诗人的胆识，认为时俗皆以唐诗为祖，追随"诗必盛唐"，竟陵派的钟谭二人却能毅然不从，另辟境界：

> 近代选诗，皆以《帝京篇》诸作为不祧之祖，钟、谭二子毅然去之，殊有胆识。一部诗归，生面皆从此开，良莠既除，嘉禾见矣。[2]

贺氏赞扬钟谭二人敢于摒弃传统，不受《帝京篇》等前人作品的影响，表现出非凡的胆识和魄力。钟谭二人的作品一问世，就开创崭新的诗风，清除了文坛上的浮躁与庸俗，真正的佳作得以展现。他们的作品为当时文坛注入了活力，也为后来的文学创作指明方向。在《竟陵焚余后》，贺氏又诉说了对竟陵派的喜爱：

> 兵焚后，案头诸书俱亡。独钟谭诗存者，尚十之五六，因辑为一册，题为"竟陵焚余"。深山穷谷无他书可读，得此披玩……[3]

贺贻孙真心喜爱竟陵派的诗文，钟惺和谭元春的诗成为他在孤寂深山中的精神寄托。

另一方面，在明末清初文人们对于公安与竟陵两派的抨击不遗余力，两派相继

---

[1] （清）贺贻孙：《水田居文集》，《四库全书存目丛书·集部·第208册》，齐鲁书社1997年版，第171页。

[2] （清）贺贻孙撰：《诗筏》，郭绍虞编《清诗话续编》，上海古籍出版社1983年版，第199页。

[3] （清）贺贻孙：《水田居文集》，《四库全书存目丛书·集部·第208册》，齐鲁书社1997年版，第178页。

成为许多批评家讨伐的对象时，贺贻孙却站在客观的角度，分析公安与竟陵两派的可取之处，客观地为两派回护，肯定其诗歌创作和诗论的价值：

>作者（引按袁宏道）之意，宁有时而伤庄重，宁有时而伤浑雅，宁不珍大家，宁不为汉、魏、晋、唐，宁为"七才子"之徒摈斥唾骂，而必不肯一语一字蹈袭古人，以掩其性灵，缚其才思，窘其兴趣，亦近代诗中豪杰也。①

贺氏认为袁宏道敢于摒弃传统，不受庄重或浑雅的影响，更不愿被汉、魏、晋、唐等古人的文学风格束缚。他宁愿受七子后学的批评和排斥，也绝不愿意一字一句地模仿古人，敢于挑战传统，不"蹈袭"，而独创"性灵"不拘一格。展现出非凡的勇气和才华。

>今人贬剥《诗归》，寻毛煅骨，不遗余力。以余平心而论之，诸家评诗，皆取声响，惟钟谭所选，特标性灵……扫荡腐朽，其功自不可诬。②

贺氏认为，评价诗歌的时候，很多人只注重诗歌的音韵美和表面的华丽，钟谭二人所选的诗歌却与众不同，特别注重作者性灵的流露和个性的展现。这些作品扫荡了陈腐和庸俗之气，这样的功绩不容置疑。

贺氏说袁宏道是"诗中豪杰"，认为他不模拟古人，不"蹈袭"，而独创"性灵"不拘一格。认为钟惺谭元春所选取性灵的诗歌，给当时的诗坛注入了一股新颖的活力，使之焕然一新，有不可磨灭之功。但在肯定公安与竟陵两派的闪光之处时，贺贻孙也指出两派的问题：

>公安袁中郎诗，初看数行即欲掩卷，以其似排、似偈、似佻为诗家所弃也。③

贺氏认为袁中郎的诗过于直白、轻薄，有太尽之患，所以被诗家所唾弃。又说：

---

① （清）贺贻孙：《水田居文集》，《四库全书存目丛书·集部·第208册》，齐鲁书社1997年版，第171页。
②③ （清）贺贻孙撰：《诗筏》，郭绍虞编《清诗话续编》，上海古籍出版社1983年版，第197页。

未免专任己见，强以木穗子换人眼睛，增长狂慧，流入空疏，是其疵病。①

贺氏也批评公安与竟陵两派创作与理论上的缺点，认为二派人物的作品过于专断，陷入空洞浮华。"自钱谦益抨击竟陵，清初谈诗者鲜不鄙夷钟谭，贺贻孙独有取于钟惺之说，是亦可见其持论有根柢，不随风会为转移也"②。这样客观辩证地看问题，说明贺贻孙的诗学思想并不偏狭，较为宽容，也使得贺贻孙在借鉴公安派与竟陵派诗歌理论时，能兼取众长，而不偏于一隅。

除了公开表示对公安派与竟陵派的服膺外，贺贻孙也积极发扬其理论并将之运用于文学实践之中。贺贻孙提倡文章要成一家之言，认为作文要独树一帜，成一家之言，要有心得，要能领会古人文章的精髓，而不是简单地拘泥于形式。贺氏反对复古派的机械摹拟古人词句。在这点上，他与竟陵派更为接近。"竟陵派强调学古，这是要向审美传统靠拢。但竟陵派学古又不欲陷入复古派的旧途径"③。贺贻孙崇尚"朴""真""厚"，尤其倾向于表达"性灵"，他的这种艺术追求在很多方面与竟陵派的文学理念不谋而合，显示出在文学审美上的相似性。"他（贺贻孙）的诗学思想明显脱胎于竟陵诗学，其诗论著作《诗筏》论诗也标举'厚'，'诗文之厚，得之内养，非可袭而取也'。与竟陵派'厚出于灵'、'然必保此灵心，方可读书养气以求其厚'（《与高孩之观察书》）的主张相一致，都认为'厚'出于个人的性情与学养，并非拟古所得。贺贻孙又进一步提出'无厚'之说。钟惺推崇'厚'，而贺贻孙引用《庄子》美学，提出'无厚'出于'厚'，'所谓"无厚"者，金之至精，炼之至熟，刃之至神，而"厚"之至变至化者也。夫惟能厚，斯能无厚'。贺贻孙推举的'无厚'的典型之作——苏、李诗和《古诗十九首》，正是钟谭二人认为是'平而厚'的代表诗作"④。贺贻孙论诗也倡导"性灵""学古而不拟古"，推崇民歌，这都是对公安与竟陵二派学说的继承。

贺贻孙对公安与竟陵二派的文学理论有传承，却不是照搬。贺贻孙的文学理论和公安与竟陵又有所差异。差异即在于贺贻孙经历了明亡清起的历史进程，故其性灵观更有时代的精神和色彩。张健在《清代诗学研究》中指出："贺贻孙论诗受

---

① （清）贺贻孙撰：《诗筏》，郭绍虞编《清诗话续编》，上海古籍出版社1983年版，第197页。
② 蒋寅：《清诗话考》，中华书局2005年版，第256页。
③ 张健：《清代诗学研究》，北京大学出版社1999年版，第49页。
④ 曾肖：《谭元春与江西复社文人之关系考察》，《井冈山学院学报》（哲学社会科学）2009年第3期。

公安、竟陵的影响也主性灵，但贺贻孙的性灵主体既不同于公安派具有童心、摈弃道理闻见的带有异端色彩的主体，也不同于竟陵派是带有遁世色彩的主体，而是一个具有儒家思想、民族气节和饱经忧患的主体"[1]。贺贻孙的文学思想与公安派的和竟陵派的最大的不同在于，贺贻孙经历过朝代更迭，这是公安、竟陵诸人所未遇到的。即便是同讲性灵，但他更倾向于表达因国家动荡和个人遭遇流离而引发的忧郁情绪和悲壮情感。这与公安派和竟陵派所倡导的"惬心适意"和"幽情单绪"的轻松愉悦或细腻情感表达形成了鲜明对比。他自述创作道路说：

> 时值国变，三灾并起，百忧咸集，饥寒流离，逼出性灵，方能自立堂奥。永叔……所谓"穷而后工"者，其在此时乎。[2]

贺贻孙认为自己的"性灵"是被时代逼出来的。在国家面临动荡变革之际，三灾齐发，百姓忧心忡忡，饥寒流离的困境下，激发出内心的性灵。其《自书近诗后》说：

> 丧乱以后，余诗多哀怨之音……吾以哭为歌。[3]

故贺氏的性灵多了时代特色。他特别注重时代的动荡与环境的艰难对诗人性情所起的作用：

> 使皆履常席厚，乐平壤而践天衢，安能发奋而有出人之志哉？必历尽风波，趁霢震荡，然后奇文见焉。[4]

故同抒性灵，公安派表现为轻脱新巧，竟陵派表现为幽深孤峭，贺贻孙则表现为融感慨与优柔于一炉的"雄风"，其所谓性灵与社会政治息息相关、与时代风云密切相连，是"饱经忧患"的主体之性灵。贺贻孙说：

---

[1] 张健：《清代诗学研究》，北京大学出版社1999年版，第23页。
[2] （清）贺贻孙：《水田居文集》，《四库全书存目丛书·集部·第208册》，齐鲁书社1997年版，第170页。
[3] （清）贺贻孙：《水田居文集》，《四库全书存目丛书·集部·第208册》，齐鲁书社1997年版，第179页。
[4] （清）陶福履：《激书》，胡思敬编《豫章丛书·子部二集》，江西教育出版社2002年版，第263页。

> 风人之感慨，即其优柔。感慨者其词，优柔者其旨，词不郁则旨不达，感慨不极则优柔不深也……太平之世，不鸣修，不毁瓦，优柔而已矣，是为睹所谓雄风也乎！①

这样的"性灵"说当然与公安派和竟陵派提倡的"性灵"说有差异，较二派的"性灵"说更积极。贺贻孙的这些主张既结合儒家的传统诗教又吸收公安派与竟陵派诗论的长处，尽量避免公安派过于强调"独抒性灵"之短。这些都足以说明，贺贻孙主张恢复诗歌"兴观群怨"的优良传统，倡议为适应时代的要求作诗，具有进步性。"这种将个人命运与家国天下利益紧密联系的自觉构成了贺贻孙性灵论的主要内涵。这使他的诗论在重唱公安、竟陵两派口号的同时，带有鲜明、强烈的新的时代色彩"②。

二、文人结社运动

文人结社历史悠久。早在唐代，文人结社就已流行。当时，许多著名诗人、文学家和思想家都加入文学团体，如白居易的"香山诗社"、杜甫的"集贤院"诗友会。这些社团的出现不仅促进了诗歌创作的繁荣，也推动了文化的传承和发展。到了宋代，文人结社更加兴盛。许多著名的文学家、书法家的作品都通过结社的形式流传下来。

明代是文人结社活动最为活跃的时期，社团琳琅夺目。如以篆刻艺术为主要活动内容的"印社"，有注重学术研究的"学社"，有侧重于娱乐和消遣的"笑社""噱社"，还有有共同兴趣爱好或政治观点的文人学者组成的"复社"。这些社团通过定期聚会，共同探讨文学、艺术、政治、社会问题、发表诗文，加强彼此之间的联系。同社成员相互学习、互相激励，对文化和社会产生影响。

（一）晚明文人结社运动概况

文人结社至明代而极盛。郭绍虞的《明代的文人集团》一文所列社团达一百七十

---

① （清）贺贻孙：《水田居文集》，《四库全书存目丛书·集部·第208册》，齐鲁书社1997年版，第85页。
② 王运熙、顾易生：《中国文学批评通史·明代卷》，上海古籍出版社1996年版，第189～190页。

余家①。据何宗美《明末清初文人结社研究》考,总数超过三百家②。何宗美将明代文人结社分为四期：第一期,元末至明永乐,这是元代结社之风的延续期；第二期,洪熙至成化,这是明代文人结社初兴阶段；第三期,弘治至万历,这是明代文人结社的第一次高潮；第四期,天启、崇祯间,这是明代文人结社的高峰③。第四时期,即晚明,结社运动特点最为明显。首先,结社的意识更为强烈,结社成了风气、时尚,即使是临时性的雅集,也要冠以"社"的名号,如崇祯十四年(1641),常熟钱方明招诸友于红豆山庄结社,活动时间不过三天,却也以"社"为名。其次,社团的数量空前增多。再次,结社的规模极度扩大,百人以上参与是常有之事,复社人数更是多达2200以上④。最后,文社得到空前发展。文人结社至晚明,出现前所未有的兴盛景象。在短短半个多世纪里,各种各样的文人团体就超过两百家,这是明代此前两百余年文人社团总和的两倍⑤。晚明既是有明一代文人结社的至高峰,也是古代社团史上空前绝后的一个历史时期。正如谢国桢所言："所以结社这一件事在明末已成风气,文有文社,诗有诗社,普遍了江、浙、福建、广东、江西、山东、河北各省,风行了百数十年,大江南北,结社的风气犹如春潮怒上,应运勃兴。"⑥究其原因,这与明代社会经济极为繁荣、水陆交通的便利以及党争严重等密切相关。文社繁盛是明末文化史中一道亮丽的风景,当时几乎所有的文化名人,如顾炎武、黄宗羲、王夫之、钱谦益,都或深或浅地参与文社,文社对明末文人的影响非常大。

明代的文社活动以三吴、两浙最盛。而江西的文社,陈宝良认为："江西的社事继复社而起,与三吴、两浙的社盟互为声气,并自具特色。"⑦这是对明代江西文社的总体印象和比较中肯的评价,这其中有两层含义：第一,明代江西社事起步较早,数量多,发展快,规模大,影响深,可与三吴、两浙互为声气。陈际泰《太乙山房文集》中也有此类记载："江右之结社多矣。"⑧故谢国桢叹曰："原来在应社成

---

① 郭绍虞：《照隅室古典文学论集》(上编),上海古籍出版社2009年版,第539~610页。
② 何宗美：《明末清初文人结社研究》,南开大学出版社2003年版,第17页。
③ 何宗美：《明末清初文人结社研究》,南开大学出版社2003年版,第18~22页。
④ (清)吴山嘉：《复社姓氏传略》,中国书店1990年版。据吴山嘉《复社姓氏传略》统计。
⑤ 何宗美：《明末清初文人结社研究》,南开大学出版社2003年版,第72页。
⑥ 谢国桢：《明清之际党社运动考》,上海书店2006年版,第7页。
⑦ 陈宝良：《中国的社与会》,浙江人民出版社1996年版,第288页。
⑧ (明)陈际泰：《太乙山房文集》,《四库禁毁书丛刊补编·第67册》,北京出版社2005年版,第427页。

立之前，江西的社事，本来很发达了。"①第二，明代江西的文社独具特色，有明显的区域特征。虽然由于史料的残缺不全，目前对明代江西文社还没有准确的计量统计，但从明代江西文社的整体情况来看，说其规模大、数量多一点也不过分。据艾南英《天佣子集》与陈际泰《太乙山房集》两书的记载，明代江西文社就有十所，分别为平远堂社、瀛社、豫章社（以上载于《天佣子集》）、豫章大社、豫章九子社、新城大社、禹门社、偶社、合社、芳社（以上载于《太乙山房文集》），除上述列举之外，明代江西文社还有不少散见于文集、方志、谱牒等材料之中，它们或名或无名。除上文提到的十所文社外，据周建新考，有名称的还有白社、紫云社、友教社、聚奎社、五笴社、持声社、匡山大社、赤水社、则社、历亭社、席社、昆阳社、云替社等。其中则社、历亭社、席社、昆阳社、云替社这五社则为复社组织中的江西文社②。另据贺贻孙《水田居文集》记载还有藜社③。明代江西文社仅有名可查的就有二十四所，加上那些虽无名却实际存在的，数量更多。这些文社分布范围广，遍及于南昌、抚州、吉安、建昌、广信、饶州、瑞州、赣州等府县，参加的人众多，活动定期。

（二）与贺贻孙有关的结社活动

贺贻孙于崇祯九年（1636）曾与万茂先、陈宏绪、徐世溥、曾尧臣等结社豫章④。豫章指南昌地区，是南昌的别称、古称。据谢国桢考证："我们读陈际泰的《太乙山房集》、艾南英的《天佣子集》，里面记载江西和蜀中的社事很多，他们最有名的社集就是豫章大社……但他们的首领不过是陈际泰、艾南英、罗万藻、章世纯等四人。他们这一派我们可以叫作豫章派。在万历末年和天启初年，他们很可能创造一时风气的"⑤，"在万历、天启年间，江西艾南英、陈际泰、章世纯这一般人，

---

① 谢国桢：《明清之际党社运动考》，上海书店 2006 年版，第 8 页。
② 周建新：《明代科举与江西社会风习》，江西师范大学硕士毕业论文 1998 年，第 11 页。
③ （清）贺贻孙：《水田居文集》，《四库全书存目丛书·集部·第 208 册》，齐鲁书社 1997 年版，第 91 页。《水田居文集·藜社制艺序》，并在序中讲述了永新文人结社的情况："吾邑自先君子与伯父长孺公及金右辰、贺可上、贺中白、尹长思、周非熊、刘开美、萧升叔、刘岫毓诸先生，纠一时名士为社，海内望风而靡。当时号文章渊薮，必曰永新。既而又有"俟云"诸社，云蒸霞起。今诸君子又呼号英杰二十余人，为"藜社"。呜呼，吾邑制举业至此可谓盛哉。"
④ （清）贺贻孙：《水田居文集》，《四库全书存目丛书·集部·第 208 册》，齐鲁书社 1997 年版，第 88 页。《水田居文集·心远堂诗自序》："丙子之秋，余读书章门，取所为举业出示四子，皆推奖溢分。"（清）赵尔巽等：《清史稿·卷四百八十四·列传二百七十一》，中华书局 1976 年版，第 13334 页。《清史稿》记载："贻孙九岁能属文。明季社事盛行，贻孙与万茂先、陈士业、徐巨源、曾尧臣辈结社豫章。"《清史列传》《永新县志》亦有相似记载。
⑤ 谢国桢：《明清之际党社运动考》，上海书店 2006 年版，第 107 页。

他们号召拿成、弘派的文章来改革当时的风气。当时一呼百应,很披靡一时。"[1]所谓的"豫章社",是明代末年,艾南英、陈际泰等人组织的豫章地区的社团。豫章社属于复社的小分支,时与贺贻孙结社的万茂先、陈宏绪、徐世溥、曾尧臣等,在吴山嘉的《复社姓氏传略》中可找到他们的传略[2],陆世仪的《复社纪略》也载其名[3]。谢国桢说:"大概是在一个大社之内有许多小组织,对外是用复社的名义,对内是各不相谋的。""豫章社"下又有"豫章大社""豫章九子社",一些文集可一窥当时豫章社的概貌。

如在《江西省·南昌县志》对万世华的记载:

> 冢宰李长庚官江西布政,时合十三郡能文者为豫章社于南昌,首时华与万日桂、喻全祀,时华尤为所推。[4]

由此可知豫章社是李长庚倡议建成的,成员都是"能文者",以艾南英、章世纯、陈际泰为首领,以振兴时文为宗,后徐世溥、陈宏绪、万时华、贺贻孙等相继加入。

罗万藻《豫章名社序》中记载豫章社选文的标准是"征豫章之美":

> 癸酉,王正靖生以《名社选》告成,事于余。靖生之有社选,自兹役始,其为兹役也,自豫章始也。天下之为社选者众矣,无不合吴越楚闽诸州之士以张之,而靖生不然,曰:"以征美豫章,无缺乎?尔以所存明所废,则已足寓吾意于天下矣。吾壹恶夫世之诟豫章也,而不得其当,将始之誉豫章者之不得其当也。"[5]

文中表达了只有真正理解和评价豫章地区的文学价值,才能公正地对待豫章这个地方的文学成就。希望能够纠正人对豫章的偏见,展现其真正的文学美。

---

[1] 谢国桢:《明清之际党社运动考》,上海书店2006年版,第6页。
[2] (清)吴山嘉:《复社姓氏传略·卷六》,中国书店1999年版,第26,1,3,4,23页。
[3] (清)陆世仪:《复社纪略·卷一》,(续修四库全书·史部·第438册),上海古籍出版社1995年版,万茂先、陈宏绪、徐世溥均在第490,曾尧臣在492页。与贺贻孙交游人员,此书有记载的还有邓履中(第490页)、余正垣(第490页)、刘同升(第492页)、刘孟钦(第492页)、李陈玉(第492页)。
[4] (清)江召棠修,魏元旷纂:《中国方志丛书·江西省·南昌县志·三》,成文出版社1983年版,第1063页。
[5] (明)罗万藻:《此观堂集》,《四库全书存目丛书·集部·第192册》,齐鲁书社1997年版,第351页。

在艾南英等人的引导下，豫章社通过选拔时文的方法，力图矫正当时盛行的八股文风。选本一经推出，迅速赢得了士人群体的热烈欢迎。众多江西的学子纷纷投向豫章社的怀抱，他们中的许多人加入社团的初衷是为了学习时文，以期在科举考试中金榜题名，实现个人的功名梦想。然而，由于一些成员动机不纯，三心二意，半途而废，甚至有人私下翻印豫章社的制义。面对这种情况，豫章社开始对成员的选拔和管理采取了更为严格的态度。陈际泰《太乙山房文集》所载也可窥见当时的情况：

> 先是，诸生中有合豫章大社者，而严其人。每郡推一人为祭酒，有佚入者，比于盗地以下敌之罚。既而公所选士，大都皆推为祭酒之人，所脱者才二三耳。①

文社成立之初单纯以应制为目的，逐步过渡到参与社会政治事务。贺贻孙、万茂先、陈宏绪、徐世溥主要因为应制结社，后遭遇"天崩地裂"的现实，出于正义感和社会责任感，偶尔涉猎政治。贺贻孙与豫章书社中人频繁交往，于诗酒酬唱的过程中潜移默化地受到影响。此期文社倡导的文学理论大都遵循古典主义的审美趣味并体现了复古主义的精神追求。明代第三次复古运动兴起时，江西除有名噪一时的"江右四家"用"以古文为时文"的形式践行经世思潮之外，豫章书社的陈宏绪、徐世溥、万时华、贺贻孙等古文家也致力于此，豫章社文人纷纷倡导振兴古文，并提出"学古而不泥古"的主张，强调在继承古代文学精华的同时，也要有所创新，不拘泥于古代的固定模式。贺贻孙在《徐巨源制义序》说：

> 二十年来，豫章诸公，乃为古学以振之。尔时巨源以少年高才，茂先、士业、左之、士云，递为推长。同人唱和，实繁有徒；薄海以内，望风响应。②

豫章社文人以振兴古文为己任，他们相互推崇，共同创作，以诗文唱和的形式，激发了广泛的学术讨论和文化共鸣，四海之内望风响应。贺贻孙回复艾南英说：

> 文章贵在妙悟，而能妙悟必于古人文集之外别有自得。③

---

① （明）陈际泰：《太乙山房文集》，《四库禁毁书丛刊补编·第67册》，北京出版社2005年版，第473页。

② （清）贺贻孙：《水田居文集》，《四库全书存目丛书·集部·第208册》，齐鲁书社1997年版，第112页。

③ （清）贺贻孙：《水田居文集》，《四库全书存目丛书·集部·第208册》，齐鲁书社1997年版，第173页。

"怀素之后无复怀素",因为"是师承而无自得也"。贺贻孙提倡文章要有师承,学古而不泥古,要学习古人文章精髓为我所用,这与艾南英提倡的"以古文为时文"一脉相承。持论相同的还有陈宏绪、徐巨源,"巨源之才能以古文与时文合而"①。

在与同社诸友的诗文唱和与切磋交流中,贺贻孙不可避免地受到他们的思想观念、性格特点、行为方式以及气质风度的影响。贺贻孙就曾多次于诗文中说起同社友朋对其文学创作的影响,其《心远堂诗自序》中说:

> 嗟乎!吾每忆亡友万茂先、陈士业、邓左子、徐巨源四子之言,辄不禁涕零也。丙子之秋,余读书章门,取其所为举业出示四子,皆推奖溢分,谓余:"文章开阖变化不减先辈,而纵横奇恣,时或过之场卷出,即以第一人相期。"余闻言愧甚。及撤棘闱,落乙榜。平日所为举业为进士持,去梓入房书者,或为人袭取以博科名,而余独不免于穷。四子过余,哂曰"子如夜萤,戴火而寒",余愧滋甚。②

同社好友对贺氏的诗评价都颇高,没想到贺贻孙落了乙榜,甚是羞愧,于是"每从市上望见四子辄掩面疾趋,羞对其影",这致使贺贻孙在以后的学习过程中更加努力。同为社中人,其社团成员之间常有诗文唱和,文学思想也互相渗透,互相影响。艾南英、徐世溥和贺贻孙"学古而不泥古"的理论以及豫章社文人对民歌的推崇,在当时有进步意义,产生了积极的影响。

第二节 贺贻孙文学思想

贺贻孙的文学思想充分流露出对传统儒学精髓的尊崇与坚守。他心怀故国,情系桑梓,以笔为刀剑,为百姓疾苦发声,呼唤清廉政治,倡导以民为本。他的诗文不仅吟唱着善行美德,也鞭挞着世间不公。其思想深刻反映了一个明末清初文人对社会责任的认知,以及对和谐社会的热切期盼。

---

① (清)贺贻孙:《水田居文集》,《四库全书存目丛书·集部·第208册》,齐鲁书社1997年版,第173页。
② (清)贺贻孙:《水田居文集》,《四库全书存目丛书·集部·第208册》,齐鲁书社1997年版,第88页。

一、文学思想的基础

贺贻孙提倡立身处世要有骨气和操守，以忠诚和勤劳为根本。他反对那些弄虚作假、懒惰成性、无所作为的行为。在他看来，只有做到这些，人的心性才能得到修养，人与人之间的关系才能更加深厚和真诚。他强调尊敬长辈、孝顺父母，倡导邻里和睦相处，这样社会才能安定和谐。贺贻孙在写作中，始终以治国安邦、警醒世人、教化风俗为己任。他认为，只有官员清廉、以民为本，国家才能繁荣昌盛，百姓生活才能富足安康。这些思想构成他文学创作的基调和追求。

（一）高度爱国的民族气节

贺贻孙是有民族气节的爱国志士，对当时社会的种种不公与黑暗现象深感愤慨。他怀着一股不平之气。决心通过自己的著作来揭露时弊，为民众发声，以笔为刀剑，抨击不正之风。

清王朝初立，为了长治久安，下令搜罗人才。据贺贻孙记载：

> 辛卯八月，督学使有知余凤名者，强以余姓名填贡榜。榜出，报骑入门閧喧，母命家僮驱逐之……丁酉夏，直指使笪君重光，欲具疏以博学弘词特荐。疏且上，咸友皆劝余出谒直指……余曰："吾逃世而不能逃名，名之累人实甚。吾将变姓名而逃焉。"①

贺贻孙绝意仕进，剪发衣缁，屏居深山。他坚决不为清廷"颂圣"服务，高蹈不出，即使过着"衣短尻寒，无衿可捉；心剜肉尽，有疮无医"的艰难困苦生活，他也宣称"贫能炼骨"，展现出淡泊名利、乐道安贫的生活态度和坚定的民族气节。其《告神疏》说：

> 凤昔盛名，秖增谤薮；残年余算，遂为悔媒……梦魂断于青云，犹且滋忌；忧患煎于白首，夫岂自招！好不可为，芳难独树。生我奚意，虐之何心？②

---

① （清）贺贻孙：《水田居文集》，《四库全书存目丛书·集部·第208册》，齐鲁书社1997年版，第200页。
② （清）贺贻孙：《水田居文集》，《四库全书存目丛书·集部·第208册》，齐鲁书社1997年版，第161页。

清统治者不仅逼迫贺贻孙参加应试，还逼迫他写"颂圣"或者阿谀当局的文章，但他坚决拒绝，作《戒作应酬诗文启》以明志，再次表现出崇高的气节。当权者散步流言蜚语，妄图以此罗织罪名，达到毁他文名的目的。《程天修〈破愁军诗集〉序》中说：

> 余昔年遭幽忧之疾，服药不效，医者劝予饮酒赋诗，乃为近体一帙，命曰"唤愁"。流连咏歌，梓而行之，病遂渐瘳。[1]

推测可知，作者曾遭受精神上的苦闷，唯有通过饮酒赋诗来抒发情感。但在社会动荡、言论受限的情况下，他仍保持乐观主义精神。

贺贻孙的诗文常常流露出对故国的思念，并坚定地谴责叛逆者，他的诗文中充满了坚贞崇高的民族气节。贺贻孙遗言"生不服朝，死不服土"，卒后，命其后代置铁杆数根，将棺木悬于墓穴内空，然后封土。即使在生命的最后一刻，贺贻孙也坚守着高贵的爱国气节。

（二）官廉民本思想

贺贻孙深刻透彻地阐述了治国必须严格执法、廉洁自律、警示贪婪的重要性。他认为廉洁兴国，贪贿害民，欲国家兴盛，人民安宁，为官者必须秉公无私。他称赏父亲贺康载"自矢廉慎"；赞扬祖父贺嘉迁以"廉洁教子"；更歌颂王茂的"德贤"精神。他赞扬秉公无私、清正廉洁的官吏，深绝贪污贿赂之风。他通过正反两个方面的经验教训阐发"廉"与"贪"两种金钱观的对立统一，撰写了《激书·儆贪》一文：

> 吾今而知贪者之得不如廉者之得也。贪者以得利为宝，廉者以得名为宝，既而名之所集，利亦归焉。名之所去，利亦亡焉。于是贪者不崇朝而丧二宝；廉者不崇朝而得二宝矣。[2]

此文夹叙夹议，反复辩证哲理，通过对比贪者与廉者的不同追求，指出了两者在价值观和最终结果上的鲜明差异，强调了廉洁的重要性。

---

[1] （清）贺贻孙：《水田居文集》，《四库全书存目丛书·集部·第208册》，齐鲁书社1997年版，第84页。

[2] （清）陶福履、胡思敬编：《激书》，《豫章丛书·子部二集》，江西教育出版社2002年版，第294页。

贺贻孙与为民办实事的清廉之官也多有来往，结交很深。明崇祯四年（1631），长洲管元心任永新县令，明崇祯六年（1633），贺贻孙作《代贺明管先生奏绩序》，佩服其有胆气，为民办实事。清康熙七年（1668），黎士弘补令永新，贺贻孙与其交往甚密，贺贻孙赞扬黎士弘桂任永新三年的政绩："戊申仲秋，黎侯莅止，政尚廉平，与民更生，城居云集，市井欢腾，虎弭于野，鬼恬其曹，侯乃乐民之得所业。"① 贺贻孙还作《赠文林郎王翁墓志铭》，赞扬王枚臣调任福建光泽县令后悉力抚循，治理县事，获得百姓的称赞与爱戴。吉郡太守韩司理，爱国爱民，廉洁自律，民众对韩公的到来抱有极大的期望，如同期待救火和救援溺水者一样。贺贻孙作《代送韩司理内召序》褒赞："韩公以廉平理吉郡，值献贼残破之后，望公如救焚拯溺。及下车，加意抚循，合郡九邑之民，共庆更生。未及三期，忽膺内召。"② 贺贻孙赞赏韩司理与吉郡民众之间深厚的感情，似鱼与水般不可分离。

对操持政权者，贺贻孙常以清正廉洁、爱国爱民之语劝扬，其《代贺明府黄公寿序》说："操切之政，反足以夺吾威权矣。君子知其然也，以为行法必先爱民，爱民必先无私。爱民而无私，故法行而民不怨。法行而民不怨，故威不能伤其威，而惠不至分其惠。"③ 他劝诫这些官员对百姓要"明礼让，教亲爱，揭慈惠，与民相恬，民之化之也"，不能"行小惠而弃丰功"。贺贻孙多次著文阐明绥民与福国的辩证关系，《江阴公遗诗序》说："为社者，蹇蹶而筑之，端冕而临之，此国初用人之法也。造士乃所以绥民，用人乃所以福国也。"④

（三）颂善鞭恶

贺贻孙尊敬并歌颂那些行善之人，同时谴责并鞭挞那些作恶之人，其目的是在当代社会中倡导一种和谐与安宁的氛围。其撰写了《丐盗两义侠传》歌颂丐者的道德，鞭挞土匪与富人的凶残。其《髯侠传》赞扬髯杀盗救人的高尚品质：

女泫然曰："妾杭人，从父宦于粤西。宦归，舟次湘潭，盗夜劫舟，杀妾

---

① （清）贺贻孙：《水田居文集》，《四库全书存目丛书·集部·第208册》，齐鲁书社1997年版，第127页。
② （清）贺贻孙：《水田居文集》，《四库全书存目丛书·集部·第208册》，齐鲁书社1997年版，第82页。
③ （清）贺贻孙：《水田居文集》，《四库全书存目丛书·集部·第208册》，齐鲁书社1997年版，第81页。
④ （清）贺贻孙：《水田居文集》，《四库全书存目丛书·集部·第208册》，齐鲁书社1997年版，第88页。

父母一家十人，投于江，欲掠妾去。"俄顷，髯从他舟走至，挥刀杀盗十余人，无有脱者。妾叩头请死，髯曰："吾非盗，乃为汝杀盗者。今汝父母仇已报矣，吾将访汝兄弟而归焉。脱无所归，当为汝择佳婿，吾义不污汝，勿怖吾也。"①

贺贻孙以其淳正的德行著称，一贯赞赏并践行尊敬长辈、孝顺父母的高尚道德。其《颜山农先生传》中赞扬颜钧先生事孝的品质："余闻之邑长者云，先生事父母最孝，亲殁，庐墓泣血三年，未尝见齿。虽耄，逢父母生忌，祭必哀。"②他最崇敬最钦佩母亲赡老养幼的高尚品格，《先妣龙宜人行述》说："谨按，母之至德有三，曰奉翁姑，曰相夫子，曰训子孙。"③他对季弟子家七年如一日侍奉母亲的可贵精神很敬佩，在《季弟子家行述》中说："弟天性孝友，虽贫，奉母甘旨无亏。母晚得痿痹之疾，不出户者六七年，弟手调药饵，朝暮不懈。每至隆冬，母于榻前烧榾柮御寒。"④明崇祯十年（1637），贺贻孙闻文竹村周光绶割股尽孝一事后，亲赴采访，撰写《周孝子刲股记》，记叙了永新文竹人周光绶的孝父精神。

贺贻孙也十分赞赏周济贫困，助人为乐的善行，其《寿竹溪周母龙孺人七十序》说："龙孺人生长仕族，嫔于名门，而敬慎勤俭，不殊寒素，此葛覃、絺绤之恒德，可颂也。夫君令申翁，慷慨好义，令闻彰外；而孺人柔嘉维则，雍穆在内。此鸡鸣昧旦，琴瑟静好之恒德，可颂也。"⑤他高度赞扬豪宕不羁、轻财尚义、救危扶困的颜钧，《颜山农先生传》一文说："先生豪宕不羁，轻财好施，挥金如土，见人金帛辄诟曰：'此道障也。'索之，无问少多，尽以济人。"⑤贺贻孙通过记述本族贺襄的勤劳，对比贺鏓的旷逸，从而赞扬勤劳为德而富，顺天应人、无争无求两种人生观。贺贻孙还对那些不认真读书，不勤学好问，不努力上进的人予以严厉的斥责。其《与友人论文第二书》说："今之后生，不读书，不明理，第取时文庸陋酸腐者，朝哦夕讽，东涂西抹，鼠头易面，遂以此欺人曰：'吾文如是，是可以趋

---

① （清）贺贻孙：《水田居文集》，《四库全书存目丛书·集部·第208册》，齐鲁书社1997年版，第144页。

②⑤ （清）贺贻孙：《水田居文集》，《四库全书存目丛书·集部·第208册》，齐鲁书社1997年版，第142页。

③ （清）贺贻孙：《水田居文集》，《四库全书存目丛书·集部·第208册》，齐鲁书社1997年版，第200页。

④ （清）贺贻孙：《水田居文集》，《四库全书存目丛书·集部·第208册》，齐鲁书社1997年版，第203页。

⑤ （清）贺贻孙：《水田居文集》，《四库全书存目丛书·集部·第208册》，齐鲁书社1997年版，第101页。

时而尊今矣.'于是举经史、秦汉、唐宋之文,与夫先辈大家学为秦汉、唐宋之文者,皆屏弃之。"①

二、文学思想内涵

客观、全面地了解作家的文学思想有利于对其文学作品进行深入理解并开展研究。贺贻孙是明末清初的文学家与评论家,其文学思想主张"性灵""学古而不拟古""提倡民歌""文学要表达悲愤之情","强调文学对自我生命之重要"。将贺贻孙的文学思想放置于明代文论的脉络之中,不难发现其"主性灵""学古而不拟古""提倡民歌"等主张虽受到晚明公安派与竟陵派的影响,但又有所不同。刘德清在总结贺贻孙的文学观念时称:"他在文学思想上追求真朴,反对虚假,主张独抒性灵,反对复古模拟。他敢于并善于独立思考,行文命笔不拘前人旧说,往往别具只眼,发前人所未发。他继承司马迁'发愤著书'、韩愈'不平则鸣'的创作传统,强调文学作品'美刺讽诫''兴观群怨'的社会功能,貌似温柔敦厚的议论当中夹杂嬉笑怒骂,寄寓愤世嫉俗的牢骚怨情。"②这样的评价可谓大体得出其文学思想之梗概。

(一)主性灵

贺贻孙论诗受晚明公安派与竟陵派的影响,主张"性灵"。他继承公安派"独抒性灵,不拘格套"的理论,提出"作诗当自写性灵,模仿剽窃,非徒然无益,而又害之"③。

> 天之与我,岂有二哉……凡我诗人之聪明,皆天上似鼻、似口者也;凡我诗人之讽刺,皆天上之叱吸、叫嚎者也;凡我诗人之心思、肺肠、啼笑、癔歌者也,皆天上唱喁唱于、刁刁调调者也。任天而发,吹万不同,听其自取而真诗存焉。④

贺贻孙阐述了对于真诗的看法,把诗人称为"风人",真诗就是出乎天籁的自然

---

① (清)贺贻孙:《水田居文集》,《四库全书存目丛书·集部·第208册》,齐鲁书社1997年版,第164页。
② 刘德清:《贺贻孙与〈激书〉》,《九江师专学报》(哲学社会科学版)2002年第3期。
③ (清)贺贻孙撰:《诗筏》,郭绍虞编:《清诗话续编》,上海古籍出版社1983年版,第176页。
④ (清)贺贻孙:《水田居文集》,《四库全书存目丛书·集部·第208册》,齐鲁书社1997年版,第83页。

之作，肯定了真诗。而要得到这种真诗，就要顺其自然，随感而发，以期能达到天籁的效果。诗本言情，情深而理寓。作诗太过于功利，就陷入了理浓而情淡的境地。而写诗要达到"采菊东篱下，悠然见南山"浑然不觉的境界方为最佳。他赞许作诗的"本色"，说：

> 本色天真，自写怀抱，不借辞于古人，不竞巧于字句，不闭丽于声华萧条高寄，一往情深。①

又说：

> 每忆才子出，既有一半庸人从风而靡，舍我性灵，随人脚跟，家家工部，人人右丞，李白有李赤敌手，乐天即乐地前身，互相沿袭，令人掩鼻……嗟夫！此岂独唐诗哉？又岂独诗哉？②

他说盛唐诗人"有血痕无墨痕"，而摹拟盛唐者则"有墨痕无血痕"，批评后者"贬己徇人"，舍弃性灵和本色。他称赞《吴歌》《挂枝儿》等民歌"无理有情，为近日真诗一线所存"，打算"取吴讴入情者，汇为《风雅别调》"。贺贻孙的此种理论与袁宏道肯定民歌"多真声"，"具有传世价值"相同。

但贺贻孙的"性灵"观经历了时代的更迭与山河的破败，故其"性灵"观多了很多对时世的感叹，融入了更多的时代特色。创作方法上，表现为多吸收公安派重视日常生活情趣的风格，以生活琐事入诗，传递生活情趣，注重有感而发，直抒胸臆。

（二）学古而不泥古

明代文学经历了从复古到反复古的转变。到了晚明时期，许多文人开始反思这两种极端文学方式对文学发展的负面影响。因此，有志之士提出了"学古而不泥古"的观点，这为明代文学的复古与反复古思潮提供了一种折中的方法。这种方法不仅符合文学发展的内在需求，而且更能促进文学的创新与进步。如豫章社最初的领导者艾南英提出"以今日之文，救今日之为文者"：

---

① 中国国家图书馆藏康熙十六年（1677）丁巳《水田居文集》本，一函五卷。《水田居文集·卷三·序·周玄滨先生吉祥楼破愁草诗序》，第七十六页。
② （清）贺贻孙撰：《诗筏》，郭绍虞编《清诗话续编》，上海古籍出版社1983年版，第142页。

> 夫文之通经学古者，必以秦汉之气，行《六经》《语》《孟》之理，即间降而出入于韩、欧、苏、曾，非出入数子也。曰是数子者，固秦汉之嫡子嫡孙也。今也不然，为辞章者不知古文为何物，而猎弇州、于鳞之古以为足，不知此非古也，六朝之浮艳，而割裂补缀饰之以《史》《汉》之皮毛者也。为制艺者不知古文为何物，而袭大士、大力轻俊诡异之语以为足，不知此非古也，晋魏之幽渺纤巧，当世以为清谭为衒慧者也。最陋则造为一种似子非子，似晋魏非晋魏，凿空杜撰之言，沾沾然以为真大士、大力矣。弟旧于《陈兴公稿序》稍一言之，而同气者颇相怪责，不知弟于此道，浅深甘苦备尝之矣。夫文之古者，高也、朴也、疏也、拙也、典也、重也；文之卑而为六朝者，轻也、渺也、诡也、俊也、巧也、诽也，此宜识者所共知矣。①

艾南英认为，明代文学自前七子和后七子等人提倡复古以来，文章变得不伦不类，既非纯粹的子书风格，也非纯正的秦汉或魏晋风格，导致文章晦涩难懂，亟需改革。因此，艾南英主张借鉴欧阳修和曾巩的文风，力求文章清晰明了，避免使用琐碎的典故和支离破碎的文句，以期达到文风的革新。

与贺贻孙同时加入豫章社的徐世溥，也提倡"复古以求革新"：

> 为文之道：气欲高，体欲古，节欲整，色欲丽，声欲和。②

徐世溥主张的"体欲古"颇似韩愈、欧阳修倡导的以"复古求革新"。"体近则薄"，就要恢复秦汉唐宋古文中的记实事、说实话、抒真情的传统，将内容和形式完美结合起来。既要革除那些"近代评阅家"身上的陋习，也要革除为文轻薄、言不及义的风气。只有这样文学才能良性发展。

贺贻孙也主张"学古而不泥古"，其《竟陵焚余后》说：

> 兵焚后，案头诸书俱亡。独钟谭诗存者，尚十之五六，因辑为一册，题为"竟陵焚余"。深山穷谷无他书可读，得此披玩……余爱竟陵诗，而不肯学竟陵诗，每自愧其僻。然工部爱文选而不学文选，供奉爱谢朓而不学谢朓，亦安知

---

① （明）艾南英：《天佣子集·卷一·与周介生论文书》，《四库禁毁书丛刊补编·第72册》，北京出版社2005年版，第197页。

② （清）徐世溥：《榆墩集·赠陈生序》，《清代诗文集汇编·第26册》，上海古籍出版社2010年版，第448页。

其不学，但学而能舍耳。凡古之作者，无不爱而无所学。夫无所学，乃其无所不学也。①

他认为"学古而不泥古"才能得古诗文精髓。因此，他的古文作品多跌宕有致，如《僧雪裘传》《髯侠传》《枯兰复花赋》。他在《徐巨源制艺序》中说：

二十年来，豫章诸公，乃为古学以振之……呜呼盛哉。夫古文有古文之律，今所谓开阖操纵是也；时文有时文之律，亦所谓开阖操纵是也。若夫程之以排偶拘之以功令，系籍之以圣贤之名理，则为时文难，而以古文合时文尤难。②

贺贻孙认为古今之文有差别，不应拘泥于格律形式而刻意摹拟之。学习古文应为今文服务，这才有价值。他认为文章的语言文辞、结构技巧应与文章的题旨相符。

贺贻孙将"摹拟描画"古诗的"声容字句"比喻为"在琉璃外拍美人肩"。他反对这种徒见形影，遗失实质的"尚古"。同样，贺贻孙否定了那些割断传统、盲目自创的虚无和狂妄态度，就如同想要渡海却放弃船只一样不切实际。他说：

作诗贵有悟门，悟门不在他求，日取"三百篇"及汉唐人佳诗，反复吟咏，自能悟入。③

贺贻孙强调学古以求"悟入"，通过深入研习经典作品来培养诗歌创作的灵感和技巧：

文章贵在妙悟，而能妙悟必于古人文集之外别有自得。④

在艾南英和徐世溥的基础上，贺贻孙提出学古的具体方法，即要有"悟门"，

---

① （清）贺贻孙：《水田居文集》，《四库全书存目丛书·集部·第208册》，齐鲁书社1997年版，第178页。
② （清）贺贻孙：《水田居文集》，《四库全书存目丛书·集部·第208册》，齐鲁书社1997年版，第112页。
③ （清）贺贻孙：《水田居文集》，《四库全书存目丛书·集部·第208册》，齐鲁书社1997年版，第170页。
④ （清）贺贻孙：《水田居文集》，《四库全书存目丛书·集部·第208册》，齐鲁书社1997年版，第173页。

贵在学古有得，要将古人诗歌的营养汲出为我所用，要有自己的神气，强调学古要得其神而非袭其貌，反对仅从格调形式上进行模拟，蹈袭，也反对因片面追求形式上的古腔古貌而忽略内容的"自然"，形式和内容应统一起来：

  今人论诗，但穿凿一二字，指为古人诗眼。此乃死眼，非活眼也。凿中央之窍则混沌死，凿字句之眼则诗歌死。①

贺贻孙认为，作诗写文不能只摹拟古人字句，穿凿附会，而是要学古人文章的精髓。这与艾南英的主张实际上一脉相承。贺贻孙提出的"学古而不泥古"实为创新，不能固守古代的观念和思维方式。

（三）提倡民歌

民歌在明代诗歌史上占有很重要的地位。民歌有显著的艺术特色——真。许多无名氏，写诗毫无顾忌，想说什么说什么，想写什么写什么，真实地抒写内心世界，构思也非常精妙。明代的诗人，很善于从民歌中汲取营养，贺贻孙也不例外。他提倡真诗在民间：

  近日吴中山歌、桂枝儿，语近风谣，无理有情，为近日真诗一线所存。②

贺氏认为，诗人们一旦接触民歌，吸取了其中的养分，就能体会到无穷尽乐趣，他们写真诗，写出喜怒哀乐等真情实感，这才是诗歌的真正价值，才有新鲜活泼的生命力：

  安知歌谣中遂无佳诗乎？每欲取吴讴入情者，汇为风雅别调，想知诗者不以为河汉也。

真正懂得诗意的人，不会认为这些歌谣平淡无奇。

徐世溥也推崇民歌，他非常喜欢南朝民歌《子夜歌》，认为其中的"欢从何处来，端然有忧色。三唤不一应，有何比松柏"，"此诗最妙"。妙就妙在"前不见叙

---

① （清）贺贻孙撰：《诗筏》，郭绍虞编《清诗话续编》，上海古籍出版社1983年版，第138页。
②③ （清）贺贻孙撰：《诗筏》，郭绍虞编《清诗话续编》，上海古籍出版社1983年版，第153页。

事而自见其平昔往来之狎密，后不言誓而自知其夙昔必有指松柏之言……二十字无首无尾，有前有后。以此求之，不独通诗，兼悟古文"①。《子夜歌》本是爱情题材的民歌，但徐世溥分析得非常细致、到位。徐世溥看到该诗身上那种哀怨、悠长之情，诉也诉不清，讲也讲不明。非万般喜爱，断不能分析如此细致，深刻。

贺贻孙与徐世溥对民歌是推崇，喜爱，同社的陈宏绪则将民歌时调放到诸种文体的历史发展中进行对照分析，给予高度评价。陈宏绪在卓珂月的评论"我明诗让唐，词让宋，曲让元，庶几《吴歌》《桂枝儿》《罗江怨》《打枣竿》《银绞丝》之类，为我明一绝耳"后评论道：

> 此言大有识见。明人独创之艺，为前人所无者，只此小曲耳……相通一线，遥远元风者，舍冯、施之作外、其惟《桂枝儿》《打枣竿》等小曲乎？②

陈宏绪能不囿俗见，着眼于民歌时调，称之为明代文艺之"一绝"，是"明人独创之艺"，堪与唐诗、宋词、元曲相媲美，显示出非凡的胆识。正如王运熙在《中国文学批评通史》中议论的一样："历来的论家大都以为每个朝代都有其超越别代的某种文体，如所谓唐诗、宋词、元曲等，唯独对于明代文学则往往缄口不语，或用所谓'明朝烂时文'（尤侗《艮齐杂说》卷三）之类作为揶揄搪塞，这当然是一种目光狭隘的偏见。"③陈宏绪能跳出时人的思维局限，认识到有明一代民歌的价值与地位，说明陈宏绪以其开阔的眼界和独特的视角，站在了不同于常人的高度。

贺贻孙及其豫章社成员对民歌的推崇还受公安派影响。公安派作家也积极从民歌中吸取养分，袁宏道认为，从民歌中可以获得诗歌创作过程中极大的乐趣："近来诗学大进，诗集大饶，诗肠大宽，诗眼大阔。世人以诗为诗，未免为诗苦，第以《打草竿》《劈破玉》为诗，故足乐也。"④他们注重借鉴民歌通俗、婉转、直截的手法，形成浅近流丽的诗风。贺贻孙也看到民歌语浅情深的优点，其创作善于借鉴民歌，用自由的形式、流畅的语言等来抒情达意。贺贻孙不避俚俗，创作出许多有民歌风格的诗作，如《禾山古松歌》《红稻行》《拟子夜曲》《村谣》。

---

① （清）徐世溥：《榆溪集选文》，《清代诗文集汇编·第26册》，上海古籍出版社2010年版，第502页。
② （清）陈宏绪：《寒夜录》，中华书局1985年版，第6页。
③ 王运熙：《中国文学批评通史》明代卷，上海古籍出版社1996年版，第856～857页。
④ （明）袁宏道：《袁宏道集笺校·卷十一·伯修》，上海古籍出版社2008年版，第805页。

（四）文学要表达悲愤之情

屈原主"发愤抒情"、司马迁主"发愤著书"、韩愈主"不平则鸣"、欧阳修主"穷而后工"都说文学要能宣发内心郁郁不平之气，突出情感在文学创作中的重要作用，将"抒情""言志"统一起来。贺贻孙也提倡用文学表达悲愤之情：

> 兵燹后，得焚余若干首。今取视之，悲愤之中，偶涉柔艳，柔艳乃所以为悲愤也。以须眉而作儿女呢喃，岂无故而然哉！李太白云："五岳起方寸，隐然讵可乎？"今人文章不及古人，只缘方寸太平耳。风雅诸什，自今诵之以为和平，若在作者之旨，其初皆不平！使其平焉，美刺讽诫何由生，而兴观群怨何由起哉？鸟以怒而飞，树以怒而生，风水交怒而相鼓荡，不平焉乃平也。观余《诗》余者，知余之不平之平，则余之悲愤尚可无已也。①

明亡后，贺贻孙的思想产生经历了深刻的转变。由于深入现实社会，其作品的思想性和艺术性都有很大的提高。明亡后的作品，无论诗还是文，都以悲愤出之。贺贻孙于丧乱年代表达了对现实的愤懑和忧国忧民的哀怨，从审美心理而言，这是"不平"之气，若诗人"方寸太平"，即心如枯井，主客观之间没有矛盾，也不与现实社会发生冲突，自然不会兴奋，又从何而来激情与创作冲动，又从何而来诗篇？他告诫后人：

> 汝今非发愤为诗之时，又无牢骚郁愤之事，逮欲窜身苦趣，譬无事人自着枷锁，投入犴狴，殊为可惜。②

贺贻孙认为，真正感人、打动人心的作品皆起于内心的"不平"，所以他提倡屈原的"发愤抒情"、韩愈的"不平则鸣"以及欧阳修的"穷而后工"，强调好的作品正如自然界"鸟以怒而飞，树以怒而生，风水交怒而相鼓荡"一样，是作者内心情感及悲愤不平的产物。否则就不会有"美刺讽诫"与"兴观群怨"的社会作用。其《心远堂诗自序》中说自己作诗"取其倔强抗浪，不欲名一家，不肯拘一体，第

---

① （清）贺贻孙：《水田居文集》，《四库全书存目丛书·集部·第208册》，齐鲁书社1997年版，第115页。

② （清）贺贻孙：《水田居文集》，《四库全书存目丛书·集部·第208册》，齐鲁书社1997年版，第170页。

以快其所欲吐、欲笑、欲啼而止者，于此游泳焉，淫液焉，退而定其美恶焉"①。这既是贺贻孙诗歌的风格，也是其文章的风格，即一以悲愤出之，有一股磅礴之气。

（五）强调文学对自我生命之重要

李贽提倡文以自适，得到追捧者的积极响应。公安派诸人就继承了这一点。三袁一生追求各种生命享受，好山水、饮酒、谈禅、女色等，然能终其一生而不辍者，唯诗文一种。袁中郎曾言"种花赋诗，随口即讴，此亦生人之至乐"②，可知诗文之乐已成其生命不可或缺之内容，在文学自由创造的领域里，心灵解脱仿佛成为万能的造物主，从而获得了超越世俗的自我满足感。贺贻孙也强调文学对自我生命的重要，他说："丧乱以后，余诗多哀怨之音，或谓诗以陶其性情耳……吾以哭为歌，凡哀乐颠倒之事，皆性情所适耳，壮士之战而怒也，适于喜；美人之病而颦也，适于笑。然则溺人之笑未必非溺人之适也，吾求吾适而已。"③贺贻孙认为文章应发抒自我的感受，"吾求吾适而已"。明亡后，贺贻孙隐居山野，与人相交甚少，唯借著述以自娱。贺贻孙著书立说的态度，就是为了一吐心中不畅，为了自娱自乐。贺贻孙晚年作《骚筏》，借屈原之坚持反秦、宁死不屈的气节譬况自己不仕新族，保持了崇高的个人节操；贺贻孙的末世悲情、眷恋故国亦与屈原之亡国伤痛相似，故《骚筏》是借注"骚"来慰藉悲痛之心，文中所发抒皆为一家之言。这既是明末思想解放的表现，也是其强调文学对自我生命之重要，从而达到文以自适的表现。

---

① （清）贺贻孙：《水田居文集》，《四库全书存目丛书·集部·第208册》，齐鲁书社1997年版，第88页。
② （明）袁宏道：《袁宏道集笺校·卷四十二·龚惟学先生》，上海古籍出版社2008年版，第1233页。
③ （清）贺贻孙：《水田居文集》，《四库全书存目丛书·集部·第208册》，齐鲁书社1997年版，第179页。

余 论

　　行文至此，也该对贺贻孙的历史地位进行全面而公正的评价了。每个民族都有自己的文化精神与民族品格，并往往通过该民族代表作家的作品体现出来。在中国文化的发展过程中，屈原的执着信念、杜甫的赤子情怀以及李白的浪漫情调，共同映照出中国文化的精神特质和审美品格，这些文化特质不仅滋养了无数文人，也深刻影响了贺贻孙等后来的文学创作者。贺贻孙崇尚屈原，推尊杜甫，效法李白。他躁动的心灵始终在寻觅民族之根，这鲜明而典型地反映了明清时期爱国志士的普遍心理。他生于忠烈之家，自小接受良好的教育，明亡后保持着高尚的节操，坚决不仕清廷，以遗民自居。其思想不拘一格，不与众同。在研读其诗歌的过程中发现，与屈大均、归庄等遗民诗人相比，贺贻孙诗歌中所表现出的"故国之思"并不十分显著。著者认为，贺贻孙虽生在封建时代，有其思维的局限性，但从其所作诗文《莫射虎行》《甲辰有神》《旱甚鞭龙不验戏嘲》《贤贤录序》《戒溺女编序》《复周畴五书》等来看，与同时代许多人相比，显示出他的远见卓识，他思想较为开明，视野也较开阔。他的诗歌之所以故国之思不十分显著，是因其懂得社会发展之道，懂得历史无法被颠覆。贺贻孙熟读历史，懂得朝代更替有一定的历史必然性，也深知历史上没有哪个已经灭亡的朝代可以"咸鱼翻身"，故贺贻孙的诗歌常常表现对现实的关注，或者同情民生疾苦，或者斥责清廷的暴虐行径，又或者抒发自身在艰难的生存环境中的感受。诗人有故国之"悲"却鲜有故国之"思"。甚至贺贻孙晚年创作的《骚筏》，全文之中难以找到作者寄托故国之思的言论，而是将矛头指向晚明的昏君与奸臣，说他们造成国亡的悲剧，以此来反思明亡的原因。贺贻孙晚年也曾使用清朝纪年[1]，其长子贺稚恭也以岁贡终。这都说明，贺贻孙思想开明，有很强的包容性。当然，这也与由明入清几十年后政局的稳定不无关系，但著者认为这与贺贻孙开明思想的关系更大。正是这种思想，使贺贻孙的文学作品常常发一家之言，不喜与众同。

　　以下就贺贻孙文学家与明遗民双重身份，来简单分析其历史地位。

---

[1] （清）贺贻孙：《水田居文集》，《四库全书存目丛书·集部·第208册》，齐鲁书社1997年版，第201页。如在《水田居文集·仲弟子布行述》中称"万历丁巳九月二十一日生，以康熙甲寅六月初六卒"。

一、作为文学家

通过全面研读贺贻孙的作品,我们不难发现,作为一个文学家,他的作品在多个方面都显示出其独到之处和价值。

一方面,其诗风正如李陈玉所评"风驰雨骤,云与霞蔚"[1],如永新知县谌瑞云所评"其诗傲似昌黎,诡异似长吉,而伤时感事,慷慨激昂,时出入少陵,一漰有明前、后七子颠顶之习"[2]。贺氏诗歌继承公安、竟陵派的主性灵,有很强的时代色彩,因融入明亡的悲痛,故贺贻孙的诗歌亦可补史,如《七月行》:"入山不见禹余粮,平原烧尽野无绿。瓦屋萧索断晓炊,依稀惟闻老孺哭。乌鸦绕树啄人肠,夜月游魂影相逐。"[3]映照出了特定历史时期的社会状况和人民的苦难;《丙戌仲春避乱茶陵即事》其五则写在茶陵看到官兵掠夺金玉招摇过市的情景,诗人还戏称"莫笑佣奴增意气,西门屠狗亦人豪"[4],表现对清兵的不屑一顾;如《归乡》:"归乡渐怯夕阳斜,寂寞寒烟独一家。破屋凉随今夜雨,愁人衰似故园花。野径垣颓闻吠犬,孤村树薄断栖鸦。相逢若问陶潜宅,栗里风流未易夸。"[5]这首诗大概是诗人逃往山林后回到故乡而作,诗中记录了故宅如今的颓败模样,还未进乡早已害怕起来,因为家早已不复存在,看到的都是破屋、颓垣、孤村、野鸦,战争使百姓居无住所,民不聊生。这些可补"史"之作,使贺贻孙诗歌展现恢宏、雄壮的气势。诗歌可补"史",这是明清之际的众多文人诗歌创作具有的共性。严迪昌认为:"诗当然不是史,也不应该是史。然而,史原本是'人'所演进,同代之人则正是那时世的历史见证者。而又是乃'人'之心声,当其身处国破家亡,或存没于干戈之际,或行吟在山野之中,凡惊离吊往、访死问生、流徙辗转,目击心感,无非史事之一端,遗民之逸迹,于是必亦是与'史'相沟通。"[6]

---

[1] (清)贺贻孙:《水田居存诗》,《清代诗文集汇编·第21册》,上海古籍出版社2010年版,第274页。

[2] (清)贺贻孙:《水田居存诗》,《清代诗文集汇编·第21册》,上海古籍出版社2010年版,第276页。

[3] (清)贺贻孙:《水田居存诗》,《清代诗文集汇编·第21册》,上海古籍出版社2010年版,第298页。

[4] (清)贺贻孙:《水田居存诗》,《清代诗文集汇编·第21册》,上海古籍出版社2010年版,第330页。

[5] (清)贺贻孙:《水田居存诗》,《清代诗文集汇编·第21册》,上海古籍出版社2010年版,第333页。

[6] 严迪昌:《清诗史》,浙江古籍出版社2002年版,第65页。

另一方面，贺贻孙的散文能成一家之言，写的气势磅礴，富有阳刚之美。好友陈士业说："子翼，禾川之奇士也，予习其名十余季矣。往予从社刻读子翼之文，私拟子翼。盖王荆石、顾泾阳之匹偶。今安得有此人，徐而睨之，子翼不仅与王顾颉颃也，眉山而后知其卓越者几何人哉。"[1]连陈士业都偷偷摹拟其写作技巧，可见贺贻孙在豫章社中确实属于古文水平较高者。研读其全部作品，认为贺贻孙的文比诗高，其诗虽有很多反映遗民心态及表现生活情趣的，但也避免不了喜用怪字、拗字，读之生涩，缺乏流畅之感，多少走了竟陵派"幽深冷峭"的路子，这是其诗歌的硬伤。但贺贻孙的文多有见解，谢章铤称："永新贺子翼贻孙先生著述颇富，予客江右，尝借读其全书，抄存其《激书》十数篇收之箧衍。其《水田居文集》凡五卷，议论笔力不亚魏叔子，且时世相及，而名不甚显，集亦不甚行，殆为易堂诸子所掩耳，要为桑海中一作手，非王于一、陈士业辈所能比肩也。有云'遵养时晦，藏用于正人无用之时，著书立说，多事于帖括无事之日'（《答李谦庵书》），'贫能炼骨，骨坚则境不摇，彼无骨者必不能逢迎纷纭，无怪其居心不静也。无骨之人，富贵尤能乱志，较贫贱更难自持'（《复周畴五书》），'有意为闲，其人必忙，有意为韵，其人必村，此不待较量而知也'（《书补松诗后》），安贫嗜古之意溢于言下，可以瞻其所养矣。"[2]其文读之酣畅淋漓，一气呵成，有独到的见解。这可能也是其致力于古文创作的结果。《清史稿》也称"贻孙九岁能属文"，《清史列传》称其"九岁能文，称神童"。张之洞的《书目答问补正》就将贺贻孙的《水田居文集》和侯方域、魏禧等的作品一起列为"不立宗派古文家集"[3]。其政论文《激书》援古鉴今，表现完整的匡时救国的思想，《四库全书总目》评云："所述皆愤世嫉俗之谈，多证以近事，或举古事，易其姓名，借以立议，若《太平广记》'贵公子炼炭'之类，或因古语而推阐之，如'苏轼书孟德事'之类。"[4]贺贻孙的史论对后代也产生一定的影响，其史论表现出卓越的史识、秉笔直书、褒善贬恶的春秋笔法，是其散文中很见思想的一种，风格鲜明，可圈可点。这都足见其在古文方面的功力。

但贺贻孙作为文学家的身份却历来未得到合理的肯定。与贺贻孙同时代的江西文人中，有明末在文坛颇有名气的艾南英，有明末后以魏禧、彭士望为代表的"易

---

[1] （清）陈宏绪：《石庄初集·卷四》，《清代诗文集汇编·第10册》，上海古籍出版社2010年版，第775页。

[2] （清）谢章铤：《课余偶录·卷一》，福建省图书馆藏清光绪二十四年刻本，第20～21页。

[3] （清）张之洞撰，范希曾补正：《书目答问补正》，北京燕山出版社2008年版，第207页。

[4] （清）永瑢等撰：《四库全书总目·上册·卷一二五·诗类存目一》，中华书局1965年版，第1082页。

堂九子",他们名噪一时,相关研究也不胜枚举。贺贻孙闭门不出又不授徒讲学,相关研究就凤毛麟角了。《续修四库全书提要·水田居全集提要》称:"他文则意制峭诡,往往山尽水穷,别有天地。而词气则沉浸浓郁,含英咀华,有欧阳子之遗风。惟魏叔子与贻孙为同郡,相距密迩,而叔子《集》中无语及贻孙,而贻孙亦不及叔子,于此更知贻孙之微,尚矣。"①四库馆臣认为魏叔子的文集中未提及贺贻孙,贺贻孙也未提及魏叔子,这更加凸显出贺贻孙的微不足道。这有一定的道理。明亡后贺贻孙过着隐居生活,其社会交往活动远不如前期活跃,且经历国变,看透世态炎凉与人情冷漠,故不喜与人交,他曾说"闭门自可贪高枕,懒与时人著绝交"②。贺贻孙的文学创作很大部分发生于晚年,这导致其作品和文学思想很难在当时传播开来。又因其是明遗民,而清朝对文学的管控非常严格,因此尽管他在文学上有一定的名声,但清代学者对其的研究和关注却相对较少,其对当时文坛的影响也不足为人道,不免令人感叹"功半而人亡,身没而言隐"。当代学者王英志认为:"仅就贺贻孙的诗学观的价值而言,就应在中国文学理论批评史上给予一定地位,以之与清初操守高洁、民族感情强烈的黄宗羲、顾炎武相比亦无多让。"③台湾学者龚显宗认为:"在中国诗话史上,贺贻孙的被忽略是个不小的悲剧,他有取于古人而不为古人所囿,既能宏观地透视诗史,又能客观地注意诗法。"④足以可见,研究者多高度肯定其诗论家的作为,却鲜提及其文学家与明遗民的身份。在各种文学批评中,贺贻孙只是稍稍被提及,一些文学史上根本就找不到"贺贻孙"这个名字。贺贻孙文学地位的缺失,不得不说是遗憾。

二、作为明遗民

贺贻孙的文学成就颇为丰富,他一生创作了七百多首诗歌和两百多篇散文。此外,他对《楚辞》《诗经》和《周易》等经典文献的评论,以及对诗歌发展美学的深入探讨,都体现了其作品的学术价值和艺术魅力。晚清目录学家、史学家平景孙评

---

① 中国科学院图书馆整理:《续修四库全书提要·水田居全集提要·第30册》,齐鲁书社1996年版,第303页。另,"魏叔子与贻孙为同郡",殊误。贺贻孙为江西永新人,归吉安府,魏禧为江西宁都人,归赣州府。
② (清)贺贻孙:《水田居存诗》,《清代诗文集汇编·第21册》,上海古籍出版社2010年版,第327页。
③ 王英志:《贺贻孙诗学观管窥》,《江西师范大学学报》(哲学社会科学版)1985年第4期。
④ 龚显宗:《诗筏研究》,复文出版社1993年版,第133页。

称："子翼少工时文，与茂先、巨源、石庄诸公齐名，举崇祯丙子副贡生，入国朝隐居不出，顺治丁酉巡按笪江上欲以布衣荐，遂改僧服。据叶擎霄《激书》序，似卒于康熙丙子，年九十一矣。文笔奔放，近苏文忠，集中史论最多，他文意制峭诡，有似柳州、可之、复愚者。《激书》二卷，包慎伯最爱之，谓近《韩非》《吕览》，而世少知者。盖嘉庆中骈体盛而散文衰，桐城派尤易袭取，慎伯与完庵、厚堂默深、子潇诸子出，以丙部起文集之衰，故有取于是。其风实自阳湖恽李二氏昉，于是古文复盛，至于今不衰。"①周作人论贺贻孙的诗说："其实据我看来这正是贺君的好处，能够把《诗经》当作文艺看，开后世读诗的正当门径。此风盖始于钟伯敬，历戴仲甫、万茂先、贺子翼，清朝有姚首源、牛空山、郝兰皋以及陈舜百，此派虽被视为旁门外道，究竟还不落莫。"②这些评价肯定了贺贻孙作品的价值。贺贻孙保持着高度的爱国情操，明亡后坚决不仕清朝，选择以明遗民的身份生活。与诸多明遗民一样，为清代前期的文学发展留下浓墨重彩的一笔。长期以来，学术界普遍关注他在文学批评和美学领域的贡献，认可他作为文学理论家和美学思想家的重要地位。而他明朝遗民的一面却被忽略。著者查阅了佚名《皇明遗民传》、孙静庵《明遗民录》、张其淦《明代千遗民诗咏》、卓尔堪《明遗民诗》、国立中央图书馆编《明人传记资料索引》、田继综编《八十九种明代传记综合引得》、谢正光编《明遗民传记资料索引》《明遗民录汇辑》等，均无贺贻孙的著录。其中《明遗民录汇辑》收录明遗民两千余位，是较为全面地收录明遗民的著作，惜也未见贺贻孙。近些年，对明遗民的研究风生水起，却对贺贻孙这样一位有不少作品留存，且有一定价值的明遗民关注甚少。如前所述，贺贻孙有许多表现遗民心态的作品，如其诗歌所表现出的感念离乱、系心民瘼、哀痛故国的作品，这占其诗歌数量的一半左右；《骚筏》的创作缘由也是明亡清起，作者借注《楚辞》表达了对小人当道导致国破家亡的深痛感慨；其《易触》更是充满国变后的忧患意识，如戴名世所言。"以经世之才，不得尽用，而托于学《易》以写其忧患之心，此《儿易》之所为作乎"③！这都说明，贺贻孙以遗民自居，其作品含有深深的遗民情怀。研究者们大多只关注其作品，忽视了与他作品融为一体的遗民身份。

另外，以贺贻孙为代表的文人支撑起明清之际的江右文学，而学界目前对明清

---

① （清）平步青撰：《国朝文棷题辞》，国家图书馆编《国家图书馆藏古籍题跋丛刊·第19册》，北京图书馆出版社2002年版，第300页。

② 周作人著，钟叔河编订：《周作人文类编：千百年眼》，湖南文艺出版社1998年版，第38页。

③ （清）戴名世：《儿易序》，《戴名世集·卷三》，中华书局1986年版，第82页。

之际的江右文学关注还不够。严迪昌《清诗史》上册前四章都讲明遗民,有"宁镇、淮扬"遗民、"皖江"遗民、"两浙"遗民、"吴中、秦晋"遗民,唯独没有"江右"遗民;朱则杰《清诗史》里的遗民诗人也唯独没有"江右"遗民。关于江右文学,人们总是在宋代文学这块沃土上反复耕耘,很少涉足大有佳境的明清文学。谈及江西明清文学的佳境往往只谈汤显祖、蒋士铨,解大绅、昊嵩梁……这种现象的出现,自然与明清之际的江右文学相对较弱,没有诸如王夫之、黄宗羲、顾炎武、屈大均等大家有关,但也与学界的关注不够有很大关系。据不完全统计,明清之际的江右文人中,作为遗民而居且有诗文作品留存的,如艾南英(《天慵子集》)、贺贻孙(《水田居文集》《水田居存诗》)、徐世溥(《榆墩集》《榆溪诗钞》《榆溪逸诗》)、陈宏绪(《陈士业全集》《石庄集》《寒夜录》)、彭士望(《耻躬堂诗文集》)、魏禧(《魏叔子文集》《宁都三魏全集》)、邱维屏(《邱邦士文集》)、李腾蛟(《半庐文稿》)、曾灿(《六松堂》)、林时益(《朱中尉集》)、彭任(《草亭文集》)、周亮工(《赖古堂全集》)、王猷定(《四照堂集》)等。这些文人是明清之际江右文人的优秀代表,为这一时期的江右文学留下不可磨灭的印记与价值。谢苍霖在《明清之际江西的古文家》一文中说:"他们(指明清江西古文家)与'四家'、'九子'及徐世溥、陈宏绪、王猷定诸人,在明清之际的动乱岁月里撑柱着江西诗文。"①可惜此方面的研究还不够。

当世与后世学者对贺贻孙的一些评价虽然只有片言只语,但不乏溢美之词,都比较客观中肯地指出贺贻孙诗文的特点、承继以及影响。贺贻孙的诗集《水田居存诗》,四库未收录,《四库全书总目提要》在评论《水田居文集》时说"是集有文无诗"②,其诗集仅作为地方古籍传阅。加之贺贻孙于明清两朝均未出仕,明亡后隐居深山,使得他作为明遗民诗人处于湮没无闻的状态。正如《续修四库全书总目提要·易触》称"埋没二百余年"③。贺贻孙在隐退山林之后,专注于写作,仅与思想相近的友人保持联系,而鲜少与外界接触,也未曾收徒传学。作为明朝遗民,尽管他有文学成就,但在清代并未受到学者们的广泛关注。然而,随着时间的推移,对贺贻孙的研究日益增多,研究领域也在逐步拓展。虽然对他的文学史地位尚无定论,但对其贡献的认识正在逐渐清晰。

本书对贺贻孙生平交游、《骚筏》《诗筏》及诗歌创作、散文创作、文学思想以及地位等五个方面进行了较为深入的探究,努力说明:贺贻孙远宗屈原、李白,推

---

① 谢苍霖:《明清之际江西的古文家》,《江西教育学院学报》1988年第1期。
② (清)永瑢等撰:《四库全书总目·下册·卷一八一》,中华书局1965年版,第1637页。
③ 中国科学院图书馆整理:《续修四库全书提要·经部上册》,齐鲁社1996年版,第41页。

· 181 ·

崇杜甫等诗风，近承前、后七子、公安与竟陵二派之观念，崇古而不泥古，同时又汲取了儒道禅等思想，集学者、志士、诗人、佛僧于一身，无论是文学创作还是节操均值得肯定。可以说，贺贻孙是明清之际遗民文人中的佼佼者，在文学承继的发展过程（特别是遗民文学创作史）具有不可替代的重要地位。随着贺贻孙研究的不断深入，学界会为其在文学史上找到更合适的位置。

参考文献

一、古籍文献

（汉）司马迁：《史记》，中华书局1982年版。
（梁）刘勰撰，范文澜注：《文心雕龙》，人民文学出版社1958年版。
（宋）洪兴祖：《楚辞补注》，中华书局1983年版。
（宋）朱熹：《楚辞集注》，上海古籍出版社1979年版。
（宋）严羽：《沧浪诗话》，中华书局2014年版。
（明）王守仁撰，吴光等编校：《王阳明全集》，上海古籍出版社2015年版。
（明）李贽：《藏书》（全二十册），中华书局1974年版。
（明）李贽：《焚书·续焚书》，中华书局2011年版。
（明）袁宏道：《袁宏道集笺校》，上海古籍出版社2008年版。
（明）袁中道：《李温陵外纪》，《四库禁毁书丛刊补编·第25册》，北京出版社2005年版。
（明）袁中道：《珂雪斋前集》，《续修四库全书·第1375册》，上海古籍出版社1995年版。
（明）钟惺撰，李先耕、崔重庆标校：《隐秀轩集》，上海古籍出版社1992年版。
（明）谭元春撰，陈杏珍校：《谭元春集》，上海古籍出版社1998年版。
（明）刘永澄：《离骚经纂注》，《四库全书存目丛书·集部·第179册》，齐鲁书社1997年版。
（明）萧士玮：《春浮园集》，《四库禁毁书丛刊·集部·第108册》，北京出版社2005年版。
（明）陈际泰：《太乙山房文集》，《四库禁毁书丛刊补编·第67册》，北京出版社2005年版。
（明）罗万藻：《此观堂集》，《四库全书存目丛书·集部·第192册》，齐鲁书社1997年版。
（明）艾南英：《天佣子集》，《四库禁毁书丛刊补编·第72册》，北京出版社2005年版。

（明）陈洪绶：《宝纶堂集》，《清代诗文集汇编·第11册》，上海古籍出版社2010年版。

（清）黄文焕：《楚辞听直》，《续修四库全书·第1301册》，上海古籍出版社1995年版。

（清）周拱辰：《离骚经草木史》，《续修四库全书·第1302册》，上海古籍出版社1995年版。

（清）方以智：《浮山文集前编》《浮山文集后编》《浮山此藏轩别集》，《四库禁毁书丛刊·集部·第113册》，北京出版社2005年版。

（清）方以智：《流寓草》，《四库禁毁书丛刊·集部·第50册》，北京出版社2005年版。

（清）方以智：《方密之诗钞》，中国国家图书馆藏清初抄本。

（清）方以智：《膝寓信笔》，中国国家图书馆藏清初抄本。

（清）方以智：《禅乐府》，北京大学图书馆藏民国二十四年铅印本。

（清）方以智：《青原志略》，江西人民出版社1999年版。

（清）徐世溥：《榆墩集选文》《榆溪诗钞》《榆溪逸诗》，《清代诗文集汇编·第26册》，上海古籍出版社2010年版。

（清）陈宏绪：《寒夜录》，中华书局1985年版。

（清）陈宏绪：《石庄初集》，《清代诗文集汇编·第10册》，上海古籍出版社2010年版。

（清）陈宏绪：《陈士业全集》，《四库全书存目丛书补编·第54册》，齐鲁书社1997年版。

（清）陈宏绪：《江城名迹·卷二》，《文渊阁四库全书·史部·第346册》，武汉大学出版社1998年版。

（清）贺贻孙：《骚筏》，《四库未收书辑刊·第10辑第13册》，北京出版社2000年版。

（清）贺贻孙：《骚筏》，中国国家图书馆藏清道光二十六年敕书楼重刊《水田居》丛刊本。

（清）贺贻孙：《骚筏》，江西图书馆藏清道光二十六年敕书楼重刊《诗骚筏合编本》。

（清）贺贻孙：《骚筏》，江西图书馆藏清道光二十六年敕书楼重刊单行本。

（清）贺贻孙：《水田居文集》，《四库全书存目丛书·集部·第208册》，齐鲁书社1997年版。

（清）贺贻孙：《水田居文集》，中国国家图书馆藏康熙十六年敕书楼本。

（清）贺贻孙：《激书》，《四库全书存目丛书·子部·第 94 册》，齐鲁书社 1997 年版。

（清）贺贻孙：《诗触》，《四库全书存目丛书·经部·第 72 册》，齐鲁书社 1997 年版。

（清）贺贻孙：《水田居存诗》，《清代诗文集汇编·第 21 册》，上海古籍出版社 2010 年版。

（清）贺贻孙撰：《诗筏》，郭绍虞编《清诗话续编》，上海古籍出版社 1983 年版。

（清）汪瑗撰，董洪利点校：《楚辞集解》，北京古籍出版社 1994 年版。

（清）钱澄之：《庄屈合诂》，《四库全书存目丛书·子部·164 册》，齐鲁书社 1997 年版。

（清）李陈玉：《楚辞笺注》，《续修四库全书·集部·第 1302 册》，上海古籍出版社 1995 年版。

（清）彭士望：《耻躬堂文钞》《耻躬堂诗钞》，《清代诗文集汇编·第 32 册》，上海古籍出版社 2010 年版。

（清）陆时雍：《楚辞疏》，《续修四库全书·集部·第 1301 册》，上海古籍出版社 1995 年版。

（清）王夫之：《楚辞通释》，中华书局 1975 年版。

（清）黄宗羲撰，吴光执行主编，洪波等点校：《黄宗羲全集》，浙江古籍出版社 2012 年版。

（清）顾炎武撰，黄汝成集释，栾保群校点：《日知录》，上海古籍出版社 2014 年版。

（清）陆世仪：《复社纪略》，《续修四库全书·史部·第 438 册》，上海古籍出版社 1995 年版。

（清）郑廉撰，王兴亚点校：《豫变纪略》，浙江古籍出版社 1984 年版。

（清）钱谦益：《列朝诗集小传》，上海古籍出版社 1983 年版。

（清）黎士弘：《托素斋诗集》《托素斋文集》，《四库全书存目丛书·集部·第 223 册》，齐鲁书社 1997 年版。

（清）顾公燮：《丹午笔记》，江苏古籍出版社 1985 年版。

（清）卓尔堪：《明遗民诗》，中华书局 1960 年版。

（清）张廷玉：《明史》，中华书局 1974 年版。

（清）谷应泰：《明史纪事本末》，中华书局 1977 年版。

（清）赵尔巽等：《清史稿》，中华书局 1976 年版。

（清）孙静庵撰，赵一生标点：《明遗民录》，浙江古籍出版社1985年版。

（清）永瑢等编：《四库全书总目提要》，中华书局1965年版。

（清）蒋良骐撰，鲍思陶，西原点校：《东华录》，齐鲁书社2005年版。

（清）施闰章：《学余堂文集》，《文渊阁四库全书·集部·第252册》，武汉大学出版社1997年版。

（清）吴山嘉：《复社姓氏传略》，中国书店1990年版。

（清）张之洞撰，范希曾补正：《书目答问补正》，北京燕山出版社2008年版。

（清）朝鲜人：《皇明遗民传》，北京大学出版社1936年版。

（清）丁立中编：《八千卷楼书目》，国家图书馆出版社2009年版。

（清）张其淦：《明代千遗民诗咏》，《清代传记丛刊·第46册》，明文书局1985年版。

（清）陈鼎：《东林列传》，广陵书社2007年版。

（清）平步青撰：《国朝文楘题辞》，国家图书馆编《国家图书馆藏古籍题跋丛刊》，北京图书馆出版社2002年版。

（清）徐世昌编，闻石点校：《晚清簃诗汇》，中华书局1990年版。

（清）谢章铤：《课余偶录》，福建省图书馆藏清光绪二十四年刻本。

（清）章学诚：《文史通义》，中华书局2011年版。

（清）陶福履、胡思敬编：《豫章丛书》，江西教育出版社2002年版。

（清）梁启超：《中国近三百年学术史》，中国社会科学出版社2008年版。

（清）戴名世：《戴名世集》，中华书局1986年版。

（清）萧玉春修，李炜等纂：《中国方志丛书·江西省·永新县志四》，成文出版社1983年版。

（清）李与元修，欧阳主生等纂：《中国方志丛书·江西省·吉安府志》，成文出版社1983年版。

（清）江召棠修，魏元旷纂：《中国方志丛书·江西省·南昌县志》，成文出版社1983年版。

（清）谢旻等：《江西通志》，《文渊阁四库全书·史部·第273册》，武汉大学出版社1997年版。

二、当代论著

游国恩：《楚辞概论》，商务印书馆1930年版。

饶宗颐：《楚辞书录》，东南大学出版社1956年版。

姜亮夫：《楚辞书目五种》，上海古籍出版社 1961 年版。

容肇祖：《明代思想史》，开明书店 1962 年版。

游国恩：《中国文学史》，人民文学出版社 1964 年版。

"国立"中央图书馆编辑：《明人传记资料索引》，"国立"中央图书馆 1965 年版。

钟音鸿等编：《赣州府志》，成文出版社 1970 年版。

周骏富：《清代传记丛刊》，明文书局 1975 年版。

陈少棠：《晚明小品论析》，波文书局 1981 年版。

郭朋：《明清佛教》，福建人民出版社 1982 年版。

任道斌：《方以智年谱》，安徽教育出版社 1983 年版。

褚斌杰：《中国古代文体概论》，北京大学出版社 1984 年版。

钱锺书：《谈艺录》（补订本），中华书局 1984 年版。

洪湛候：《楚辞要籍解题》，湖北人民出版社 1984 年版。

张国光：《竟陵派与晚明文学革新思潮》，武汉大学出版社 1987 年版。

田继综编：《八十九种明代传记综合引得》，中华书局 1987 年版。

王钟翰点校：《清史列传》，中华书局 1987 年版。

肖源隆主编：《吉水县志》，新华出版社 1989 年版。

谢正光编：《明遗民传记资料索引》，新文丰出版公司 1990 年版。

龚显宗：《历朝诗话探析》，复文图书出版社 1990 年版。

程俊英、蒋见元：《诗经注析》，中华书局 1991 年版。

易重廉：《中国楚辞学史》，湖南出版社 1992 年版。

朱则杰：《清诗史》，江苏古籍出版社 1992 年版。

龚显宗：《诗筏研究》，复文出版社 1993 年版。

徐志啸：《楚辞综论》，东大图书公司 1994 年版。

谢正光：《明遗民录汇辑》，南京大学出版社 1995 年版。

李中华、朱炳祥：《楚辞学史》，武汉出版社 1996 年版。

王运熙：《中国文学批评通史》（明代卷），上海古籍出版社 1996 年版。

中国科学院图书馆整理：《续修四库全书提要》，齐鲁书社 1996 年版。

陈宝良：《中国的社与会》，浙江人民出版社 1996 年版。

周明初：《晚明士人心态与文学个案》，东方出版社 1997 年版。

黄卓越：《佛教与晚明文学思潮》，东方出版社 1997 年版。

周作人著，钟叔河编：《周作人文类编：千百年眼》，湖南文艺出版社 1998 年版。

罗天祥：《贺贻孙考》，江西人民出版社 1998 年版。

孙琴安：《中国评点文学史》，上海社会科学院出版社 1999 年版。

赵园：《明清之际士大夫研究》，北京大学出版社 1999 年版。

张健：《代诗学研究》，北京大学出版社 1999 年版。

周群：《儒释道与晚明文学思潮》，上海书店出版社 2000 年版。

左东岭：《王学与晚明士人心态》，人民文学出版社 2000 年版。

周建忠：《楚辞与楚辞学》，吉林人民出版社 2001 年版。

赵园：《易堂寻踪》，江西教育出版社 2001 年版。

罗炽：《方以智评传》，南京大学出版社 2001 年版。

赵逵夫：《屈原与他的时代》，人民文学出版社 2002 年版。

吴承学等编：《晚明文学思潮研究》，湖北教育出版社 2002 年版。

周建忠、汤漳平：《楚辞学文库·楚辞学通典》，湖北教育出版社 2002 年版。

严迪昌：《清诗史》，浙江古籍出版社 2002 年版。

周作人：《秉烛后谈》，河北教育出版社 2002 年版。

潘啸龙、毛庆：《楚辞著作提要》，湖北教育出版社 2003 年版。

何宗美：《明末清初文人结社研究》，南开大学出版社 2003 年版。

周作人著，钟叔河编订：《知堂书话》，中国人民大学出版社 2004 年版。

张舜徽：《清人文集别录》，华中师范大学出版社 2004 年版。

谢国桢：《明末清初的学风》，上海书店 2004 年版。

江庆柏：《清代人物生卒年表》，人民文学出版社 2005 年版。

蒋寅：《清诗话考》，中华书局 2005 年版。

傅璇琮等主编：《中国古代文学通论》（明代卷），辽宁人民出版社 2005 年版。

施由明：《明清江西社会经济》，江西人民出版社 2005 年版。

谢国桢：《明清之际党社运动考》，上海书店出版社 2006 年版。

罗宗强：《明代后期士人心态研究》，南开大学出版社 2006 年版。

释圣严：《明末佛教研究》，宗教文化出版社 2006 年版。

王水照编：《历代文话》，复旦大学出版社 2007 年版。

白铭：《二十世纪楚辞研究文献目录》，学苑出版社 2008 年版。

周焕卿：《清初遗民词人群体研究》，上海古籍出版社 2008 年版。

吴平、回达强主编：《楚辞文献集成》，广陵书社 2008 年版。

何振作：《永新文献考》，江西人民出版社 2008 年版。

郭绍虞：《中国文学批评史》，百花文艺出版社 2008 年版。

郭绍虞：《照隅室古典文学论集》，上海古籍出版社 2009 年版。

李瑄：《明遗民群体心态与文学思想研究》，巴蜀书社 2009 年版。
赵园：《明清之际的思想与言说》，复旦大学出版社 2010 年版。
陶然：《金元词通论》，上海古籍出版社 2010 年版。
左东岭：《李贽与晚明文学思想》，人民文学出版社 2010 年版。
金开诚、董洪利、高路明：《屈原集校注》，中华书局 2011 年版。
李祥伟：《走向"经典"之路——〈古诗十九首〉阐释史研究》，暨南大学出版社 2011 年版。
罗宗强：《明代文学思想史》，中华书局 2013 年版。
葛兆光：《中国思想史》，复旦大学出版社 2013 年版。
嵇文甫：《晚明思想史论》，东方出版社 2013 年版。

三、工具书

北京大学哲学系美学教研室编：《中国美学史资料选编》，中华书局 1981 年版。
陈荣华等主编：《江西历代人物辞典》，江西人民出版社 1990 年版。
李学勤等编：《四库大辞典》，吉林大学出版社 1996 年版。

四、学术论文

龙霖：《贺贻孙简谱》（上），《社会科学研究资料》1984 年第 17—18 期。
龙霖：《贺贻孙简谱》（下），《社会科学研究资料》1984 年第 23—24 期。
王英志：《贺贻孙诗学观管窥》，《江西师范大学学报》（哲学社会科学版）1985 年第 4 期。
谢苍霖：《明清之际江西的古文家》，《江西教育学院学报》1988 年第 1 期。
王英志：《清初诗学概念、命题阐释——读王夫之、贺贻孙诗论札记》，《西北师大学报》（社会科学版）1992 年第 6 期。
吴宗海：《读贺贻孙〈诗筏〉》，《镇江师专学报》（社会科学版）1996 年第 4 期。
张兵：《归庄与弘储》，《古典文学知识》1997 年第 6 期。
刘永光：《从〈激书〉看贺贻孙的匡时救世思想》，《吉安师专学报》（哲学社会科学）1998 年第 4 期。
张兵：《遗民与遗民诗之流变》，《西北师大学报》（社会科学版）1998 年第 4 期。
张兵：《论清初遗民诗群创作的主题取向》，《西北师大学报》（社会科学版）2000 年第 2 期。

张兵：《明清易代与清初遗民诗》，《江海学刊》2000 年第 2 期。

刘德清：《贺贻孙与〈激书〉》，《九江师专学报》（哲学版）2002 年第 116 期。

孙立：《屈大均的逃禅与明遗民的思想困境》，《中山大学学报》（社会科学版）2003 年第 5 期。

张兵：《虽作头陀不解禅：清初遗民诗人归庄与佛教》，《西北师大学报》（社会科学版）2003 年第 4 期。

陈广宏：《谭元春启、祯间交游考述——兼论竟陵派发展后期影响的进一步拓展》，《南京师范大学文学院学报》2003 年第 1 期。

许又方：《贺贻孙〈骚筏〉述评》，《东华汉学》2004 年第 2 期。

万杰：《个人主义者眼中的遗民——论周作人与中国遗民文化之一》，《江西教育学院学报》（社会科学版）2004 年第 4 期。

蒋寅：《清初诗坛对明代诗学的反思》，《文学遗产》2006 年第 2 期。

李吉光：《元代作家董嗣杲的朝代归属与作品辑录》，《文献季刊》2006 年第 1 期。

陈国安：《论清初诗经学》，《苏州大学学报》（哲学社会科学版）2007 年第 6 期。

杜华平、朱倩：《论贺贻孙学术著作的文章家习气》，《江西师范大学学报》（哲学社会科学版）2008 年第 6 期。

曾肖：《谭元春与江西复社文人之关系考察》，《井冈山学院学报》（哲学社会科学）2009 年第 3 期。

徐志啸：《论贺贻孙〈骚筏〉》，《晋阳学刊》2010 年第 3 期。

刘浏：《贺贻孙生卒年小考》，《中国韵文学刊》2010 年第 4 期。

姜克滨：《史笔、诗史与心史：明末清初文学之"历史"轨迹》，《河北学刊》2011 年第 3 期。

丁国祥：《明季江左江右文争的演变》，《学术交流》2011 年第 9 期。

商海峰：《方以智〈浮山诗集〉考述》，《文学遗产》2015 年第 2 期。

秦良：《徐世溥生卒年考补正》，《南昌师范学院学报》，2015 年第 3 期。

蓝青：《论贺贻孙的诗学主张与审美理想》，《成都大学学报》（社会科学版）2019 年总第 5 期。

韩高年、张安：《论贺贻孙的诗学思想——以〈诗筏〉〈诗触〉为核心》，《西北师大学报》（社会科学版）2021 年第 2 期。

李圣华：《晚明诗歌研究》，苏州大学博士论文 2001 年。

丁功谊：《钱谦益文学思想研究》，首都师范大学博士论文 2005 年。

吴增礼：《清初江南遗民生存境况研究》，湖南大学博士论文 2010 年。

孙巧云:《元明清楚辞学研究》,苏州大学博士论文 2011 年。

吴琼:《明末清初的文学嬗变》,上海师范大学博士论文 2012 年。

刘雪梅:《明清之际遗民逃禅研究》,吉林大学博士论文 2015 年。

周建新:《明代科举与江西社会风习》,江西师范大学硕士论文 1998 年。

伍燕闽:《贺贻孙诗歌研究》,广西大学硕士论文 2013 年。

石静:《贺贻孙及其诗学思想》,陕西师范大学硕士论文 2013 年。

王小芸:《贺贻孙〈骚筏〉研究》,湖南大学硕士论文 2015 年。

黄春燕:《贺贻孙〈诗筏〉诗学批评研究》,江西师范大学硕士论文 2017 年。

贺鹏飞:《贺贻孙〈水田居诗文集〉校注及其遗民心态研究》,江西师范大学硕士论文 2019 年。

后 记

这本小书乃博士论文的延续。从博士论文伊始，欲考辨贺贻孙《骚筏》之版本，因资料难寻，足迹遍布国内各大图书馆，查找文献、翻阅图书，至今书稿即将付梓，十载光阴倏忽而过。在学术研究的漫漫长路中摸爬滚打，虚度了岁月却仍学业无成。拙著至此，告一段落，太多不尽如人意之处，遗憾也更多。这样的遗憾告诫自己，以后应该努力，更努力。这十年中，业师韩高年先生与徐志啸先生对本人帮助甚多，从博士论文完成到生活遇到难解之题，二位恩师都予以悉心的帮助与关怀。借此书出版之际，衷心感谢韩高年先生与徐志啸先生。

进入工作单位后琐事繁多，心余力绌，又因常指导学生古典文学毕业论文，尤感功底薄弱，未能如吾辈恩师们投入全部身心进行古文研究，实感汗颜无地。然对古典文学热爱之情，虽九死其犹未悔。漫漫人生路，吾将上下求索，不断充实自己，提升学术素养，以期在未来的岁月里，能够弥补今日之不足，亦不负恩师的期望与教诲。